길에서 띄우는
편지

길에서 띄우는 편지

이제현 씀

신구현, 상민, 김찬순 옮김

보리

겨레고전문학선집을 펴내며

우리 겨레가 갈라진 지 반백년이 넘어서고 있습니다. 그러나 함께 산 세월은 수천, 수만년입니다. 겨레가 다시 함께 살 그날을 위해, 우리가 함께 한 세월을 기억해야 합니다.

옛부터 우리 겨레가 즐겨 온 노래와 시, 일기, 문집 들은 지난 삶의 알맹이들이 잘 갈무리된 보물단지입니다.

그동안 남과 북 양쪽에서 고전 문학을 되살리려고 줄곧 애써 왔으나, 이제껏 북녘 성과들은 남녘에서 좀처럼 보기 어려웠습니다.

북녘에서는 오래 전부터 우리 고전에 깊은 관심과 사랑을 보여 왔고 연구와 출판도 활발히 해 오고 있습니다. 그 가운데 〈조선고전문학선집〉은 북녘이 이루어 놓은 학문 연구와 출판의 큰 성과입니다. 〈조선고전문학선집〉은 가요, 가사, 한시, 패설, 소설, 기행문, 민간극, 개인 문집 들을 100권으로 묶어 내어, 고전을 연구하는 사람들과 일반 대중 모두 보게 한 뜻깊은 책들입니다. 한문으로 된 원문을 현대문으로 옮기거나 옛글을 오늘의 것으로 바꾼 성과도 놀랍고 작품을 고른 눈도 참 좋습니다. 〈조선고전문학선집〉은 남녘에도 잘 알려진 홍기문, 리상호, 김하명, 김찬순, 오희복, 김상훈, 권택무 같은 뛰어난 학자분들이 머리를 맞대고 연구한 성과를 1983년부터 펴내기 시작하여 지금도 이어 가고 있습니다.

보리 출판사는, 조선민주주의인민공화국 문예 출판사가 펴낸 〈조선고
전문학선집〉을 〈겨레고전문학선집〉이란 이름으로 다시 펴내면서, 북녘
학자와 편집진의 뜻을 존중하여 크게 고치지 않고 그대로 내는 것을 원칙
으로 삼았습니다. 다만, 남과 북의 표기법이 얼마쯤 차이가 있어 남녘 사
람들이 읽기 쉽게 조금씩 손질했습니다.

　　이 선집이, 겨레가 하나 되는 밑거름이 되고, 우리 후손들이 민족 문화
유산의 알맹이인 고전 문학이 지니고 있는 아름다움을 제대로 맛보고 이
어받는 징검다리가 되기 바랍니다. 아울러 남과 북의 학자들이 자유롭게
오고 가면서 남북 학문 공동체가 이루어지는 날이 하루라도 앞당겨지기
바랍니다. 그리고 이 자리를 빌려 어려운 처지에서도 이 선집을 펴내 왔
고 지금도 그 작업에 몰두하고 있는 북녘의 학자와 출판 관계자들에게 고
마운 마음을 전합니다.

2004년 11월 15일
보리 출판사 대표 정낙묵

차례

이제현 작품집

길에서 띄우는 편지

길에서 띄우는 편지

내 꿈은 그대 뒤를 끝없이 따라가리

혼탁한 세상 편치가 않구려

역옹패설 전편 櫟翁稗說 前編

역옹패설 후편 櫟翁稗說 後編

선비의 한 생애란 배타기와 같아서

원문 차례

■ 일러두기

1. 《길에서 띄우는 편지》는 북의 문예 출판사에서 1990년에 펴낸 《리제현 작품집》을 보리 출판사가 다시 펴내는 것이다.
   《역옹패설》에서 뽑은 글은 제목이 따로 없었던 글들이다.

2. 옮긴이와 북 문예 출판사 편집진의 뜻을 존중하는 것을 큰 원칙으로 했으나, 한자말과 옛날 말투들은 지금 독자들이 알아듣기 쉽도록 풀어 썼다.
   예 : 협감→원망, 행행→거둥, 어시호→이제야, 믿다→미치다

3. 맞춤법과 띄어쓰기는 '한글 맞춤법'을 따랐다.
   ㄱ. 한자어들은 두음법칙을 적용했고, 모음과 ㄴ 받침 뒤에 오는 한자 '렬'은 '열'로 '률'은 '율'로 고쳤다. 단모음으로 적은 '게'나 '폐' 자를 '한글 맞춤법'대로 했다.
      예 : 리별→이별, 로인→노인, 규률→규율, 폐단→폐단

   ㄴ. 'ㅣ' 모음동화, 사이시옷, 된소리 따위의 표기도 '한글 맞춤법'대로 했다.
      예 : 되였다→되었다, 해빛→햇빛, 날자→날짜

4. 남에서는 흔히 쓰지 않는 표현이지만, 북에서 흔히 쓰는 입말과 방언들은 살려 두어 우리말의 풍부한 모습을 볼 수 있게 했다.
   예 : 떼배, 자들박, 얌사하다, 밀죽밀죽, 남짓남짓, 숫눈길, 짚서기, 소래

5. 옛사람이 엮은 문집에 있던 주석은 '■' 한 가지로 표시했고, 문예 출판사가 달아 놓은 주석은 번호 순서를 주었다.

마음은 물길 따라
고국으로 향하고

말과 수레 오가는
함곡관 길에
몰아오는 먼지가
옷깃에 쌓이누나

이 세상 반쯤이나
두루 돌아다녔어도
마음은 물길 따라
고국으로 향하누나

장암[1]

참새야 참새야 너 무얼 하고 있니
어린 네 새끼 그물에 걸렸는데
눈구멍은 애당초 어디다 두었기에
멍텅구리 참새 새끼 그물에 걸렸느냐.

長巖

拘拘有雀爾奚爲　觸着網羅黃口兒
眼孔元來在何許　可憐觸網雀兒癡

---

1) '소악부' 9수의 제목에 붙어 있는 주석들은 '소년행'과 '서경별곡'을 제외하고 《고려사》 '악지樂志'에 의거한 것이다. 이제현 자신은 이 제목들을 쓰지 않았다. 그러나 독자들에게 참고가 될까 하여 가요마다 끝에 표시하여 둔다. 이 가요들은 백성들이 입에서 입으로 전해 부르던 것인데, 이제현이 이를 악부樂府 시가 형식으로 옮겨 놓은 것이다.

　장암땅에서 귀양살이하던 두영철杜英哲이 거기서 친하게 된 어떤 노인에게 '벼슬길이란 좋은 것이 아니니 함부로 나가지 말라.'는 권유를 받고 승낙했다. 그러고는 귀양살이가 풀리자 다시금 벼슬살이하다가 또다시 죄에 걸려 귀양을 갔다. 노인이 두영철을 조롱하여 이 노래를 지었다고 한다.

그리운 님[1]

울타리 곁 꽃가지엔 까치가 깍깍
침상 머리엔 거미가 줄을 늘이네.
그리운 님 머지않아 오시려나 봐
내 마음에 이렇게 미리 알리니.

居士戀

鵲兒籬際噪花枝　喜子床頭引網絲
余美歸來應未遠　精神早已報人知

---

1) 부역에 끌려간 사람의 안해가 그 남편이 그리워 까치와 거미를 두고 그가 돌아올 것을 갈
망하면서 이 노래를 지었다고 한다.

제위보[1]

빨래하던 시냇가 버드나무 아래서
말 탄 님과 손잡고 정을 속삭여.
처마 끝에 주룩주룩 석 달 장마도
내 손끝의 님의 향기 씻지 못해요.

濟危寶

浣紗溪上傍垂楊　執手論心白馬郎
縱有連簷三月雨　指頭何忍洗餘香

---

1) 《고려사》 '악지' 의 해제와 이 노래 사이에는 모순이 있다.

소악부 4

사리화[1]

요 못된 참새야 너 어디를 싸다니누
한 해 농사 어떤 건지 모르고.
늙은 홀아비 홀로 가꾼 밭인데
조며 기장이며 다 까먹어 치우누나.

沙里花

黃雀何方來去飛　一年農事不曾知
鰥翁獨自耕耘了　耗盡田中禾黍爲

---

1) 고된 부역과 가렴잡세, 권력자들의 약탈에 견디지 못한 백성들이 부르던 노래다.

소악부 5

소년행[1]

겹저고리 벗어 어깨에 걸고
동무를 부르며 꽃밭에 들어가
흰 나비 호랑나비 쫓아다니던
어린 시절 놀던 일이 눈에 삼삼해.

少年行

脫却春衣掛一肩　呼朋去入菜花田
東馳西走追蝴蝶　昨日嬉遊尙宛然

---

1) 이 제목은 《고려사》 '악지' 기타 어느 문헌에도 실려 있지 않으나 이 제목으로 부르고 있다.

소악부 6

처용[1]

옛날 신라의 처용 늙은이

푸른 바다 속에서 이 땅에 나왔다면서

조개 이빨 붉은 입술로

달빛 맑은 밤에 노래 불렀고

솔개 어깨와 붉은 소매로

봄바람에 너울너울 춤을 추었네.

處容

新羅昔日處容翁　見說來從碧海中

貝齒赬脣歌夜月　鳶肩紫袖舞春風

---

1) 신라 헌강왕이 개운포에 갔을 때 괴상한 곳에 괴상한 형상을 한 사람이 나타났는데, 그가
　경주에 들어와 달밤이면 거리에서 노래와 춤을 즐겨했으나 있는 데를 알지 못하였다고 한
　다. 뒤에 이상하게 생각한 나머지 노래를 지어 불렀다고 전해진다.

소악부 7

오관산[1]

나무로 황계 수탉을 새겨 놓았더니
수탉에 힘줄 생겨 벽 위에 깃들였네.
꼬끼오 꼬끼오 울면서 때를 알릴 제
어머님은 지는 해마냥 얼굴에 주름져요.

五冠山

木頭雕作小唐雞　筋子拈來壁上棲
此鳥膠膠報時節　慈顔始似日平西

---

1) 오관산 밑에 살던 문충文忠이 어머니에게 효성이 지극하였는데 어머니가 늙은 것을 한탄
하여 이 노래를 지었다고 한다. '목계가木鷄歌'라고도 한다.

서경별곡

바위 위에 구슬 타래 떨어뜨리니
구슬 타래 쟁그랑 대답하누나.
님이야 길이길이 이별했지만
님 그리는 단심이야 변할 수 없어라.

西京別曲

縱然巖石落珠璣　纓縷固應無斷時
與郎千載相離別　一點丹心何改移

소악부 9

정과정[1]

님 그려 날마다 눈물 젖으니
봄 산의 접동새 비슷도 하이.
이렇다 저렇다 묻지를 말아 다오.
지는 달 새벽별이 내 마음 알리.

鄭瓜亭

憶君無日不霑衣　政似春山蜀子規
爲是爲非人莫問　只應殘月曉星知

---

1) 정서鄭敍는 호가 과정이었다. 귀양지에 있는 자신을 다시 불러 줄 것을 기다렸으나 조정
　에서 끝내 부르지 않자 거문고에 맞추어 이 노래를 불렀다 한다.

후소악부

얼마 전에 곽충룡郭衝龍을 만났는데 그가 "급암及菴이 '소악부'에 화답하려
하였으나 같은 내용을 거듭하여 지으려니 힘이 들어 생각을 돌려 버렸다." 하
였다. 그래서 내가, "유우석[1]이 '죽지가竹枝歌'를 지었는데 모두 기협夔峽 지
방의 남녀들이 서로 희희낙락하는 사설이다. 그런데 소동파는 이비,[2] 굴원, 초
나라 회왕懷王과 항우의 사실을 취급하여 장가長歌를 지었다. 그러니 앞 사람
의 뒤만 답습할 필요가 있으랴. 급암이 딴 가곡으로 느낀 바를 취하여 새로 가
사를 짓는 것이 좋겠다."고 했다. 이에 두 편을 지어 그의 흥을 돋우는 바이다.

수정사 [3]

도근천[4] 냇물의 방축이 넘어가고

---

1) 유우석劉禹錫은 당나라 때 사람으로 유명한 문장가다.
2) 이비二妃는 요 임금의 두 딸로 순 임금의 비가 된 아황娥皇과 여영女英을 말한다.
■ 근자에 어느 높은 벼슬아치가 늙은 기생 봉지련鳳池蓮을 희롱하여, "너희들은 재산 많은
　중들만 따르고 사대부들이 부르면 오지 않으니 어쩐 셈이냐?" 하니 그 기생이 대답하되,
　"지금 사대부들은 돈 많은 상인의 딸을 맞아 둘째부인을 삼거나 그렇지 않으면 그의 여종
　을 첩으로 삼아서 즐기니 우리가 중과 속인을 가린다면 어떻게 살아가겠습니까?" 하였다.
　이 대답에 높은 벼슬아치는 얼굴이 붉어졌다.
　　선우추鮮于樞의 '서호곡西湖曲'에 "서호 놀음배에 뉘 집의 계집인가, 놀음채에 쏠리어 억
　지놀이 하는구나." 하였고 또, "어떻게나 호협남아의 천금을 얻어서, 음탕한 풍기를 깨끗하
　게 하였으면." 했다. 송나라가 망한 뒤 양반 가운데 이렇게 생활하면서 마음을 썩이는 자
　들이 있었다. 탐라의 이 가곡이 야비하지만 그때의 형편과 민간 풍속을 볼 수 있다.
3) 수정사水淨寺는 제주도에 있었던 절간 이름이다. 이 제목은 '탐라요'와 마찬가지로 이제
　현이 붙인 것이 아니다. 어느 문헌에도 실려 있지 않으나 지금 이 제목으로 부르고 있다.
4) 제주도에 있던 시냇물 이름.

수정사 앞뜰까지 흙탕물에 잠겼네.
승방에는 이 한밤 미인을 재우다 보니
주지는 뱃사공이 되고 말았네.

탐라요 ■

언덕 위의 푸른 보리 마구 쓰러졌고
삼대들은 두 갈래로 갈라졌네.[5]
질그릇과 흰쌀을 가득 싣고서
육지의 뱃사공은 언제 저어 오려나.

後小樂府 二首

昨見郭翀龍 言及菴欲和小樂府 以其事一而語重 故未也 僕謂劉賓客作竹枝歌
皆夔峽間男女相悅之辭 東坡則用二妃屈子懷王項羽事 綴爲長歌 夫豈襲前人乎

■ 탐라는 지방이 좁고 백성들이 가난하여 전라도 상인들이 질그릇과 미곡을 가져다 팔아 주
  었으나 그것도 흔한 일이 아니었다. 그런데 지금은 관가 및 개인의 소와 말이 들에 깔려서
  새로 개간하여 경작할 땅이 없다. 관원들의 왕래가 베틀의 북과 같이 빈번하기 때문에 백
  성들의 고단함이 더할 뿐이었다. 그러므로 자주 백성들의 소동이 일어났다.
5) 삼대가 두 갈래, 세 갈래로 갈라지면 쓰지 못한다. 삼대가 두 갈래로 갈라졌다는 것은 흉
  년을 의미한다.

及菴取別曲之感於意者 翻爲新詞 可也 作二篇挑之

水淨寺

都近川頹制水坊　水精寺裏亦滄浪
上房此夜藏仙子　社主還爲黃帽郞

耽羅謠

從教壟麥倒離披　亦任丘麻生兩岐
滿載靑瓷兼白米　北風船子望來時

예양교[1]

거친 다리 한 조각 돌에
누가 새겼는가 선비의 이름.
청산도 천추의 그 원한 머금었는가
구천에 사무친 충성 태양이 비춰 주네.

나라 은혜 갚는데 괴로운 짓 말고서
쉽게 이룰 길을 구해 보라고?
이 말에 참을 수 없이 분격하니
간사한 마음들 놀랐겠구나.

---

1) 예양은 전국 시대 진晉나라 지백智伯의 신하. 지백이 조 양자趙襄子의 손에 죽고 진나라
   가 망하자 예양은 몸에 옻칠을 하여 문둥이 모양을 하고 숯을 먹어 벙어리가 되어서 나라
   의 원수를 갚으려 했다. 친구가 그를 알아보고 "그렇게 고생을 해서 원수를 갚을 게 아니
   라 조 양자에게 항복하는 체하여 측근이 되었다가 조 양자를 죽이면 좋지 않겠느냐?"고
   말하자, 예양은 노하여 "나의 이 행동은 세상의 두 마음 먹는 자를 부끄러워하게 하려는
   것이다." 하였다.

豫讓橋

一片荒橋石　誰留國士名
山含千載憤　日照九泉誠
不爲恩難報　徒求事易成
此言眞有激　邪佞合心驚

고국에 돌아가고파

표박하는 쪽배에 정이 붙을 듯
누구라 온 세상이 다 형제라 하는가.
기러기 한 소래에 고향 소식 그립구나.
가는 제비 바라보면 내 삶이 보람 없네.

늦가을 궂은비는 청신수에 흩뿌리고
저문 날 구름 깃은 백제성에 걸렸도다.
고국의 순챗국이 양고기보다 낫거니
돌아갈까 말까를 점칠 까닭 있으랴.

思歸

扁舟漂泊若爲情　四海誰云盡弟兄
一聽征鴻思遠信　每看歸鳥嘆勞生
窮秋雨鎖靑神樹　落日雲橫白帝城
認得蓴羹勝羊酪　行藏不用問君平

황토점에서[*]

유유한 세상일 차마 듣기 어려워라.
다리 위에 말 세운 채 말문이 막혔구나.
언제면 햇빛이 맘속을 밝힐 거냐.
여기 청산에 막혀 눈물만 흘리노라.
잔도[1]를 태운 장량 신의를 저버리랴.
예상[2]의 주린 영첩 은혜를 알았도다.
마음 아파라, 이 몸에 나래 돋칠 길이 없나
구름에 날아올라 소리나 한번 질렀으면.

　　　　*

괴이한 처사에 근심겨워라.

---

[*] 충선왕이 참소를 당했는데 스스로 진실을 밝히지 못했다는 얘기를 듣고 이 시를 썼다.

1) 잔도棧道란 장나무를 절벽에 얽어매어 길을 통하게 하는 것인데, 여기서는 섬서성에 있는 것을 말한다. 장량張良이 한 패공漢沛公에게 잔도를 불살라 다시 돌아오지 않겠다는 뜻을 보임으로써 전갈로 항우에게 말하여 그때의 정세를 한나라에 유리하게 했다는 고사.

2) 춘추 때 진晉나라 조순趙盾이 예상翳桑에서 밭갈이하다가 영첩靈輒이 굶어 누워 있는 것을 보고 밥을 주었는데 그후 영공靈公이 조순을 죽이려 할 때 영첩이 구원하여 은혜를 갚았다는 고사.

나라는 쇠퇴하는데 내 어디로 물러갈꼬.
십 년을 간고히 충성했거니
만고에 오르고 잠김은 부질없고나.
서쪽에 지는 해는 이내 혼을 가르는데
푸른 물 흘러흘러 눈물이 앞서누나.
문객들은 많아도 개와 닭이 없으니[3]
은덕 입은 나 또한 죽어도 부끄러워.

                    *

가슴속 끝없이 산란만 하여
연산을 한 번 바라 아홉 번 탄식하네.
어찌 고래가 개미를 괴롭힌다 하랴.
서캐가 개구리에게 송사하는 격이로구나.
미리 막지 못한 환란 부끄럽도다.
나라 운명 붙드느라 머리만 세었어라.
만고의 바른 행실 적어 놓은 책 속에
나라를 더럽히는 무리 용납한 일 없더라.

---

3) 전국 때 제齊나라 재상 맹상군孟嘗君의 문객. 맹상군이 진秦나라에 갔을 때 진 소왕昭王
이 그를 죽이려 했는데 그를 따르는 사람들 중에 개 짖는 소리와 닭 울음소리를 잘 내는
자가 있어서 죽음을 면했다는 고사.

黃土店　三首

世事悠悠不忍聞　荒橋立馬忽忘言
幾時白日明心曲　是處靑山隔淚痕
燒棧子房寧負信　翳桑靈輒早知恩
傷心無術身生翼　飛到雲霄一叫閻

　　　　＊

咄咄書空但坐愁　式微何處是菟裘
十年艱險魚千里　萬古升沈貉一丘
白日西飛魂正斷　碧江東注淚先流
滿門簪履無鷄狗　飽德如吾死合羞

　　　　＊

寸腸氷炭亂交加　一望燕山九起嗟
誰謂鱣鯨困螻蟻　可憐蟣虱訴蝦蟆
才微杜漸顔宜赭　責重扶顚髮已華
萬古金縢遺冊在　未容群叔誤周家

명이[1]의 노래

양주[2]는 갈래길 많은 걸 슬퍼했고
공자는 불우한 것을 탄식하였네.
닭이 아직 아니 우니 밤이 어느 땐고
주인 잃은 개마냥 홀로 갈림길에 섰구나.

그 전날 우리 님이 벼슬에 오를 제는
휘황한 붉은 햇발 솟는 듯도 하더니
공을 이룬 뒤엔 은퇴해야 하는 것을
어리석은 임금 앞에 욕을 입었구나.

어찌 쇠한 조정에 위태로이 섰으며
나이 또한 늙었거늘 물러나지 않았느뇨.
벼슬이 높을수록 불안하다 했거니
이제 알았구나 환란은 미리부터 막아야 하는 것을.

---

1) 어진 사람이 뜻을 얻지 못하고 남의 참소를 받는 것을 이른다.
2) 중국 전국 시대 사람. 이기주의를 자기의 도로 삼았다.

요순이 양위[3]함은 천고의 모범이나
요 같은 임금도 사로잡힌 적 있구나.
창랑 물은 맑아도 귀를 씻지 못하니
허유[4]를 대하기 참으로 부끄럽구나.

明夷行

楊朱曾哭路多岐　魯叟亦嘆麟非時
荒鷄未鳴夜何其　喪狗獨立迷所之
憶昔吾君初入相　兩扶紅日上咸池
功成不退古所誡　坐令西伯玩明夷
式微胡爲寓旄丘　已老曷不營莬裘
古聞驂乘致芒背　今悟曲突賢焦頭
唐虞揖讓冠千古　有城底事名堯囚
滄浪水淸耳不洗　羞向塵編對許由

---

3) 중국에서 세습 제도가 있기 전에 요 임금은 순 임금에게 자기의 왕위를 물려주었다.
4) 요 임금이 자기의 왕위를 맡으라고 할 때 허유許由는 더러운 말을 들었다고 귀를 씻고 기
  산岐山에 가서 숨어 살았다.

계해년 사월에 연경을 떠나며 ▪

산 같은 님의 은혜 아직 갚지 못하여
험난한 만리 길에 말을 몰아가려거니
칼을 튕김은 아녀자의 이별 아니어라.
술잔을 당기어 친구들과 한껏 즐기네.
돌아보면 채색구름 대궐에 서려 있고
옥문관[1]에 비친 조각달 다정도 하다.
어머니의 성성 백발 하도 근심스러워
맑은 눈물 줄줄이 말안장에 뿌려지네.

至治癸亥四月二十日發京師

主恩曾未答丘山　萬里驅馳敢道難
彈劍不爲兒女別　引盃聊盡故人歡
五雲廻首籠金闕　片月多情照玉關
唯念慈親鬢如雪　數行淸淚洒征鞍

▪ 이때 충선왕이 서번땅에 있었는데 내가 거기까지 찾아가게 되었다.
1) 옛날 중국 섬서성 돈황현에 있던 요새.

말 위에서

말을 몰아 들판을 달려가니
누른 먼지 날아와 안장에 쌓이누나.
곡식들은 가물에 말라 버렸는데
어쩌자고 아침 해 또다시 쪼여 오네.

어찌하여 고국을 떠나왔나
구슬픈 노래에 갈 길 더욱 어려워라.
한줄기 때맞춰 비를 얻어서
애타는 백성들을 위로했으면.

         *

외바퀴 수레에 세간을 실어
남편과 안해가 밀고 당기네.
날마다 하루에 몇 리씩 걸어서
밥 얻어먹으러 남쪽 땅 찾아오네.

백성들이 괴롭고 즐거운 것은

조물주가 애초에 정해 놓았나.
돌아보아 나는 또한 어떤 자인가
그들을 대하니 마음만 아프고나.

                    *

한낮에 땀이 하도 흐르기에
시냇물 소리 속에 잠깐 섰노라니
몰아오는 먼지 말을 스쳐 지나가고
더운 기운 확확 불꽃 같구나.

우는 매미들 그늘을 따르고
게으름 피는 새들은 깊은 숲을 그리네.
언제면 시원한 자하동에 돌아가
베개에 기대어 솔바람 소리 들을 건가.

                    *

역졸은 연신 굽실거리며
옷자락 펄럭펄럭 부산하구나.
상을 옮기고 돗자리를 깔고
술을 베풀어 나를 위로하누나.

님에게 바친 정성 하찮은 채

여로에서 헛되이 반백이 되었거니
구구히 이제 다시 무엇을 하려고
또 와서 자네들만 번거롭게 하는구나.

馬上　四首

驅馬上丘原　黃塵滿征鞍
嘉禾槁已盡　杲杲升朝暾
豈爲去鄕國　悲歌行路難
願言得甘霑　維以慰黎元
　　　　*
隻輪載家具　夫婦相挽推
行行日數里　就食南州來
民生苦與樂　造物已安排
顧予是何者　對之獨傷懷
　　　　*
日午汗如濯　小立溪聲中
飛塵撲馬過　氣若烈火烘
鳴蜩悅美蔭　倦鳥思深叢
何時紫霞洞　敧枕聽松風
　　　　*
傴僂驛中卒　顚倒身上袍
移床拂簞席　扈酒慰我勞

致君愧無術　旅食驚二毛
區區欲何爲　亦來煩爾曹

장안[1] 여관에서

말과 수레 오고 가는 함곡관 길에
몰아오는 먼지가 옷깃에 쌓이누나.
이 세상 반쯤이나 두루 돌아다녔어도
마음은 물길 따라 고국으로 향하누나.

세상의 쓰고 단 일은 술이 위로하는가.
만첩청산 속에 홀로 누에 올랐노라.
벼슬길에도 내 마음 아는 이 있거니
유유히 긴 탄식을 하지 않으리.

                    *

길손이 다시 오니 수풀도 늙은 듯
아름다운 이 가고 난 뒤 구름이 아득토다.
두자미의 피리 소리 상기 시름겨워라.
만리의 떼배 길을 시름 깊게 바라노라.

---

1) 섬서성에 있는 도시 이름. 한漢, 당唐과 여러 나라들이 여기에 도읍을 하였다.

꿈속에 고국 산천 휘장에 어른대고
추녀머리 빗소리에 촛불꽃 떨어지네.
벼슬뜻 이제사 가을 구름 같아라.
가슴에 한 치 노을 남아 있을 뿐.

     *

동해 바다 우리 조국 예의의 나라
일찍 서로 의례를 닦아 친선이 지극했네.
강산 만대에 굳은 동맹 이어 왔고
은택 깊은 세 조정 성이 다른 왕[2]이로세.

찬란한 이 문화를 누가 범에게 내맡기며
창검이 어찌 형제의 싸움에 번득이랴.
이 터전 지켜 가는 국력을 바로잡아
고려의 융성 발전 기필코 보리로다.

題長安逆旅 三首

車馬函關道 風塵季子裘
轍環天下半 心逐水東流

---

2) 세 조정은 원나라 조정을, 성이 다른 왕은 충선왕을 말한 것이다.

萬事唯呼酒　千山獨倚樓

靑雲有知己　未用嘆悠悠

*

倦客重遊秦樹老　佳人一去隴雲晞

愁聽杜叟三年笛　悵望張侯萬里槎

夢裡家山空蕙帳　酒闌簷雨落燈花

宦情已似秋雲薄　胸次唯餘一寸霞

*

海上箕封禮義鄕　曾修職貢荷龍光

河山萬世同盟國　雨露三朝異姓王

貝錦誰將委豹虎　干戈無奈到參商

扶持自有宗祧力　會見松都業更昌

구름은 물에서
피어오르고

풀 이슬 함초롬히
짚신을 적시고
송홧가루 날아와
갈포 옷에 아롱지네

시름없이 자리 위에
앉았노라니
산새는 부질없이
돌아가라 재촉하네

자하동의 절을 찾아

맑은 시냇물 끼고 돌아서
수풀 속을 헤치고 산허리에 올랐노라.
한낮의 염불 소리 연기 속에 새오거니
사람을 만나기로 절간을 물을쏜가.

풀 이슬 함초롬히 짚신을 적시고
송홧가루 날아와 갈포 옷에 아롱지네.
시름없이 자리 위에 앉았노라니
산새는 부질없이 돌아가라 재촉하네.

紫洞尋僧

傍石過淸淺　穿林上翠微
逢人何更問僧扉　午梵出烟霏
草露霑芒屨　松花點葛衣
鬢絲禪榻坐忘機　山鳥謾催歸

푸른 들에 벗을 보내며

성 동쪽 길 위에 풀은 꽃다웁고
소나무 드문드문 들 언덕에 서 있네.
여기 봄바람에 이별하는 이 많아서
전송하는 말 탄 이들 무리지어 늘어섰네.

양지바른 마을에서 닭 울음 들려오고
제비는 물을 차며 백사장서 춤을 출 제
이별가 양관곡을 불러 보내노라
말을 머무르고 손을 나누며.

靑郊送客

芳草城東路　疎松野外坡
春風是處別離多　祖帳簇鳴珂
村暖雞呼屋　沙晴燕掠波
臨分立馬更婆婆　一曲渭城歌

북산의 안개비

골짜기마다 안개는 뭉게뭉게
수풀마다 비 기운이 서렸는데
오관산 서쪽 기슭과 구룡 동편이
수묵화를 그린 병풍과도 같구나.

석벽의 나무들 더욱 짙푸르고
울긋불긋 꽃잎들 시냇물에 실려 가네.
사라져 가는 무지개 뉘엿거리는 저녁볕에
아득히 새 한 마리 하늘가에 아물거려.

北山烟雨

萬壑烟光動　千林雨氣通
五冠西畔九龍東　水墨古屛風
巖樹濃凝翠　溪花亂泛紅
斷虹殘照有無中　一鳥沒長空

서강의 눈바람

바람은 바다 넘어 불어 닥치고
흐린 하늘 아득히 눈발이 몰려오네.
꽃잎이냐 버들개지냐 강마을에 나부껴
때아닌 미친 봄이 던져 놓는 듯.

생선 장거리는 문을 벌써 열었는데
돛배는 포구로 바삐 들어오누나.
어느 곳 주루에선가 가야금 소리
이 마음 더한층 시름겨워라.

西江風雪

過海風凄緊　連雲雪杳茫
落花飄絮滿江鄉　偸放一春狂
漁市開門早　征帆入浦忙
酒樓何處咽絲篁　愁殺孟襄陽

백악의 갠 구름

창포꽃 피고 살구는 열매 맺고
개울녘엔 능쟁이풀 푸르러
수풀엔 갠 구름 피어나거니
비 기운은 아직도 그치지 않았나.

서울에도 시골에도 부역이 적고
들녘에는 보리가을 풍성하구나.
진나라 소평처럼 숨어 살면서
내일은 문 앞 밭에 오이나 심으리라.

白岳晴雲

菖杏春風後　茅茨野水頭
晴雲弄色靄林丘　雨意未能休
京縣民無賦　郊田歲有秋
明朝去學種瓜侯　身事寄菟裘

황교의 저녁볕

구불구불 시냇물 숨었다 나타났다
시내 따라 들판은 나뉘었네.
수풀 저편 사람 소리 겨우 들리네
푸른 길섶이 치맛자락 같은데.

오산 나무숲에 솔개 모여들고
곡령 구름 속에 까마귀 날아가네.
오가는 마소들이 서로 갈리며
성안의 하루해가 어두워 가네.

黃橋晩照

隱見溪流轉　縱橫野壟分
隔林人語遠堪聞　村迤綠如裙
鳶集蜈山樹　鴉投鵠嶺雲
來牛去馬更紛紛　城郭日初曛

장단의 석벽

구름은 물에서 피어오르고
하늘을 가로막아 절벽이 펼쳐졌는데
용이 물을 불어 몰아치는가
푸른 물결 백 리에 출렁 또 출렁.

달빛은 물에 잠겨 유리처럼 반짝이고
꽃떨기 난만하여 비단 폭을 흩어 놓은 듯
배에다 술을 싣고 풍악을 잡히어
하루에 천 번이고 갔다 왔다 하고지고.

長湍石壁

挿水雲根聳　橫空黛壁開
魚龍吹浪轉隅隈　百里綠徘徊
月浸玻瓈色　花分錦繡堆
畫船載酒管絃催　一日繞千廻

박연폭포

빼어난 봉우리마다 햇빛 어리고
으슥한 깊은 골에 구름이 덮였어라.
님의 수레가 오르내리던 곳
깊은 소 한가운데 반석이 누웠어라.

폭포는 천 척 비단 폭을 날리는가
푸른 소는 만 길을 청동 빛이 사무쳤네.
달 밝은 밤 신선 학이 묏부리에 내리어
수룡음의 한 곡조라도 불어 보낼 듯.

朴淵瀑布

日照群峯秀　雲蒸一洞深
人言玉輦昔登臨　盤石在潭心
白練飛千尺　靑銅徹萬尋
月明笙鶴下遙岑　吹送水龍吟

백사장에 기러기 내리다

옥문관[2] 북쪽엔 주살[3]이 많고
북쪽땅 금하[4]에는 곡식도 없어
끼리끼리 짝을 지어 행렬을 지어
만리 길 쉼없이 소상강에 날아왔네.

맑은 물은 잔잔히 비단폭을 끄는 듯
희디흰 백사장 서리처럼 반짝이네.
나루터에 사람들 가고 석양이 가까울 제
내릴 듯 내려앉을 듯 다시 날아도누나.

平沙落鴈

玉塞多繒繳　金河欠稻粱

---

1) 중국 호남성에 있는 소상강을 중심으로 한 여덟 군데의 훌륭한 경치.
2) 중국 감숙성에 있는 요새의 이름.
3) 날아가는 기러기를 쏘아 잡는 일종의 화살.
4) 중국 내몽고 지방에 있는 강 이름.

兄兄弟弟自成行 萬里到瀟湘

遠水澄拖練 平沙白耀霜

渡頭人散近斜陽 欲下更悠揚

먼 포구에 돌아가는 돛배

남쪽 포구에 조수는 밀려오고
서쪽 묏부리엔 해가 너웃거리는데
구름 같은 돛대들 바람에 쓸리며
멀리 그림자 푸른 산에 비끼네.

아물아물거릴 젠 갈매기 춤추는 듯
한창 달려오를 젠 말이 달려가는 듯
뱃머리에 뿜은 물결 눈꽃이 부서지는 듯
북소리 둥둥 봄 우레 울리는 듯.

遠浦歸帆

南浦寒潮急　西岑落日催
雲帆片片趁風開　遠暎碧山來
出沒輕鷗舞　奔騰陣馬回
船頭浪吐雪花堆　畫鼓殷春雷

소상강의 밤비

갈대 어울린 물녘엔 조수가 찌고
유자 수풀 나루터는 안개에 잠겼는데
황릉 사당 아래 가을비 소리에
옛 생각 이제 생각 근심만 자아 오네.

멀리 안개 속엔 고기잡이 불 희미하고나.
쓸쓸한 이 정경에 손의 배도 움츠러드나.
이 속에 그 누가 나와 즐기느뇨
저기 백사장에 갈매기 한 마리.

瀟湘夜雨

潮落兼葭浦 烟沈橘柚洲
黃陵祠下雨聲秋 無限古今愁
漠漠迷漁火 蕭蕭滯客舟
箇中誰與共淸幽 唯有一沙鷗

동정호의 가을 달

호수 물은 아득히 하늘가에 닿았고
한가을 맑은 이슬 강산을 씻었는데
차가운 둥근 달이 바다 어귀에 높이 솟아
푸른 물결 위에 그림자들 희롱하네.

광대한 은 대궐을 열어 놓은 듯
정정한 옥무지개 꽂아 놓은 듯
불어오는 서풍에 돛을 달고 싶다.
곧바로 광한궁에 갈 것 같구나.

洞庭秋月

萬里天浮水　三秋露洗空
氷輪輾上海門東　弄影碧波中
蕩蕩開銀闕　亭亭揷玉虹
雲帆便欲掛西風　直到廣寒宮

소상팔경 5

강하늘의 저문 눈

풍세 사나워 구름은 흩날리고
날씨는 쌀쌀하고 눈발이 거세구나.
어지러이 흰 비단 짜는 듯하더니
마을 집들은 어느덧 소금 무더기.

먼 포구에 돌아오는 고깃배의 삿대 소리
외딴 마을엔 술집 깃대 거두었다.
밤이 들어 갠 빛 달빛처럼 밝아서
창 위에 드문 발을 걸어 놓을 만하구나.

江天暮雪

風緊雲容慘　天寒雪勢嚴

篩寒洒白弄纖纖　萬屋盡堆鹽

遠浦回漁棹　孤村落酒帘

三更霽色妬銀蟾　更約掛疎簾

절에서 들려오는 저문 종소리

초전 들판엔 가을 장마 구죽죽
상잠 묏부리엔 저문 안개 몽몽하다.
방아 한 확 찧어 놓고 또 한 확을 넣을 제
어데서 들려오나 저문 종소리.

흔들리는 달빛은 골짜기를 지나가고
바람 따라 먼 봉우리를 넘어가네.
지팡이에 의지해 다리 위에서 바라보니
절로 가는 한 가닥 길 솔 사이로 뻗었네.

烟寺暮鍾

楚甸秋霖捲　湘岑暮靄濃
一春容罷一春容　何許日沈鍾
搖月傳空谷　隨風度遠峯
溪橋有客倚寒筇　一逕入雲松

산마을의 갠 안개

옹긋종긋 먼 산봉들 달팽이처럼 솟아 있고
한 줄기 맑은 시내 구슬처럼 감돌았네.
해 높도록 산골 가게 문 열지 않았는데
푸른 아지랑이 고요히 나부끼네.

누대는 저 멀리 은은히 솟았어라.
몽몽한 수풀들이 희미하게 드러나네.
저자에서 생선을 사 오는가 했더니
다시 한 번 바라보니 아닌 듯도 하구나.

山市晴嵐

遠岫螺千點　長溪玉一圍
日高山店未開扉　嵐翠落殘霏
隱隱樓臺遠　濛濛草樹微
市橋曾記買魚歸　一望却疑非

어촌의 저녁볕

먼 봉우리에 저녁볕 걸려 있고
희미한 물결 위에 노을이 어리었네.
대울타리 두른 집이 어부의 집이렷다
수풀 곁으로 길 한 가닥 비꼈으니.

푸른 기슭 쌍쌍이 해오리 날아돌고
산허리에 하나 둘 까마귀 앉았구나.
갈대꽃 저편에서 들려오는 말소리
아마도 술 가지고 물고기와 바꾸나 보다.

漁村落照

遠岫留殘照　微波映斷霞
竹籬茅舍是漁家　一逕傍林斜
綠岸雙雙鷺　靑山點點鴉
時聞笑語隔蘆花　白酒換魚蝦

금강산에 관한 절구 두 수

보덕굴

음울한 바람 바위굽이에 나고
시냇물은 깊고도 짙푸르도다.
지팡이를 메고 절벽 위를 쳐다보니
날아갈 듯 집 한 채 외나무기둥에 실려 있네.

마하연 암자

산속에선 한나절이 겨웠는데도
풀섶 이슬이 짚세기에 젖어드네.
옛 절에 중은 살지 아니하고
허연 구름만 뜰에 가득하고나.

金剛山二絶

普德窟

陰風生巖曲　溪水深更綠
荷杖望層巓　飛簷駕雲木

摩訶演菴

山中日亭午　草露濕芒屨
古寺無居僧　白雲滿庭戶

봉주[1]의 용추[2]

산 어귀에 푸른 바위 대문처럼 열렸는데
바위 아래 맑은 못은 깊어 몇만 길인가.
햇빛은 쪼여 와 어지러이 반짝이고
숲 그림자 잠겨 들어 서느롭도다.

백성들 비 오기를 애타게 기다리거니
그 누가 이 물로 하여 단비 내려 주려나.
나드는 물고기들을 살펴보지 말아라.
아마도 용이 보내어 인심을 떠보나 보다.

鳳州龍湫

山前翠石雙扉啓　石底澄潭萬丈深
明浸日光紛閃閃　冷涵林影淨沈沈

---

1) 봉주는 중국 요령성에 있는 땅 이름이다.
2) 용추는 용이 살고 있다는 깊고 큰 소다.

斯民政要滋湯旱　彼相誰堪作說霖

出沒魚兒休察見　龍應先遣試人心

버들개지

꽃잎인가 눈송이런가 하냥 뒤번져
넓은 하늘 잔바람에 아득도 하이.
원집 개인 날도 이로 하여 흐릿한데
연못의 봄 물결은 자는 듯 고요해라.

뜰 위에 나부낄 젠 그림자도 없어라.
사창에 불어 드니 그윽이 향기로워
동녘 언덕 글 읽던 곳 불현듯 생각나네
꽃비 따라 책상머리에 설레던 그 정경이.

楊花

似花非雪最顚狂　空闊風微轉渺茫
晴日欲迷深院落　春波不動小池塘
飄來鉛砌輕無影　吹入紗窗細有香
却憶東皐讀書處　半隨紅雨撲空床

귀뚜라미

귀뚤귀뚤 귀뚜라미
너 왜 그리 슬피 우노.
밤새도록 짜도 짜도
비단 한 치 못 짰구나.

안해는 그 소리에 눈물 자아 오고
수자리 사는 남편 얼굴이 여윈다네.
봄바람 화창할 제 꽃은 열매 맺고
기나긴 여름철에 제비는 집 짓는데

어째서 미리미리 살 것을 마련 않고
서리가 내려서야 가을인 줄 아는가.
귀뚜리야 너는 어찌 그리 어리석은가.
세월이 너를 위해 잠신들 머무르랴.

促織

促織復促織　哀鳴何惻惻
終夕弄機杼　平明無寸縷
嫠婦才聞淚似泉　征夫一聽凋朱顏
春風融暖花着子　夏景舒長燕成壘
胡爲不自謀　直待霜淸露冷方知秋
促織爾何愚　日月豈肯爲爾留須臾

구요당에서

시냇물 잔잔하고 길은 비껴 돌았어라.
도인의 집보다도 더욱 고요하구나.
뜰 앞에 누운 고목 잎이 핀 둥 만 둥
온종일 산벌들만 화초 속에 잉잉대네.

　　　　*

꿈을 깨니 빈 창에 달이 반쯤 비꼈구나.
수풀 저편 종소리여 절간이 있나 보다.
끝없는 긴긴 밤을 봄바람이 사납구나.
시내 위에 지는 꽃잎 얼마나 실려 올거나.

九曜堂 二首

溪水潺潺石逕斜 寂寥誰似道人家
庭前臥樹春無葉 盡日山蜂咽草花
　　　　*

夢破虛窓月半斜　隔林鍾皷認僧家
無端五夜東風惡　南澗朝來幾片花

냉천정에서

시냇가의 반석이 하도 아름다워
지팡이를 짚고서 잠깐 서 있을 제
잔잔한 물결은 석양에 반짝이며
푸른 가지 그림자 아른거리네.

冷泉亭

爲愛溪邊石　扶筇小立時
微波含落照　影動掛猿枝

다경루에 눈이 온 뒤

높은 누에 눈 올 제 마음 상쾌하더니
개고 난 뒤의 경치가 그 더욱 가관일세.
하늘은 끝없이 은세계를 둘러쌌고
첩첩한 봉우리는 수정궁을 에워쌌네.

바다에서 솟는 햇빛에 눈이 시린데
나무 끝의 맑은 바람 시상을 안겨 주네.
우습구나 구구히 내 무슨 일로
십 년을 땀 흘리며 온 세상 돌아다녔노.

多景樓雪後

樓高正喜雪漫空　晴後奇觀更不同
萬里天圍銀色界　六朝山擁水精宮
光搖醉眼滄溟日　淸透詩腸草木風
却笑區區何事業　十年揮汗九街中

눈을 두고

휩쓰는 북풍에 나루터는 컴컴하고
눈이 오기 시작하니 길손은 시름겨워
허허 넓은 천지 기운이 흔들려
만물은 지난 봄을 머금었네.

은하수의 얼음장이 부서져 내리는 건가.
푸른 봉우리들 허물어질까 겁나누나.
선녀의 옷자락이 난봉을 희롱한 듯
진주로 지은 수궁에 어룡이 뛰노는 듯

말은 떨어 발굽이 움직이지 아니하고
둘러쓴 갖옷이 천 근인 듯 무거워라.
문득 맹호연[1]의 풍모를 생각했네
나귀 타고 시를 읊어 주림을 참았다고.

---

1) 당나라 시인. 매화꽃을 좋아하여 당나귀를 타고 매화를 찾아 눈을 맞으며 돌아다녔다고
한다.

찾아든 여관 주인 참으로 친절하다.
나를 위해 술 단지 내어놓는구나.
흥이 다했다고 어디로 갈 것이냐
구들은 뜨뜻하고 종과 함께 있거니.

보라 주생이 그려 준 그림▪
짧은 화폭에 연산의 눈경치를
다리목 늙은 버들엔 까마귀도 아니 오고
주막은 문이 닫혀 연기조차 아니 나네.

길손은 그 어디로 바삐 가려 하는가.
공명의 굴레 쓰고 말코가 째지도록 고삐 끄나 했더니
어찌 알았으랴 그는 꿈나라에 들어
추위도 더위도 잊고 있는 것을.

그림 속의 경치를 지금 내가 겪으니
그림 속에 담은 뜻 잊을 수 없구나.
백발이 다시 서로 만날 날이 있거든
이 그림 펼쳐 놓고 서로 감탄하리라.

▪ 산수화를 잘 그리는 주택민朱澤民이 지난날 나에게 연산의 새벽 눈을 그린 그림을 한 폭
선물했다.

雪

朔風卷地暗河津　塞雲作雪愁行人
兩儀洪荒盪元氣　萬物陸離含古春
初疑倒瀉銀河空　轉恐壓折青山峰
天女霓衣戲鸞鳳　海仙貝闕翻魚龍
馬蹄凌兢鞭不動　身上氈裘百斤重
令人却憶孟襄陽　驢背吟詩忍飢凍
逆旅主人眞可人　爲我一發浮蛆瓮
誰能興盡到門廻　席暖且與程奴共
君不見吳中朱生畫稱絶　短幅曾掃燕山雪
河橋老柳不棲鴉　小店閉門烟火滅
客子驅車欲安適　應被名韁牽鼻裂
豈知瓦油衣下黑甛鄉　一天歲月無炎涼
畫中之境今自蹈　畫中之意不可忘
白頭更有相逢日　握手披圖感嘆長

다시 눈을 두고

지난해 바로 이날 양자강 나루에서
몽몽한 눈발 자못 근심스러워
부옥산 앞에 배를 머무르고
비싼 '금릉춘' 술을 샀네.

지난해 솟는 호기 하늘에도 닿을 듯
북고산 푸른 봉에 달려 오르니
바다와 하늘 한 빛으로 뿌유스름할 뿐
해와 달 어데런가 천지가 아득하네.

바람은 고삐 놓인 말처럼 휘몰아치고
일만 수풀들은 자갈을 메워 놓은 듯
이 태소[1] 앞에 흥이 도도하여
시를 쓰려니 벼루가 얼어 걱정이네.

내려와 남창 앞에 덧옷을 벗을 젠

---

1) 처음 생겨난 물질 세계라는 뜻이나 여기서는 눈이 희게 쌓인 가없는 안계를 의미한다.

갠 반달이 쇠항아리처럼 휘황해
맑은 정신은 광한궁에 가 있는 듯
그 경치 혼자 봄이 오로지 한이더니

금년 이날엔 큰 근심만 애를 끊어
관하의 쌓인 눈 속 필마로 헤쳐 가니
실위땅의 초목들은 쓸쓸도 하고나
갈석에는 구름만 아득히 아물거려

저녁 무렵 묻노니 앞길은 그 얼마냐.
스산히 부는 바람 뺨을 에일 듯
한평생 걸은 길이 꿈속인가 생시런가
해가 가면 해마다 슬픔만 더해 오네.

아 비단 장막 아래 잔을 기울이며
조용히 노래할 때 즐거움이 있는 것을
회서땅[2] 깊은 밤에 군사를 이끌어
도적들을 잡은 공을 잊을 수 없는 것을
해가 높도록 문 닫고 누웠으매
원안[3]이란 옛사람 내가 닮았구나.

---

2) 중국 회수淮水 서쪽을 가리킨다.
3) 동한 때 사람. 벼슬길에 나서기 전 어느 해 눈이 많이 와서 모든 사람들이 빌어먹으러 다녔으나 그는 굶으면서 들어앉아 있었다.

雪

去年此日揚子津　雪華濛濛愁殺人

浮玉山前駐歸楫　百錢徑買金陵春

酒酣豪氣薄雲空　走尋北固登翠峰

海天上下同一色　日月東西迷六龍

長風掉鞅欲驚動　萬木含枚若持重

冥搜興逸太素前　援筆題詩愁硯凍

擁褐南窗夜色明　半輪霽月輝鐵甕

神淸宛在廣寒宮　勝賞只恨無人共

今年此日大愁絶　匹馬關河三尺雪

窒牢草木冷蕭條　碣石雲烟杳明滅

向夕前程問幾何　酸風如刀面欲裂

君不見百年身在夢魂場　一年年去增悲涼

亦知銷金帳下淺斟低唱有餘樂

亦知淮西夜半提軍縛賊功難忘

日高閉門臥不起　最有袁安興味長

망고탑▪에서

빈 골짜기에 함박눈이 내리는데
일 만 나무 하도 추워 소리 하나 없어라.
길손은 먼 길을 조심하는데
희슥희슥 먼동이 터 오기 시작하네.

얼어붙은 옷깃 철갑을 입은 듯
성에 낀 수염은 구슬 갓끈 같구나.
말조차 힘들어 가지 못하는
숫눈길에 서서 내 마음 소스라치는데
자던 산새들은 어데로 가는 건가
날개 치며 한 소래 울며 나누나.

▪ 만산령의 이름.

忙古塔

密雪壓空谷　萬木寒無聲
征人戒長道　迨此東方明
襟袖生鐵甲　鬢鬚絡珠纓
路窮馬蹄澁　却立心爲驚
棲禽亦安往　拂翼時一鳴

바다를 바라보며

물 구경은 물결을 구경함에 있다거니
넓은 바다 다 볼 건가 겨우 한 점 바라보네.
태양은 들썩이는 호흡 따라 뛰놀고
하늘은 격랑 사이에 빙글빙글 도는구나.

붕새[1]가 나래쳐 천 리를 난다거니
자라[2]는 한꺼번에 오산을 이었다거니.
가련하다 구구한 정위새[3]여
한평생 돌을 쪼며 어려운 줄 모르누나.

望海

早聞觀水在觀瀾　測管洪溟得一斑

---

1) 붕새는 한 번 나래를 치면 천리를 가고, 단번에 구만 리를 날아간다는 큰 새라고 한다.
2) 발해 동쪽에 산이 있어 바다에 떠다니므로 자라를 시켜 그 산들을 이고 있게 했다는 고사.
3) 바닷가에 사는 작은 새인데 서산의 모래를 물어다가 큰 바다를 메우려 했다고 한다.

白日丸跳呼吸裏　青天轂轉激揚間

不隨鵬翼搏千里　誰見鰲頭冠五山

可惜區區精衛鳥　一生銜石不知難

박연폭포

때는 봄철이라 산 기운 아름답고
골짜기 꾀꼴새는 사람을 부르는 듯
탐승함은 오래인 숙망이라
이 좋은 경개 구경 참으로 즐겁고나.

침침한 옛 소엔
다가서려 해도 마음부터 조여드는데
신령스런 그 무엇이 깊은 물을 엄습했나
나는 폭포수 천 길을 내려 쩛네.

깊은 물살은 하늘을 내려 쏟는 듯
쿵쿵 굼틀거려 숲과 바위 움직일 듯
옳은 책망이라면 종아리라도 맞으리
죽을 때에 피리 소리 듣기 위하여.

사귀는 감정이사 마음속에 달렸거니
어찌 이승과 저승이 막혔다 하랴.
난만히 피어 붉은, 바위틈의

꽃을 뜯어다가 백성들과 함께 술 마시세.
우리 백성 섬기는 데 모든 힘을 다 바치어
지성 어린 그들의 농사일에 보답하리.

朴淵

時春山氣佳　谷鳥如喚客
幽尋協宿想　勝賞欣新獲
沈沈古雙湫　欲近悚心魄
神物襲重泉　飛湍下千尺
泓澄瀉雲天　蕩漾動林石
義責甘施鞭　冥期契聞笛
交感由情衷　奚云幽明隔
采采巖中花　持以侑洞酌
嘉澤戒屯膏　吾民藝麰麥

느낀 바 있어 1

진달래꽃 피고 두견새 울어 옐 제
으스름 안개 속에 달이 기우네.
말 세우고 생각한 시 깜박 잊었는데
봉성 동쪽 바라보니 방초만 우거졌네.

*

바람 맑고 밤은 깊어 이슬꽃이 희미한데
하롱하롱 지는 꽃잎 옷깃에 가득하다.
아름다운 사람을 불러 말을 태우고
옥피리를 불리며 달빛 속을 갔으면.

感懷 二首

杜鵑花發杜鵑啼　香霧空濛月欲西
立馬得詩還忘却　鳳城東望草萋萋
　　*

光風轉夜露華微　零落春紅欲滿衣
喚取佳人騎細馬　教吹玉笛月中歸

제목 없이 읊노니

푸른 하늘 푸른 바다 밤은 늦은데
계수나무 밑에서 항아가 시름겨워.
옥토끼는 언제나 불사약을 찧지만
달이 차고 기우는 대로 붉은 얼굴 여위리.

無題

青天碧海夜漫漫　愁殺姮娥桂樹間
白兎長年空搗藥　一廻圓缺減朱顔

계명숙의 운금루 시 네 수에 화답하여

연꽃 핀 강가에 어린 달빛

잔잔한 물결 위에 달빛 가득히 아롱거리고
이랑이랑 고운 연꽃에 한 줄기 바람 나부끼네.
임평산 아래서 이 한밤 쉬자고 했더니
술이 깨어 알았구나 배 가운데 이 몸이 있음을.

소나무 골짜기의 푸른 구름

멀리 단풍 수풀 빈 듯 괴괴하고
골짜기마다 푸른 구름 가득 피어 깔렸더니
산머리에 걸혀 오른 채 흩어지지 아니하니
아마도 늦은 비가 다 걷지 않았나 보이.

낚시질

고기 떼 들락날락 잔물결에 노니는데
버드나무 그늘 아래 한가로운 낚시질
해가 져 돌아가려니 옷이 반쯤 젖었구나.
연기가 비에 어울려 앞산이 어둑어둑.

산집의 아침밥 짓기

산 아래 저 뉘 집인고 멀리 마을 같은데
지붕머리 실연기는 태평도 하다.
때마침 울 밑에서 삽살개가 짖더니
이웃에서 불씨 얻으러 와서 문을 두드리네.

和季明叔雲錦樓四詠

荷洲香月

微波澹澹月溶溶　十頃荷花一道風
記得臨平山下宿　酒醒身在畵船中

松壑翠雲

一林黃葉遠無聲　萬壑蒼雲漲欲平
卷上山頭吹不散　料應晚雨未全晴

漁磯晚釣

魚兒出沒弄微瀾　閑擲纖鉤柳影間
日暮欲歸衣半濕　綠煙和雨暗前山

山舍朝炊

山下誰家遠似村　屋頭烟帶太平痕
時聞一犬吠籬落　乞火有人來扣門

달존[1]의 살구꽃 시에 화답하여

봉성 서쪽머리 한 그루 살구나무
언덕에 기대어 송이송이 봄빛일세.
자색 연기는 어슴푸레 멀리 가까이
붉은 볕은 높고 낮은 델 따로따로 쪼이네.

향기는 이슬 머금어 벌꿀을 더해 오고
나부끼는 꽃잎은 제비 집에 떨어지네.
금파정 아래 갈 길이 문득 생각나
한 몸의 맑은 그림자 이끌고 가네.

＊

맑게 고인 봄빛 마을 서편
담에 기대 말없이 방축을 내려다보네.
단장한 꽃꼭지 바람이 불어 꺾고
꽃술의 화분은 보슬비에 젖어.

---

1) 달존은 이제현의 아들이다.

미인의 비파 마구리에 나부껴 가는 꽃잎
노는 이들 말다래에도 아롱져 붙는 꽃잎
푸른 그늘 감람나무는 공연히 서럽거니
탐승하는 마음을 그만두지 말아라.

和達尊杏花韻　二首

一株仙杏鳳城西　占斷春光傍柳堤
翳翳紫烟迷遠近　離離紅日照高低
暗香帶露添蜂蜜　亂點隨風着燕泥
忽憶錦波亭下路　滿身淸影醉扶携
　　　　＊
淡竚春光小巷西　倚墻無語俯長堤
帶裝絳蠟風吹折　花簇丹砂雨壓低
驚墮佳人金捍撥　巧黏游騎錦障泥
綠陰靑子空悵悵　滿意尋芳莫解携

산중 눈 오는 밤에

추위는 문틈을 쑤시고 등불은 어두운데
상좌는 온 한밤 종을 치지 않네.
너무 일찍 문을 연다 성낼 테지만
보라 뜰 앞 소나무에 덮인 눈 경치를.

山中雪夜

紙被生寒佛燈暗　沙彌一夜不鳴鐘
應嗔宿客開門早　要看菴前雪壓松

신마를 두고[■]

불랑 나라¹⁾ 준마 연경에 왔는데
나래도 실하기 비길 데 없네.
거센 파도인 듯 우레가 달리는 듯
바다 속의 검은 용 날아오르는 듯.

용이냐 말이냐 분간할 수 없구나.
관상 잘 보는 한풍에게 물어볼거나.
여기는 옥산의 벼²⁾가 없어서
배가 고파 두 귀를 늘어뜨리랴.

교하³⁾의 얼음장을 차고 헤치느라
고단하여 채찍에도 꿈쩍 않으랴
구중궁궐 임금의 은혜까지 입었거니

■ 서양의 불랑국拂郞國에서 말을 바쳤다.
1) 프랑스를 가리킨다.
2) 중국 전설적 여신선 서왕모가 살았다는 옥산에서 생산된 벼. 서왕모 옆에서 살았다는 청
   조靑鳥가 먹었다고 한다.
3) 중국 산서 지방을 흐르는 강 이름.

세 곱쯤 오른 말값 의논해 무엇 하랴.

이름 높은 조야백, 사자화[4]인들
총준한 네게야 비할 바 있으랴.
나는 너의 소문만 들었으니
연경에서 돌아왔음이 자못 한스러워.

너를 두고 그림 그릴 조 장군[5]도 있으며
너를 두고 노래 부를 두자미도 있나니
어쩌면 너 있는 곳에 가 볼 것인가
옥수레 앞에서 희롱함을 보고저.

趙三藏李稼亭神馬歌次韻

拂郎神馬來皇都　矯矯軒軒何所似
長風破浪雲電奔　海底烏龍欻飛起
龍耶馬耶不可知　骨法誰問寒風子
世無玉山禾　肯爲一飢垂兩耳
蹴裂交河氷　肯爲一困甘遭箠

---

4) 조야백照夜白과 사자화獅子花는 모두 중국 당나라 현종 때의 유명한 말들이다.
5) 당나라 때 말 잘 그리는 화가. 성명은 조패曹霸. 좌무위장군이란 벼슬을 했기 때문에 조
　장군이라고 한다.

九重況得蒙主恩　三倍何論增利市
照夜白獅子花　故應齷齪難與比
腐儒並世空聞名　自恨年來返田里
寫眞儻有曹將軍　作讚那無杜子美
願觀弄影玉輅前　安得親奉明堂祀

길에서 띄우는 편지

전에는 이별의 노래
마음에 심상터니
이리도 늙은 눈물
수건을 적실 줄이야

삼십 년 타국에서
방랑하던 나그네가
오늘은 사천 리 밖에
홀로 돌아가누나

정흥 길가에서[*]

비 온 뒤 감탕길이 이리 꾸불 저리 꾸불
들썩들썩 말안장에 사지가 들먹이네.
편하게야 사나이 뜻 이룰 길 있으랴.
이역에서 그리는 어버이 내 마음 부끄러워.
다소곳한 들뽕나무에 바람은 잔잔하고
아득한 마을 숲에 해는 지기 저어하네.
이제곰 돌아가 나의 사명 아뢰리니
아는 이 찾아 이 한밤을 지내고저.

定興路上

雨餘泥滑路透迤　兀兀征鞍撼四支
安坐豈償男子志　遠遊還愧老親思
野桑翳翳風來少　村樹茫茫日下遲
早晚歸來報明主　却尋鷄黍故人期

---

[*] 성도成都로 가는 여행 중에 썼다.

분하

분하[1] 물 밤낮없이 도도히 흐르거니
기슭에 다니는 이들 몇 번이나 늙었느냐.
요 임금 때 문물이란 산이 홀로 남았어라.
만고의 흥망성쇠 끝을 알 수 없고나.

유랑[2]이 여기서 추풍사를 노래했으니
북 피리 땅을 울려 어룡도 잠잠했으리.
평생에 먹은 큰 뜻 속절없어라
신선의 맑은 얼굴 볼 수조차 없었으니.

汾河

汾河日夜流浩浩　兩岸行人幾番老

---

1) 중국 산서땅에서 흘러내려 황하에 합하는 강 이름.
2) 한나라 무제인데 이 강에서 노닐면서 '추풍사秋風辭'를 지었으며, 만년에 신선을 만나려
　고 힘을 썼다 한다.

陶唐舊物山獨在　萬古興亡靑未了
劉郞會此歌秋風　簫鼓動地愁魚龍
平生謾有凌雲志　未見仙人氷雪容

황하

황하수 곤륜산에서 흘러오는데
한사[1]가 떼를 타고 저 근원을 가 봤다지.
곤륜산은 높고 높아 몇만 길인가
은하수가 그 위에서 쏟아져 내리는 듯

굽이굽이 거센 기세 지축을 굴리는가
천만 리 호탕히 흘러 하늘 끝에 떠가는가
마치도 초한이 해하에서 싸울 제[2]
천병만마 들끓어 평원에 내닫는 듯

비껴 흘러 가도 가도 그칠 줄 없이
온 벌판 넘쳐 넘쳐 야단이 났더니
산을 갈라 물길을 동으로 돌리느라

---

1) 한사漢使는 한나라 때 사람으로 먼 외국에 사신으로 많이 다녔는데 그가 떼배를 타고 황
   하를 거슬러 올라 은하수까지 올라갔다는 전설이 있다. 서북쪽의 먼 나라에 많이 다닌 데
   서 생긴 말일 것이다.
2) 초나라 항우와 한나라 유방이 8년 동안 싸웠는데 해하 전투에서 항우가 패하여 죽었다.

애를 쓴 신령의 손자국[3]이 남아 있네.

내 일찍이 바다 위에 놀 적엔
호기는 곤어[4]라도 잡아타려 하였고
서강[5]은 한입으로 마셔 버릴 듯
운몽[6]은 한가슴에도 차지 않더니

오늘 여기에 배를 띄우려니
쪼그리고 앉아서 마음부터 떨려 오네.
비린 바람 몰아치고 물결은 집채 같고
돛대는 저 멀리 산과 함께 흔들리네.

사공은 소리 지르며 땀을 철철 흘리는데
하루해 저물도록 저편에 못 닿았네.
내사 옛날의 맹명시[7]가 아니언만
진나라 백성 위해 쌓인 원한 갚고지고.

---

3) 옛날에는 화산과 수양산이 하나였는데 황하의 물 신령이 손바닥으로 쳐서 산을 갈라 황하가 바로 흐르게 했다는 전설이 있다.
4) 북해에 사는 고기인데 그 길이가 몇천 리나 되는지 모른다고 한다. 전국 시대 장주莊周가 쓴 《장자》에 있는 말이다.
5) 중국 광서성에 있는 주강의 상류.
6) 옛날 중국 양자강 좌우에 있던 운택雲澤과 몽택夢澤. 그 길이가 8백 리나 되었는데 지금은 변하여 육지가 되었다고 한다.
7) 춘추 때 진秦나라 사람. 진 목공의 장수로서 진晉나라를 치다가 몇 번 패했으나 끝내 원수를 갚았다 한다.

내 또한 진 공자[8]는 아니언만
외삼촌과 하던 말 저버리지 않으리.
철우[9]가 짐작 있어 웃어 주려니
하필 험한 데를 건너 서남으로 달리랴.

黃河

黃河西流自崑崙　漢使乘槎昔窮源
崑崙山高幾千仞　天河倒瀉流渾渾
崩騰九曲轉坤軸　浩蕩萬里浮天垠
有如楚漢戰垓下　千兵萬馬驅平原
橫流往往不可止　泛溢四野愁黎元
擘開兩山俾東注　辛苦巨靈留掌痕
蹇予少年遊海上　豪氣欲跨莊生鯤
西江眞堪一口吸　雲夢不足胸中吞
今日沙頭欲解纜　兀坐不覺驚心魂
腥風打頭浪如屋　長帆遠與山相掀
篙師絶叫汗流潘　日暮未到南岸村

---

8) 진 공자晉公子는 춘추 시대 진 문공晉文公이다. 그 아버지가 여희驪姬란 계집에게 빠져서
   그 형을 죽이자 도망하여 국외에서 19년 동안 고생하다가 진 목공秦穆公의 도움으로 고국
   에 돌아와서 왕이 되었다. 그가 도망할 때 그의 외삼촌 자범子犯이 황하 가에서 진 문공에
   게, "아버지에게 죄가 크나 도망치는 것이 옳다."고 한 고사가 있다.
9) 중국에는 쇠로 소를 만들어 물속에 던지면 사람이 물에 빠져 죽지 않는다는 얘기가 있다.

我不是楚舟孟明視　期爲秦民一雪無窮冤

又不是投璧晉公子　誓與舅氏不負平生言

鐵牛有知應解笑　胡爲涉險西南奔

촉도[1]

산이사 옛날부터 있었으련만
이 길은 언제부터 닦았느뇨.
여와씨[2]의 손을 빌지도 않았으려니
누구라 혼돈 속을 분별했느뇨.

하늘은 오글오글 깃발 꼬리 같아라.
산악은 칼날처럼 깎아질렀어라.
안개는 울창한 숲에 비와 섞이고
쏟아지는 강물 소리 우레가 우는 듯

초목 우거진 속을 뚫고 뚫어서
천험 아슬한 곳에 겨우 올랐는데
말에서 내려도 나란히 걷기 어렵구나.
사람을 만나면 뒷걸음쳐 비켜 주네.

---

1) 촉땅의 산길. 중국의 사천성에 있는 산길을 말한다. 산도 험하고 길도 험하여 하늘에 오르
   기보다 어려웠다고 한다.
2) 복희씨의 누이로 하늘과 땅을 개벽할 때 활동했다는 전설의 인물이다.

놀란 잔나비 제자리만 돌아치고
달아나는 산새 갈데없이 날아들고
새벽빛을 반긴 것은 조금 전인데
어느새 이날이 저물어 가는가.

금우도3)가 그 어느 갈래던가
유마4)는 하마 이 길 서슴지 않았을까.
다리 위에 글을 지어 붙이노니
어찌 이 고장에 다시 오길 기약하리.

蜀道

此山從古有　此道幾時開
不借女媧手　誰分混沌肧
天形旐尾擲　岡勢劍鋩摧
霧送千林雨　江奔萬里雷
班班穿薈鬱　矗矗上崔嵬
下馬行難竝　逢人走却廻
驚猿空躑躅　去鳥但徘徊

---

3) 촉도의 남쪽 갈래를 가리켜 부르는 이름. 진나라가 황금 소를 촉도에 놓자 초나라에서 그 소를 얻기 위해 길을 뚫었다는 고사가 있다.
4) 중국 삼국 시기에 제갈량이 나무로 말을 만들어 사용한 일이 있다고 하는데 이것을 말한다.

才喜晨光啓　俄愁暮色催
金牛疑妄矣　流馬笑艱哉
寄謝題橋客　何須約重來

팔월 십칠일에 배를 저어 아미산[1]으로 향할 제

금강 위에 가을 구름 날리는데
여구편[2] 한 곡조에 주루로 내려갔네.
한 폭 붉은 기는 바람에 펄럭이고
삐걱삐걱 노 젓는 소리 물이 유유하고나.

비에 쫓긴 송아지는 제 집으로 돌아가고
물결이 갈매기를 보내어 뱃머리를 날아 도네.
어찌 이 몸이 불우하다 할거나
나라 일로 외방에 나와 맑게 노니나니.

八月十七日 放舟向蛾眉山

錦江江上白雲秋　唱徹驪駒下酒樓

---

1) 중국 사천성 아미현蛾眉縣에 있는 산 이름. 해와 달을 가릴 정도로 높고 경치가 뛰어나다
   고 한다.
2) 《시경》의 시편 이름. 3백 편에 들지 않은 시다.

一片紅旍風閃閃　數聲柔櫓水悠悠

雨催寒犢歸漁店　波送輕鷗近客舟

孰謂書生多不遇　每因王事飽淸遊

부문진에서 비에 막히다

골짜기에 피는 구름 장마를 보내오고
황량한 들 주막에 저녁 그늘 졌는데
창에 울리는 여울 소리 지루하구나.
울적한 산기운은 옷깃을 엄습하네.

한세상 이내 몸 할 일도 하 많은데
오로지 만리 밖 어버이 그리워
어쩌면 긴 바람이 흉한 기운 불어 가고
산 위에 솟는 해를 볼 수 있을까.

阻雨符文鎭

峽雲蓬勃送秋霖　野店荒涼生暮陰
剛厭灘聲戰窗牖　更堪山瘴襲衣衾
百年身世千般計　萬里庭闈一片心
安得長風吹掃盡　仰看紅日上重岑

아미산에 올라

푸른 구름 가없이 대지를 덮었구나.
해는 겨우 산허리만 돌아오네.
만상은 무극[1]으로 돌아갔는가
아득한 저 하늘만 고요하고 쓸쓸하다.

登蛾眉山

蒼雲浮地面　白日轉山腰
萬像歸無極　長空自寂寥

---

1) 텅 비고 끝이 없는 공간과 시간을 가리킨다.

뇌동평

아슬한 사다리길 하늘에 닿은 듯
구불구불 자들박[1]은 실보다도 가는데
길옆의 큰 나무 대낮에도 무서워라.
일흔두 신이 이 고을을 열었다누나.
깎아지른 절벽 그 밑은 끝이 없어
온 골의 구름 더미 토해 내는 듯
벼랑은 무너지고 바위는 가로막아
안돌이 지돌이 지나갈 수 없구나.

잡목들은 서로 꼬여 얼기설기한데
풍풍 소리 그 어데 물이 쏟아 흐르는가.
먼 하늘에 천만 개 북을 두드리는 듯
갠 날 때 아닌 우박 내려치는 듯
숨 죽이는 길손을 나무랄 수 있으랴
한 번 보면 심혼이 떨려 내리는데
두 눈은 아찔거리고

---

1) 바윗길, 돌길을 말한다.

땀은 그냥 비 오듯 하는데
이 또한 평생에 구경할 만하구나.
쳐다보며 내려다보며 근심할 게 있으랴.

그대는 못 보았도다
하늘 위의 금문이 바다 속 같고
뭇 범이 무시무시 호위한다거니
바보는 날뛰다가 굴러 떨어지고
아는 이는 때를 기다려 편히 산다네.

雷洞平

胡孫梯高天尺五　石路蜿蜒細於縷
路傍大樹驚白晝　七十二神開洞府
奇巖壁立下無底　鴻洞雲嵐自呑吐
崖崩石出絶難度　惡木縱橫若相補
渢渢何處潟奔流　俯聽遙空喧萬鼓
有時雨雹亂晴天　過客屛氣誰敢侮
腐儒一見動心魄　兩眼昏花汗如雨
也知平生足游觀　何事窮山愁仰俯
君不見天上金門似海深　仗衛森嚴羅九虎
狂夫雀躍蹈危機　達士龍潛臥環堵

미주[1]에서

나의 부친은 삼형제였는데 세 분이 함께 우리 나라에서 문필로 이름을 알렸다. 그런데 나의 백부와 숙부들은 앞뒤를 이어 돌아가시고 오직 부친만 건강하셔서 지금 일흔한 살이시다. 만일 이분들이 중국의 우수한 문필가들과 연계를 가졌더라면 소동파의 삼부자와 어깨를 겨루지는 못했을지라도 한때 이름을 휘날렸을 것이다. 그러나 거리가 너무 먼 데다가 십 년 동안 병란을 겪어 외방과 관계를 고려할 형편이 못 되었다. 그러므로 중국 천지에까지 알려지지 못하고 말았다.

하늘가 한 모롱이에 미산이 있어
우거진 나무숲에 가을이 쓸쓸쿠나.
길옆에 자리 잡아 삼소당이 있어
지나가는 길손마다 멈춰서 물어보네.

소동파 삼부자[2] 때를 맞춰 났는데
한 집안 성한 기운 수풀 같았네.
늙은 준마 악와[3] 속을 거니는 듯
단혈[4]에 새끼 봉황 쌍을 지어 나는 듯

---

1) 미주眉州는 중국 사천성에 있는 소동파의 고향이다.
2) 소동파는 송나라 때의 사람으로 아버지 소순蘇洵, 아우 소철蘇轍과 함께 삼부자가 문장으로 유명하다.
3) 악와는 중국 감숙성에 있는 물 이름이다. 여기서 옛날 신기한 말이 나왔다는 전설이 있다.

삼부자 서로 이어 금문[5]에 오르니
온 세상 문장들 비길 이가 없었네.
아 그때로부터 이백 년이 지났어도
그 이름들 일월과 함께 빛을 다투누나.

그대는 못 보았도다
계림 이씨 삼형제[6] 또한 걸출하여
한 나라 문단에서 모두 이름 떨치었네.
집이 가난하다고 비웃지 말라.
성공하면 칭찬을 일삼지 않는가.

서울에 올라가는 길이 없어서
밝은 달과 더불어 물가에서 즐기셨다네.
그중의 두 어른 세상을 떠났지만
아버님은 아직 살아 백발 성성하시네.

眉州

吾大人三昆季 俱以文筆 顯於東方 伯父季父 相次仙去 唯公無恙 年今七十有奇

---

4) 중국의 산 이름으로서 봉황새가 산다는 전설이 있다.
5) 금마문金馬門인데 한나라 무제의 미앙궁 문 앞에 구리쇠로 만든 말을 세웠다. 이 연원으
   로부터 높은 벼슬아치들이 드나드는 대궐 문을 의미한다.
6) 이제현의 아버지 삼형제를 말한 것이다.

若使北來 得與中原賢士大夫 進退詞林間 雖不敢自比於蘇家父子 亦可以名動一
時 顧水陸千里 干戈十年 所處而安 無慕乎外 故天下莫有知之者

眉山僻在天一方　滿城草木秋荒涼
過客停驂必相問　道傍爲有三蘇堂
三蘇鬱鬱應時出　一門秀氣森開張
渥洼獨步老騏驥　丹穴雙飛雛鳳凰
聯翩共入金門下　四海不敢言文章
邇來悠悠二百載　名與日月爭輝光
君不見鷄林三李亦人傑　翰墨壇中皆授鉞
韓洎繩樞笑無用　王家珠樹譽成癖
機雲不入洛中來　皎皎滄州委明月
兩雄已矣不須論　家有吾師今白髮

여울을 올라가며

물길 따라 동으로 갔다 거슬러 돌아오네.
나그네 몸 언제면 잠깐이나 편할 건가.
사장에 물이 삐니 배는 아니 움직이고
언덕이 무너져 한 치도 힘들구나.

잠결에 듣는 비는 해롭지 않구나.
다가오는 푸른 산 이 아니 기쁜가.
미안하구나 사공들은 배를 끌어
한종일 땀 흘리며 강기슭을 달리니.

上灘

乘流東去泝流還　客寢何時得小安
水落沙堆銖亦重　崖崩石出寸猶難
不妨聽雨留連睡　且喜逢山子細看
只愧郵人牽百丈　汗流終日走江干

추풍곡을 타는 건 도사[1]의 거문고를 들으며

내 비록 지음[2]을 하지는 못하지만
거문고를 즐기기는 나만 한 이 없으리.
벌써 여기에 맛을 들였거니
배우지 않아도 알 수 있다네.

서촉땅 여기 와서 들은 게라곤
북소리 젓대 소리에 귀가 아팠을 뿐
듣자니 내 마음 산란만 하고
말리자니 욕할까 봐 조심되더니

여기 신선 같은 노인 한 분이
세상을 파탈하고 성안에 사는데
나를 맞아 고요한 방에 앉아서
나를 위하여 줄을 고르네.

---

1) 건謇은 중국 사람의 성이며, 도사는 신선 공부를 하면서 맑게 산다는 사람의 칭호다.
2) 음악의 곡조와 악기 타는 묘리를 잘 이해하는 것이다.

한 번 타면 시달린 마음 맑아지고
또 한 번 골라서 옛 뜻을 찾아내네.
한때 잠잠하여 마음을 졸였더니
다시금 고쳐 앉아 추풍곡을 뜯는구나.

그 곡조 슬프도다 가을 기운 스며들어
으슬으슬 서릿발에 나뭇잎이 떨어지는 듯
구름을 바라보면 기러기 울음만 슬픈데
강물은 유유하고 청산은 아아한 듯

아 먼 길 가는 이 몸이여
무엇 하러 예 왔는가.
유리잔을 기울임이 방해가 되랴
이 시간 이내 심사 끝이 없거니.

聽蹇道士彈秋風

我雖不能音　好琴莫如我
苟能得其趣　自謂不學可
我來蜀中何所聞　鼓笛紛紛耳欲破
聽之亂吾眞　斥之恐遭罵
不謂古仙翁　玩世在城中
迎我坐虛室　爲我鳴絲桐

一鼓塵懷淸　再鼓古意生

玉篆烟消人俏俏　整襟更作秋風調

慘憬兮秋之爲氣也　霜露漸漸兮木葉下

望白雲兮征鴻哀　江水悠揚兮山崔嵬

嗟爾遠道之人兮　胡爲乎來哉

豈辭引滿玻瓈鍾　此時此客心無窮

길 위에서[▪]

말 위에서 이태백의 '촉도난'¹⁾을 읊더니
오늘 아침에야 진관에 들어왔구나.
아득한 저문 구름 어부수에 닿았어라.
늦가을 단풍나무 조서산에 잇닿았네.

문자는 천고의 한을 더해 주누나.
명예가 어찌 한 몸의 편함에 비기랴.
가장 그리운 건 안화사 길에
죽장망혜로 오고 간 일이네.

路上

馬上行吟蜀道難　今朝始復入秦關
碧雲暮隔魚鳧水　紅樹秋連鳥鼠山

▪ 촉 지방에서 연경으로 돌아오면서 지은 시다.
1) 촉도의 험난함을 읊은 이태백의 시.

文字剩添千古恨　利名誰博一身閑
令人最憶安和路　竹杖芒鞋自往還

새벽에 이릉[1]을 떠나며

내가 성도로 가려 할 때 송설 조자앙이 고시 한 편을 보내왔는데, "금성[2]에 무슨 기쁜 일이 있으랴. 빨리 돌아오도록 도모함이 좋으리로다." 하는 글귀가 있었다. 그후 시월에 내가 북으로 돌아올 때 이릉 지방을 지나는 도중 마침 눈이 멎었다. 이때에 문득 그 시구가 생각나서 이 시편을 지어 그에게 부쳤다.

새벽녘 역사에는 등불 아물거리는데
말안장에 오르려니 몸이 으쓱 떨리노니
노자가 선약을 고았다는 단조[3]에
오늘은 구름 끼어 희미하고
문왕이 비 피하던 북릉에는
눈만 허옇게 쌓여 있어라.
일을 당하면 가슴이 막힐 줄 누가 알랴.
시를 읊으면 머리만이 흐트러져 갈 뿐
두건은 꺾어지고 옷은 해어져
용문[4]의 문장들을 만날 일이 부끄럽다.

---

1) 중국 하남성 낙녕현 효산 속에 있는 두 개의 능을 말한다. 남쪽 능은 하우씨의 묘지고, 북쪽 것은 문왕이 비바람을 피하던 곳이라 한다.
2) 성도의 딴 이름.
3) 신선이나 신선 공부하는 사람이 환약을 고는 부엌을 말한다.
4) 올라가기 어려운 곳이란 뜻. 얻기 힘든 벼슬의 위계를 의미한다.

二陵早發

予之將如成都也 內翰松雪趙公子昂 以古調一篇相送 有勿云錦城樂早歸及良圖
之句 十月北歸 雪後二陵道中 忽憶其詩 作此寄呈

夢破郵亭耿曉燈　欲乘鞍馬覺凌兢

雲迷柱史燒丹竈　雪壓文王避雨陵

觸事誰知胸磈磊　吟詩只得髮鬅鬙

塵巾折角裘穿緪　羞向龍門見李膺

비간의 묘

비간의 묘지가 위주 북쪽 십여 리 지점에 있다. 주나라 무왕이 묘소를 설정하였고 또 당나라 태종이 그곳을 지나다가 친히 제문을 지어 제사 지냈다 한다. 묘비의 글자가 이지러지고 떨어졌으나 약간 식별할 수가 있었다. 무릇 두 임금이 다른 시대의 신하를 사모하여 대우한 것은 그의 충성에 감복하여 그 죽음을 슬퍼한 것이리라. 그러나 무왕이 주왕을 정벌한 후 백이와 숙제를 홀시하였고 태종이 요遼를 정벌할 때 위징魏徵을 의심한 것은 무슨 까닭인가? 이 시를 지은 것은 의리에 대하여 다시 한 번 밝히려는 것이다.

주나라 임금이 적국 은나라의
한 사람 비간[1]을 예로 장사했으니
충성된 말로 한 목숨을 바친
그의 붉은 마음 아껴서였으리.

그런데 그 무왕 어찌하여
화양땅[2]에서 군용마 흩어 보낸 뒤
절개 높은 백이 숙제는
굶어 죽도록 내버려 두었는가.

---

1) 은나라 왕 주紂의 삼촌. 주의 악행을 간하다가 주에게 죽었다. 아주 어진 사람이라고 전해 온다. 지금의 하남성 급현에 묘지가 있다.
2) 무왕武王이 은나라를 정복하고 뒷정리를 한 후 이곳에서 군용 말들을 흩어 버렸다고 하는 중국의 땅.

　　　　*

예로부터 사나운 탐욕

어질고 지혜로운 이를 가려 버리는가

저물 무렵 사람으로 하여금

이렇게 마음을 거슬리게 하는구나.

몸소 비간 묘에 제사함이야

그 얼마나 아름다운 일이냐.

그런데 어찌하여 그 충직한

위징의 비석은 엎어 버렸는가.

比干墓　二首

墓在衛州北十許里 蓋周武王所封 而唐太宗貞觀中 道過其地 自爲文以祭 其石刻剝

落 亦可識一二焉 夫二君之眷眷于異代之臣者 豈非哀其忠 愍其死乎 而武王忽伯夷

於勝殷之後 太宗疑魏徵於征遼之日者 何耶 因作此詩 亦春秋責備賢者之義也

周王封墓禮殷臣　爲惜忠言見殺身

何事華陽歸馬後　蒲輪不謝採薇人

　　　*

從來忿欲蔽良知　日暮令人有逆施

吾矣親祠比干墓　胡然却仆魏徵碑

곡령¹⁾을 올라가며

숨은 가빠 헐떡이고 땀은 비 오듯
열 발자국 걷는 동안 여덟 번 쉬네.
뒷 사람 앞지름을 탓하지 말라
천천히 가도 산마루엔 다다르고 말리니.

登鵠嶺

烟生渴肺汗如流　十步眞成八九休
莫怪後來當面過　徐行終亦到山頭

---

1) 개성에 있는 산 이름.

초산

배로¹⁾가 부옥산²⁾을 열어 놓을 제
맞은편 초산³⁾만은 남겨 두었구나.
넓은 바다는 오나라땅 삼켜 버린 듯
산은 높아 초나라 하늘 떠받들었네.

창가 갠 날에 신기루 떠오르고
뜨락 밑 조수 위에 갈매기 울음 우네.
발길을 돌리려다 다시 돌아보니
저녁 무렵 솔과 대 한창 푸르다.

焦山

裵老開浮玉　胸襟讓一焦

---

1) 당나라 때 신선이 되었다는 여자 배항을 가리켜 말한 듯하다.
2) 초산 근처에 있는 산 이름. 지금은 금산이라 한다.
3) 중국 강소성 단도현 강 가운데 있는 산 이름.

海吞吳地盡　山控楚天遙
蜃氣窗間日　鷗聲砌下潮
欲歸還倚杖　松竹晚蕭蕭

해회사에 이르러

저 멀리 높은 절간 아득히 보이더니
배를 저어 밤에야 그 앞을 지나네.
마루에 비친 달그림자 걸음을 따라오고
시내 바람 살랑살랑 가옥1)을 불어 흔드네.
산은 소동파로 하여 알려진 지 오래도다.
나무는 전왕 때부터 많이 일 겪었구나.
언덕에 봄이 가니 남은 꽃도 쓸쓸한데
골짜기 산새들만 마을 노래에 화답하네.

宿臨安海會寺

梵宮臺殿遠嵯峨　沙步移舟夜始過
峽月轉廊隨響展　溪風入戶動鳴珂
山因蘇子知名久　樹自錢王閱事多
陌上春歸花寂寂　唯聞谷鳥和村歌

---

1) 옥으로 만든 장식품.

북쪽¹⁾으로 가며

기러기 애끊는 소리에 가을이 짙어 가고
닭의 잦은 울음 밤이 벌써 새나 보다.
등불을 어서 켜라 한동안 서둘렀고
말을 타고 가니 아이놈▪이 춥겠구나.

풀잎에 맺힌 서리 옷깃에도 맺혔구나.
얼음을 밟고 가니 안장에 물이 튄다.
님이 베푼 은혜 아직 갚지 못했는데
애를 쓸 뿐 어찌 편안함을 구할 거냐.

　　　*

고국을 떠나는 심사 그지없어라.
남의 나라 구경이야 흥미롭겠지만
형제 함께 덮던 이불 잊혀지지 않거니

---

1) 원나라 서울 연경으로 가는 것을 의미한다.
▪ 연경으로 갈 때 이제현은 아들을 데리고 갔다.

해진 도포 자락 추운 걸 근심하랴.

술을 대할 때마다 검을 튕기고
등불 끄고서는 안장을 베고 잤노라.
그 땅 위에 뜬구름 멀어만 가니
어찌하면 내 소식을 알릴 것이냐.

北上 二首

斷鴈秋聲苦　荒雞夜色闌
呼燈憎僕懶　騎馬怕兒寒
草動霜飄袂　氷穿水迸鞍
主恩猶未報　努力敢求安
　　　　＊
去魯情何極　遊秦興未闌
每懷姜被暖　誰念范袍寒
對酒頻彈劍　吹燈乍枕鞍
白雲看漸遠　安得報平安

느낀 바 있어[1] 2

닭의 울음소리 꿈을 깨워서
말을 메워 가려 하니 생각이 그지없네.
모진 서리 바람 갖옷은 해졌어라.
달빛 비낀 난간에 군악 소리 구슬프다.

위수 맑은 물에 일엽편주 저어 갈까.
신선 고장 꽃을 보고 싶어 옴은 아니라네.
맹상군의 빈객들[2] 모두 호사스러웠으나
삼천 명 그 빈객이 어찌 다 인재였으랴.

　　　*

주막에서 팔을 베고 밤은 삼경인데
금대를 떠나서 몇천 리를 지나왔나

---

1) '느낀 바 있어[感懷]'는 원래 4수였으나, 북에서는 그 가운데 2수만 옮겼다.
2) 전국 시대 제나라 재상인 맹상군은 항상 유능한 선비들을 대접하여 그 집에 묵는 사람이
   수천 명이 되었다 한다.

괴로운 절개는 탄협객[3]과 같구나.
피 뛰는 청춘도 다 지나고 말았어라.

고생살이 내 뜻대로 피하지 못하거니
어버이 모시지 못함만이 한이로구나.
나의 앞길을 누구에게 물을 건가
오로지 저 달빛만이 정을 자아내누나.

感懷 二首

旅枕鷄號夢易廻　征鞍欲拂思悠哉
霜風淅瀝貂裘弊　星月闌干畫角哀
淸渭却思浮葉去　玄都非爲看花來
孟嘗賓客皆珠履　豈必三千總俊才

*

枕肱茅店夜三更　矯首金臺路幾程
苦節頗同彈鋏客　芳年已過棄繻生
窮通有命悲親老　緩急非才愧主明
畢竟行藏誰與問　滿窓霜月獨鍾情

---

3) 풍환馮驩을 가리킨다. 풍환이 맹상군의 손님으로 있을 때 맹상군이 그를 알아주지 않아서
고생을 하다가 칼을 두드리면서 노래를 불렀다. 그제야 맹상군이 이해를 하게 되었고 맹
상군은 풍환의 진실한 도움을 받았다 한다.

동지

연경에서 송경[1]으로 떠나올 때에는
길가 나무에 매미 소리 한창이더니
찌는 구름 아래 티끌만 씹혀
창랑가를 부르며 갓끈을 씻고 싶더니

대지 위에 어느덧 찬 기운 돌아
떨어지는 나뭇잎 소리에 가을 되니 놀라고
안해는 갖옷을 미처 못 만든 채
그동안 서리를 밟고 얼음을 헤쳐 갔네.

지금 송경에서 연경으로 향하는데
달은 일곱 번을 차고 다시 기울어
황종[2] 두삽자의 생동하는 율조에
짧은 해 그림자에 일양[3]이 초생이라.

---

1) 고려의 서울인 개성이다. 송악산 아래 있다고 해서 송경이다.
2) 악곡의 이름. 십이율조 가운데 하나로서 동짓달을 읊은 곡조다.
3) 《주역》에 10월은 순음純陰이요, 동지에 양 하나〔一陽〕가 처음으로 생긴다고 하였다.

그리워라 우리 집 형과 아우들
이 아침에 서둘러 팥죽을 쑤었으리.▪
어버이 앞에 술잔 드려 축수를 하는
인간의 이 즐거움 이를 데 없거늘

그런데 나는 무엇을 하려고
이날을 유유히 홀로 멀리 가는 거냐.
편히 앉아서는 님께 보답할 길 없고
편지마다 돌아갈 길 재촉함에랴.

사특한 것들 굴복하여
어진 이들 어깨 겯고 나가리로다.
모든 어두움들 사라지고
세상은 다시 밝아지리로다.

머지않아 봄바람 온 세상을 불어 불어
만물이 생동함을 앉아서 보리로다.

冬至

昔從燕城向松京　道邊高樹聞蜩鳴

▪ 우리 나라 사람들은 동지에 반드시 팥죽을 끓여 먹는다.

火雲燒天口生土　空歌滄浪思濯纓
豈料地中陰已萌　轉頭一葉驚秋聲
拙婦功裘猶未獻　履霜竟致氷崢嶸
今從松京向燕城　往來七見月虧盈
律調黃鐘斗揷子　短晷南至一陽生
最憶吾家弟與兄　齊奴豆粥咄嗟烹
舞綵高堂獻壽觥　人間此樂難爲名
顧予劫劫欲何營　此日悠悠獨遠行
安坐無由報知己　簡書況復催歸程
群邪詘兮賢彙征　衆陰消兮世文明
早晚春風遍四瀛　坐看萬物自生成

탁군[1]에서

가도 가도 기름진 땅이 태항산에 접했는데
오른편은 동진이요 북쪽에는 연항이라
그 옛날 유랑이 잠총국[2]을 사랑했으니
고향의 뽕나무는 헛되이 푸르렀으리.

涿郡

美壤每每接太行　東秦右臂北燕吭
劉郞却愛蠶叢國　故里虛生羽葆桑

---

1) 중국 하북성에 있는 고을 이름.
2) 촉땅을 가리킨다.

백구[1]에서

누가 독항땅[2]을 탐욕자에 먹히려고
금과 비단으로 화친하려 했으랴.
한 자 물이 적으나 남목[3]을 가로막아
누워서도 남의 침략 물리칠 수 있는 것을.

白溝

誰將督亢餌强隣　空費金繪歲結親
尺水區區遏南牧　可能臥榻不容人

.

---

1) 중국 하북성에 있는 강 이름.
2) 전국 시대 연燕나라의 기름진 땅 이름. 그 당시 강국인 진秦나라가 약소국인 연나라의 이
　땅을 욕심내어 한때 문제가 되었으나 연나라는 최후에 당당하게 진나라의 욕심을 거절할
　수 있었다.
3) 낙타와 말을 남쪽으로 먹인다는 의미. 남의 나라를 침략하여 낙타, 말을 침략한 땅에 가서
　먹인다는 뜻이다.

밤에 상주[1]를 떠나며

더위를 피하여 밤에 가는 것인데
맑은 흥치 또한 다함없고나.
북두성은 하늘가 아득도 하다.
강산은 괴괴하여 소리 없어라.

풀 이슬 함초롬히 옷자락에 젖어 들고
홰나무 바람이 얼굴에 산뜻 부딪치네.
이 밤 화당[2]에 비치는 달도
영락한 우리 신세 아마 알리라.

*

전날에 놀던 일은 일장의 춘몽
부질없이 이리저리 방랑만 하였네.
고국은 아득한 저 구름 아래인가

---

1) 중국 하남성에 있는 옛 고을 이름.
2) 임금이나 벼슬아치들이 거처하는 좋은 집.

갈 길은 낯선 풍경 속에 뻗어 있어라.

가없는 벌, 산은 땅으로 가라앉은 듯
먼 마을 나무숲은 하늘에 떠오르네.
부끄럽다 평생에 품은 큰 뜻은
공훈을 바라는 데 있지 않았거니.

相州夜發 二首

宵征圖避暑 淸興亦難窮
星斗蒼茫外 山川寂寞中
滿衣芳草露 拂面綠槐風
此夜華堂月 還應夢轉蓬
　　　*
舊遊眞一夢 浪跡又飄蓬
故國飛雲下 征途畏景中
野平山隱地 村遠樹浮空
愧負平生志 非求汗馬功

업성[1]에서

차가운 달빛은 탑머리에 어렸는데
금인[2]은 난간에서 홀로 눈물짓네.
필연코 옛날의 업성 고을 순문약[3]이
요동땅 관유안[4]께 부끄러웠나 보이.

鄴城

漢月依依照露盤　金人獨自淚闌干
須知鄴下荀文若　永愧遼東管幼安

---

1) 중국 하남성에 있는 옛 고을.
2) 금으로 만든 사람.
3) 삼국 시대 조조曹操의 모사. 나중에 조조에게 죽었다.
4) 삼국 시대 위나라 사람. 위魏나라 황제가 높은 벼슬을 주었으나 받지 않고 깨끗하게 살았다.

다시 업성에서

옛날에 문왕이 영대[1]를 짓는데
백성을 위함이요 대를 위함 아니었네.
그대여 요순 적 일 더듬어 보라
그들은 세상 이치 어기지 않았거니

추호라도 제 욕심 앞에 내세우면
반드시 거기엔 화가 생기거늘
위 공자여 그대는 어찌하여
도척을 공자에 비기었는가.

세상 이치란 보복하는 법이어늘
사마[2]들은 저희끼리 서로 속여 먹었구나.
마치도 용이 되어 이무기를 비웃더니
매미를 잡는데 참새가 엿봄을 잊음이라.

---

1) 기상을 관측하는 대. 옛날 문왕이 정치를 잘하였기 때문에 영대를 짓는 데 백성들이 열성을 다하여 하루에 건축을 다했다고 한다.
2) 사마소司馬昭의 부자 형제를 말한다. 그 아버지 사마의司馬懿가 진晉나라를 세웠는데 저희끼리 분쟁하다가 손자 때에 멸망하고 말았다.

기산이 영수에 임해 있어서
천만년 두고두고 그 도량을 생각하네.

　　　*

길가의 그늘진 나무숲들
푸른 잎 하늘하늘 맑은 바람 머금었기
말에서 내려 술병을 기울였노니
술을 다 하고도 선뜻 일어나지 못하였네.

소 끌고 오는 이들 말을 몰아가는 이들
저마다 무언가 구함이 있는 것.
평생은 백 년이라 긴 세월에
죽기 전에 그만둘 이 누가 있으랴.

又 鄲城　二首

聖人有所爲　爲民非爲台
君看唐虞事　先天天不違
毫釐涉人欲　顧眄生禍機
如何魏公子　盜蹠方仲尼
物理喜自反　典午已相欺
爲龍笑蠑蚖　捕蟬忘雀窺

箕山臨穎水　千載想風規

＊

童童路傍樹　翠葉含清飆
下馬成野酌　酒盡還小留
來牛與去馬　窮達各有求
悠哉百年內　誰肯死前休

단오

연경 나그네로 봄을 열 번 지냈는데
또다시 서쪽 지방 나루 묻는 손이로세.
반생의 공명은 그릇되었구나.
오랜 나그네라 새 절기가 놀라워라.

마름처럼 떠가는 신세 청해의 달을 좇고
태봉땅 나는 티끌 고국을 그리워하네.
주루에서 또한 창포주를 마시노니
혼자 깨어 굴원을 배울 길 없어라.

端午

旅食京華十過春　西來又作問津人
半生已被功名誤　久客偏驚節物新
萍梗羈蹤靑海月　松楸歸夢泰封塵
旗亭且飮菖蒲酒　未用醒吟學楚臣

담회[1]에서

열흘 먼지 속에 눈이 컴컴하더니
남회땅 드는 길이 마음을 위로하네.
괴화나무 스치는 훈풍 보리밭에 물결치고
대숲 아래 흐르는 물이 사립문을 감도누나.
평화로운 마을에 꿀벌 잉잉대거니
산속에 말 달림이 그 무슨 한이 되랴.
선조가 끼친 흔적 여기에 남았다 하여
들 사람들 아직도 님의 은혜 칭송하네.

覃懷

塵埃十日眼長昏　路入覃懷頗慰魂
槐樹薰風吹麥壟　竹根流水繞柴門
太平閭井群蜂綴　何限峰巒陣馬奔
聞說先朝留轍跡　野人猶頌感皇恩

---

1) 중국 하남 북쪽에 있는 땅 이름.

맹진땅에서

수레 소리 삐걱삐걱 하수가에 다다르니
모랫바닥 물은 삐어 배 건널 수 없구나.
서산엔 너웃이 해가 넘어가려는데
컴컴해 오는 하늘 자못 근심스러워.

별안간 천둥소리 담을 밀어붙이는 듯
번갯불은 금빛 뱀이 번쩍거리네.
달리는 구름 안개 소낙비를 휘몰아
천병만마 은 창날이 낙양으로 닥치는 듯.

사나운 폭풍은 어디서 오는 거냐.
천지의 거친 기세 막을 길이 없어라.
기왓장 날리는 것쯤 말할 것이 있으랴.
맹진 나루 걷어 낼 듯 세상 끝을 보려는가.

내 문을 닫고 등불 아래 앉았어도
진땀에 등이 젖고 가슴이 옥죄이네.
옥황은 높이 있고 귀신은 악독하니

황홀한 이 괴사를 뉘에게 물어볼까.

아이를 시켜 불 끄고 잠이나 들어
길흉화복을 자연에 맡기리라.
밤이 깊어서야 만상은 조용해지고
밝은 달빛 누리에 흘러넘치네.

孟津記事

驅車轔轔到河洲　沙深水落不可舟
西山白日落欲盡　黑祲漫空天爲愁
忽驚疾雷如推墻　裂缺亂擘金蛇光
馳雲攪霧送飛雨　萬騎銀槍來洛陽
大風知從何許來　擺弄乾坤勢莫廻
揚沙振瓦豈足道　欲捲孟津生劫灰
腐儒閉門對孤燈　駭汗洽背心氷兢
天公高居鬼神惡　怳惚怪事從誰徵
呼童吹燈且安眠　禍福豈不懸蒼天
夜深萬竅收怒號　星月炯炯流淸躔

왕상의 비석[1] 앞에서

행길가 한 조각 돌에
왕상이란 그 이름 새겨 놓았네.
두터운 얼음 속의 생선을 얻어다가
어머니를 봉양한 곳 바로 여기로구나.

아 나는 벼슬길 몇몇 해에
어머님 뫼시기를 저버렸어라.
때없이 아득한 구름 속 바라보노니
내 손수 봉양할 길 꿈속이어라.

어찌 그 은혜 다 갚을 수 있을까
팔뚝을 깨물어 어머님께 맹세[2]했을 뿐
여기 효자비를 읽고 읽으며

---

1) 왕상은 진晉나라 때의 효자. 어머니가 겨울에 생선이 먹고 싶다 하여 물에 나가니 하늘은
   춥고 강은 얼어 붙었는데, 왕상이 얼음을 깨려고 하자 얼음이 저절로 갈라지며 잉어가 뛰
   어나왔다는 고사가 있다. 이 비석은 낙양의 남쪽 30리쯤에 있다.
2) 전국 시대 위나라 장수 오기가 성문을 나설 때 팔뚝을 깨물면서 어머님께 대신이 되지 않
   으면 위나라에 다시 돌아오지 않겠다고 맹세했다는 말이 있다.

망연히 서서 눈물을 씻네.

王祥碑

有扁路傍石　上有王祥字
臥氷得泉魚　饋母此其地
嗟我事宦遊　連年負慈侍
區區望雲心　甘旨遠難致
何嘗報剪鬐　僅足同齧臂
載讀孝子碑　茫然放淸淚

관룡방¹⁾의 무덤 앞에서

꽃다운 그 이름 천만년 두고
사람들의 가슴을 감동시키네.
태산 화산의 높이와 황하 깊이에
그대의 장한 충절 비길 것인가.

바른말을 피하여 살기를 도모함은
그대야 응당 생각하지 않았거니
곧은 절개 지키어 오늘에 이른 이가
그대를 빼놓고야 그 누가 있으랴.

關龍逢墓

英名萬古感人心　泰華山高河水深
杜口圖生應不億　誰將齒髮到如今

---

1) 하나라의 어진 신하. 걸왕桀王의 무도함을 간하다가 그에게 죽었다.

빈주[1]에서

그윽한 산길을 더듬어 가며
우거진 수림을 굽어보노라.
두멧골 맑은 시내 마실 만도 하구나.
움집에 사는 사람들 순박도 하다.
보리는 익어 물방아 돌아가고
뽕잎이 푸른데 자새 소리 들리네.
아 전원의 즐거움이여
주나라의 덕이 남아 있음인가.

邠州

行穿山窈窕　俯見樹扶疎
地僻宜澗飮　民醇多穴居
麥黃仍水碓　桑綠已繅車
看取田園樂　周家積累餘

---

1) 중국 섬서성에 있는 옛 고을 이름.

경주[1] 가는 길에

골짜기를 벗어나자 하늘이 트이고
언덕 위에 올라서매 길이 이제 평탄하다.
변방 구름은 비를 머금었는데
수풀 저편에는 해가 밝고나.
만리 밖 어버이 생각에 눈물 고여라.
삼 년 긴 세월 님을 그려 그지없네.
시를 읊어 소일거리 삼노라니
시 원고가 주머니 속에 쌓이는구나.

涇州道中

出谷天無際　登坡路始平
塞雲施雨黑　野日隔林明
萬里思親淚　三年戀主情
哦詩聊自遣　漸覺錦囊盈

---

1) 중국 감숙성에 있는 옛 고을 이름.

경진년 사월 고국으로 돌아올 제 제화문 주루에서

전에는 이별의 노래 마음에 심상터니
이리도 늙은 눈물 수건을 적실 줄이야.
삼십 년 타국에서 방랑하던 나그네가
오늘은 사천 리 밖에 홀로 돌아가누나.
강산은 고국과 서로 막혀 있으나
벌판은 요동과 서로 닿아 있거니
또다시 오고픈 생각 어찌 없으랴만
검은 먼지 백발을 더럽힐까 하노라.

庚辰四月 將東歸 題齊化門酒樓

離歌昔未解傷神　老淚今何易滿巾
三十年前倦遊客　四千里外獨歸身
山河雖隔扶桑域　星野元同析木津
他日重來豈無念　却愁華髮汙緇塵

밤에 앉아서

지난해엔 말고삐를 당기며
추운 아침 연경 길을 가고 있었네.
요하[1]는 꽝꽝 얼어붙었고
말은 미끄러워 나아가지 않았네.

벼슬에서 놓여 나온 이 몸의
한가한 기분을 그 누가 알거나.
고요한 밤 흐릿한 등불 아래
참선을 하는 듯 무료히 앉아 있네.

夜坐呈竹軒金宰相

去年負紲遠朝天　氷滿遼河馬不前
誰識乞身閑氣味　一龕燈火夜參禪

---

1) 중국 동북에 있는 강 이름.

칠월 칠석에 비를 맞으며 구점에 이르러

은하 기슭의 견우직녀는
해마다 가을이면 좋은 인연 잇는데
고달픈 나그네는 어찌하여
이날에 도로 집을 떠나 있는 거냐.
생각하면 천리 고향 아득도 하다.
눈은 뚫어질 듯 애는 에일 듯

등잔불은 가물가물
빗소리는 주룩주룩
차가운 초가집 주막에서
나 홀로 심란하여 잠 못 이루네.
아 이 밤에 이야기하거니
내 마음 직녀성에 전해 줄 순 없는가.
나에겐 한가한 곳이 오직 좋으니
옛길을 더듬어 시골 가 살고 싶다고.

七夕冒雨到九店

銀河秋畔鵲橋仙

每年年　好因緣

倦客胡爲此日却離筵

千里故鄉今更遠

腸正斷　眼空穿

夜寒茅店不成眠

一燈前　雨聲邊

寄語天孫新巧欲誰傳

懶拙只宜閑處著

尋舊路　臥林泉

신락현을 지나다가

어제부터 내리는 비 상기 아니 멎는데
다시금 말에 올라 앞길을 묻노라.
들판에 선 학은 어느 산을 그리는가.
역마을 버들 속의 매미 소리로세.

예부터 지나온 세상일들은
구름이 일어난 듯 달이 찼다 기우는 듯
시를 짓고 청산 향해 한바탕 웃노니
벼슬과 명망이란 도시 그 무언가!

過新樂縣

宿雨連明半未晴
跨鞍聊復問前程
野田立鶴何山意
馹柳鳴蜩是處聲
千古事　百年情

浮雲起滅月虧盈

詩成却對青山笑

畢竟功名怎麼生

구월 팔일 송경에 부친다

길손의 명절맞이 한층 외로워라.
내일은 고향의 국화 누구와 즐길 건가.
삽짝문 닫으면서 앞 냇가를 바라보니
우거진 홍초 그늘에 저문 빛이 어둑어둑
베개에 의지해 비스듬히 누웠노라면
오동나무에 우수수 가을바람 소리

입을 매만지며 수염을 쓰다듬으며
홀로 시를 읊고 노래를 부르고.
눈에 어리는 고향은 변함없으리.
용산에 모여 즐길 마을의 벗들아
맑은 흥취에 술잔을 앞에 놓고
멀리 있는 내 이야기 하고 있는가.

九月八日寄松京故舊

客裏良辰屢已孤

菊花明日共誰娛

閉門暮色迷紅草

欹枕秋聲度碧梧

三尺喙　數莖鬚

獨吟詩句當歌呼

故園依舊龍山會

剩肯樽前說我無

양주 평산당[1]에서

노래 속에서 이 집이 있음을 알아
길 가는 사람들도 구양수를 얘기하네.
집 앞에 버들숲 실실이 하느적이고
벽에 그린 청룡 황룡 희미하구나.

맑은 구름 달빛 아래 모두가 황량한데
옛날을 그려 보매 눈물이 어리네.
중놈은 참으로 무정한 물건이라
장삼에 머리 묻고 코만 고는구나.

揚州平山堂

樂府曾知有此堂
路人猶解說歐陽
堂前楊柳經搖落

---

1) 중국 강소 강도현에 있는데 송나라 때 문장가 구양수가 지은 집이다. 경치가 절승하다고 한다.

壁上龍蛇逸杳茫

雲澹佇　月荒凉

感今懷古欲沾裳

胡僧可是無情物

毳衲蒙頭入睡鄉

학림사에서

길역의 성한 대숲 산기슭에 맞닿고
다리 아래 시냇물 들판으로 흘러가네.
구름 속 누른 학은 찾을 곳 바이 없고
눈 속에서 그 누가 두견 소리 들었던가.

부귀를 자랑하고 신선을 사모함은
생각하면 도저히 꿈과 같은 것.
절간의 한나절 한가로운 맛이야
오직 시인만이 아는 일이라네.▪

鶴林寺

夾道修篁接斷山
小橋流水走平田
雲間無處尋黃鶴

▪ 이는 모두 이 산중의 옛이야기다.

雪裏何人聞杜鵑

誇富貴 慕神仙

到頭還似夢悠然

僧窓半日閑中味

只有詩人得秘傳

대산관[1]을 지나며

굽이굽이 시냇물 따라 올라서
첩첩산중에 어느덧 다다랐네.
산속에는 햇빛도 빛이 없는데
범의 아우성에 골바람 일어난다.

절벽은 만 길을 깎아질렀어라.
봉우리들 웅긋중긋 다가섰어라.
기이한 나무들과 마른 등 넝쿨
천만년 얼기설기 엉키었는데
푸른 이내는 언제나 몽몽해.

나의 말은 땀이 비 오듯 하는데
층층 공중을 길은 벋어 나갔네.
절정에 올라서서 원화[2]를 보는구나.
트이는 가슴속 생각이 끝없어라.

---

1) 중국 섬서 대산령大散嶺 위에 있는 천연의 요새지.
2) 천지자연이 운전하면서 변화하는 것.

아슬한 봉우리들 하늘 밖에 솟았는데
날아가는 기러기 떼 그 위에 아물아물
나의 한평생 장한 기개와
조화의 미묘한 이 풍경이
서로 대하니 어느 것이 더 웅걸한 거냐.
늙어서 산림 속에 숨어 살면서
이 경치 아이들에게 알려 주리.

過大散關

行盡碧溪曲
漸到亂山中
山中白日無色
虎嘯谷生風
萬仞崩崖疊嶂
千歲枯藤怪樹
嵐翠自濛濛
我馬汗如雨
脩邏轉層空
登絶頂　覽元化　意難窮
群峰半落天外
滅沒度秋鴻
男子平生大志

造物當年眞巧

相對孰爲雄

老去臥丘壑

說此詫兒童

화산[1]을 바라보며

천지에 저 기이함이여
서주땅에 저 장엄함이여
아슬한 세 봉우리[2] 마주 서 있어
서리 같은 칼날이 가을날에 번득이는 듯

취벽엔 드높이 쇠사슬이 걸렸는데
봉머리 구름 위엔 은하수가 흘러가리.
조물주의 형적이 어찌 없을쏜가.
손바닥 자취[3]가 완연히 남았구나.

여기 순 임금의 사적을 기록하고
절기마다 제사하여 신령에 보답한다네.
아 인연 있어 청조가 날아온다면

---

1) 중국 섬서성에 있는 산.
2) 화산의 봉우리들 중에서 연화봉을 비롯한 세 봉우리가 유명한데 하늘 위로 깎아지른 듯하여 기묘하다 한다.
3) 옛날에는 화산과 수양산이 붙어 있었는데 신령이 손바닥으로 쳐서 두 산을 갈라 막혔던 황하수가 마음대로 흘러내리게 되었다고 하며 지금도 그 손바닥 흔적이 있다고 한다.

바람 타고 선경에 올라 보고 싶지만

구름과 안개 자욱한 곳
너무도 호젓하여 걱정이로세.
나귀 타고 거닐며 휘파람을 부노니
반랑의 산 구경이 또한 풍류로세.

望華山

天地賦奇特
千古壯西州
三峯屹起相對
長劍凜淸秋
鐵鎖高垂翠壁
玉井冷涵銀漢
知在五雲頭
造物可無物
掌跡宛然留
記重瞳 崇祀秩 答神休
眞誠若契眞境
靑鳥引丹樓
我欲乘風歸去
只恐烟霞深處

幽絶使人愁

一嘯寒驢背

潘閬亦風流

밤에 배에서 자다

서풍이 비를 몰아 강숲이 우짖는데
한편에는 저녁볕이 청산에 너웃거려
어부의 집 가까이 배를 대니
뱃머리에 사람들 떠들썩하네.

뱅어 안주에 청주를 마시고
거나한 기운 비길 데가 없어라.
마음 즐거워 물가에 누우면
누가 공무로 싸다닌다 하랴.

舟中夜宿

西風吹雨鳴江樹
一邊殘照靑山暮
繫纜近漁家
船頭人語譁
白魚兼白酒

徑到無何有

自喜臥滄洲

那知是宦遊

배를 타고 청신땅[1]에 이르러

장강에 해가 지고 연파는 푸르러
배를 저어 청산 굽이 거진 다다랐네.
대 수풀 저편엔 등불 하나 반짝
순풍은 가볍게 불어오누나.

밤이 이슥하여 뜸 밑에서 자려 하니
어둠 속 물결이 거문고를 튕기는 듯
꿈속에 백구와 함께 놀길 기약하노니
아침이 다가와도 놀라게 하지 마라.

舟次靑神

長江日落烟波綠

移舟漸近靑山曲

隔竹一燈明

---

1) 중국 사천성에 있는 땅 이름.

隨風百丈輕
夜深篷底宿
暗浪鳴琴筑
夢與白鷗盟
朝來莫漫驚

두자미의 초당에서

백화담 가에는 연기만 서려 있고
가을 풀은 지금도 그대를 생각하는 듯
그대 여로에 머리 희어 돌아왔을 제
처자는 베옷 입고 추위에 떨었더라.

고요한 생활이라 세상 인연 멀었구나.
이따금씩 돈을 주고 술을 산 것뿐
봄이 와 꽃이 피면 근심이 더했나니
조물주는 또한 그 무슨 심사로 재사를 그르쳤나.

평생 품은 포부 길손으로 마쳤으니
헛되이 늙은 몸을 어쩌지 못했어라.
이름난 그대 시구 백대를 전해 와
그 시구에 남몰래 마음 상하노라.

杜子美草堂

百花潭上　但荒烟秋草

猶想君家屋烏好

記當年遠道華髮歸來

妻子冷

短褐天吳顚倒

卜居少塵事

留得囊錢

買酒尋花被春惱

造物亦何心枉了賢才

長覊旅浪生虛老

却不解消磨盡詩名

百代下令人暗傷懷抱

황제[1]가 부었다는 솥

황제씨가 여기에 선약을 달였다는데
용을 타고 간 뒤엔 아득만 하구나.
정호에서 돌돌돌 흘러내리는
물만이 맑고 한가로울 뿐.
그가 남겨 놓은 활을 당겨 보며
속절없이 땅 위에서 불러 보네.

황제씨는 혼자 가 버리고
선약은 인간에 남기지 않았구나.
그 뒤로는 오늘에 이르기까지
소년 시절 모습으로 머무를 수 없구나.

---

1) 중국 상고 시대 왕의 이름.

黃帝鑄鼎原[2]

見說軒皇此鍊丹

乘龍一去杳難攀

鼎湖流水自淸閑

空把遺弓號地上

不蒙留藥在人間

古今無計駐朱顏

---

2) 두 수짜리 연시였으나, 북에서는 두 번째 시만 옮겨 실었다.

최춘헌의 호시[1]를 두고

병 속은 빈 것이 법이요
화살은 곧기 마련이라.
그 비지 아니하고 그 곧지 아니하면
병이 아니며 화살도 아니로다.

조심조심 화살 던져 반드시 맞힐진저
헛되이 농간을 부려
용하게 열 번을 다 맞혀 이겨도
상 주거나 벌 주는 일 없도다.

너무 힘을 주어 떨구지도 말지며
삐뚤게 던져서 옆으로 가게 말지라.
군자에게 맞는 오락이니
군자의 행실 또한 저러해야 할진저.

---

1) 옛날 손님과 술을 마시면서 노는 오락의 일종. 병 안에 화살을 던져 맞히기 내기를 하는 놀음이다.

崔春軒壺矢銘

壺虛其心　矢直其理

匪直匪虛　匪壺匪矢

必愼必中　若虞張機

詭遇獲十　勝不償譏

勿激而墜　勿旋而倚

君子之嬉　君子之規

면주의 지, 대, 당, 정1)의 명〔沔州池臺堂亭銘〕1

군자지2)를 두고

연은 꽃도 열매도 한꺼번에
진흙에 물드는 일 전혀 없어라.
군자의 고결함을 닮음이 있어
염계 선생3) 그대를 사랑했도다.

君子池

花實同時　不染淤泥
有似君子　見愛濂溪

---

1) 면주는 중국 섬서성에 있는 고을 이름이다. 지池는 못을 의미하고 대臺, 당堂, 정亭은 대개
　경치 좋은 곳에 지은 집을 말한다.
2) 면주에 있는 연못 이름.
3) 연꽃을 사랑했던 송나라의 유명한 학자.

구준대[1]를 두고

백성이 나의 동포라 함은
장횡거[2]가 남긴 말이어니
백성 없이 혼자서야 어찌 즐거우랴.
여기 구준대에서 함께 즐기도다.

衢罇臺

民吾同胞　橫渠之辭
獨樂何樂　衢罇在玆

---

1) 대 이름. 구준이라 함은 성인의 도가 사물에 들어맞는다는 뜻이다.
2) 송나라 때의 유학자 장재張載. 횡거는 호.

치의당¹⁾을 두고

고을은 열 집에 지나지 않으나
미쁨이 있고 충성됨이 있도다.
어진 이를 사모하는 그 덕이여
모든 사람 좇아서 어질어지도다.

緇衣堂

邑雖十室　有信與忠
好賢之化　比屋可封

---

1) 집 이름. 치의는 옛날 벼슬아치의 사복私服.

강구정[1]을 두고

담대멸명[2]이 지름길을 안 걸음은
논어라는 책에 기록되어 있나니
숫돌처럼 평탄한 큰길을
군자는 밟고 다니는 것이로다.

康衢亭

澹臺不徑　魯論紀之
有道如砥　君子履之

---

1) 정자 이름. 강구는 큰길이라는 뜻.
2) 공자의 제자 자유子有. 지름길을 버리고 큰길로만 다녔다 한다.

내 꿈은 그대 뒤를
끝없이 따라가리

풀 없는 사막에
낙타는 울고
가을바람 구름 밑엔
기러기 소리

한평생 이 세상에
먹은 마음이기에
내 꿈은 그대 뒤를
끝없이 따라가리

원 학사를 이별하며

서로 만난 뒤로 항시 서로 반가워
연경 거리 두루두루 함께 놀았소.
이 몸이 천하다고 저버리지 않았거니
아껴 주신 그 마음 무엇에 비기겠소.

밤 깊도록 그대와 나눈 이야기는
관산 만리 떠나가는 이 마음을 위로했소.
이제 다시 써 주신 글 주머니에 지니니
이역 사람들끼리 마음 이리 가깝구려.

奉和元復初學士贈別

昔從傾蓋眼能靑　載酒同遊遍洛城
直欲執鞭如魯叟　豈惟結襪比王生
感公燈火三更話　慰我關山萬里行
更得新詩入囊褚　劍南人識汝南評

연경에서 고국으로 돌아가는 박충좌를 보내며

봄바람 기쁜 기운 뜰에 넘치고
새 벼슬 얻은 그대 탄 말도 나는 듯
부끄럽다 서녘 동산 두견새는
불여귀 불여귀라 한사코 울어 예나니.

燕都送朴忠佐少卿東歸

春風喜氣滿庭闈　稱意新官馬似飛
慚愧西山子規鳥　向人勤道不如歸

조자앙[1]에게 화답하여

귀에 붓대를 꽂고 갓끈을 날리며
봄날 궁궐 아래 표표히 거니는 이.
즐거운 시 한 수 이루어졌을 때
새로이 비단 도포 갈아입는 이.
저분이 누구신가 눈을 비비며
맑은 풍채를 자세히 바라보니
그대가 바로 여기 이 나라에서
제일 이름난 문장가로구나.

*

끼쳐 놓은 글씨들 백 번도 더 새로워
풍류로운 영화[2]의 봄 하 그려 왔더니

---

1) 원나라 때의 문장가인 조맹부趙孟頫 특히 글씨로 유명하였다. 이제현이 북경에 체류하고
   있을 때 친근하게 지냈다 한다.
2) 진晉나라 목제穆帝의 연호. 영화 9년 봄에 글씨로 유명한 왕희지王羲之가 난정蘭亭이란
   정자에서 문인들과 잔치하면서 천고에 유명한 '난정기蘭亭記'를 썼는데 조자앙도 풍류
   남자로서 글씨가 왕희지 못지않게 유명하므로 왕희지에게 비겨 말한 것이다.

평생에 그대의 진면목 이제 접하매
다행스런 기쁜 마음 비할 바 없는데
그대의 어진 부인도 글씨를 잘 쓴다는▪
반가운 그 이야기 함께 들었음에랴.

和呈趙學士子昂　二首

珥筆飄纓紫殿春　詩成奪得錦袍新
侍臣洗眼觀風采　曾是南朝第一人
　　　　*
風流空想永和春　翰墨遺蹤百變新
千載幸逢眞面目　況聞家有衛夫人

▪ 조자앙의 부인도 글씨 공부를 했다.

송도에서 연경으로 떠나는 박충좌를 보내며

이별의 피리 불어 다하고
술잔도 서로 실컷 권했네.
님을 위하여 가는 길이어니
친구들을 떠나기 서운해 말아라.

풀 없는 사막에 낙타는 울고
가을바람 구름 밑엔 기러기 소리.
한평생 이 세상에 먹은 마음이기에
내 꿈은 그대 뒤를 끝없이 따라가리.

松都送朴少卿忠佐北上

玉管停三疊　金杯勸十分
但應期報主　不用惜離群
草盡駝鳴磧　風高鴈叫雲
平生四方志　清夢又隨君

최졸옹[1]에게

역겹게 속된 세상 따라감은 천성이 아니고
허심히 어진 이를 우러름은 공명 때문 아니로세.
범을 새기려다 개를 새겨도 남을 모방하는 것보다 낫거니
하물며 쓰이지 않는다 하여 뛰어난 재질을 한탄하랴.

중년이 되어서야 알았노라 인정이 협애한 걸
죽은 뒤야 뉘 알리 물의가 공평할 것을
신신당부하노라 진정한 나의 벗이여
후일 새로운 안목으로 다시 상종하세나.

和崔拙翁

强顔徇俗非天稟　克己希賢乏近功
縱使不成優刻鵠　豈緣無用悔屠龍

---

1) 이름은 해溎, 졸옹拙翁은 그의 호. 시가와 문장이 우수하였으나 국가에 중요하게 쓰이지
못하고 만년에는 가난한 농민으로 생활하였다.

中年漸覺人情隘　後世那知物論公
寄語平生三益友　他時刮目更相從

배 안에서 권일재[1]에게 ▪

새벽녘 배를 지어 백운루를 떠나면서
강남의 제일가는 고을을 저 멀리 가리키네.
술잔을 권하여 북을 두드리니
안주 없이 마시는 것 그 또한 풍류로세.

舟中和一齋權宰相

蘭舟曉發白雲樓　遙指江南第一州
滿酌金杯搥畫鼓　不携西子亦風流

---

1) 이름은 한공漢功이고 벼슬은 찬성사까지 올랐다. 이제현과 함께 중국 강절 지방에 가서
　머문 일이 있었는데 함께 배를 타고 가면서 지은 시인 듯하다.
▪ 한공이 강절 지방으로 갈 때 지은 것이다.

다경루에서 권일재를 모시고

양자강 남쪽 기슭 윤주땅이여
즐겁고 슬픈 일 몇 번이나 거듭했느뇨.
간사한 신하 나라를 위하는 체
고기 새끼 미끼를 찾는 격이라
벼슬아치 백성을 근심하는 체
새들이 반찬거리 기르는 셈이라.

풍경 소리 밤을 울리는데
조수가 포구에 들어오는가.
고기잡이 도롱이가 아득히 보이니
빗발이 누 앞에 날리는구나.
천하를 바로잡는 힘 내게는 없는가 봐
배 타고 돌아간 범려[1] 하늘가에 그려 보네.

---

1) 춘추 시대의 초나라 사람. 월왕越王 구천句踐에게 벼슬하여 오나라를 멸한 뒤 벼슬을 버
   리고 제나라에 숨어 살았다.

多景樓 陪權一齋

揚子津南古潤州　幾番歡樂幾番愁
佞臣謀國魚貪餌　點吏憂民鳥養羞
風鐸夜喧潮入浦　烟蓑暝立雨侵樓
中流擊楫非吾事　閑望天涯范蠡舟

고소대[1]에서 권일재에게 화답하여

저라산[2]의 이팔 미인 하 그리 고운 자태
단장은 무엇 하랴, 옥과 같은 그 얼굴
오궁[3]의 이 향락 언제 끝났는가.
월왕 구천이 와신상담 하던 땔세.

고소성 머리에 가을 풀만 우거졌고
고소성 아래에는 강물만 출렁이네.
오나라를 멸한 뒤 바다에 몸을 실은
범려가 타고 간 배 지금은 어디메뇨.

---

1) 중국 강소성 고소산姑蘇山에 있는 대 이름. 춘추 시대에 오나라 왕 부차夫差가 지었다고
한다.
2) 월나라 미인 서시가 살던 곳의 산 이름.
3) 오나라 왕 부차가 월나라를 정복했는데 월나라 왕 구천이 서시를 부차에게 바쳐, 부차로
하여금 서시의 미색에 빠지게 하여 나라를 약하게 만든 후 오나라를 쳐서 복수를 하였다.

姑蘇臺和權一齋

苧蘿佳人二八時　玉質不勞朱粉施
吳宮歡笑幾時畢　正是越王嘗膽日
姑蘇城頭秋草多　姑蘇城下江自波
鴟夷一舸今在何

평양에서 형통헌과 이별하며

옷깃에 이슬 젖고 새벽은 찬데
이별의 술잔 다하니 달이 기울었네.
봄가을 철 없이 글만 읽던 선비가
해마다 풍진[1] 속에 길손이 될 줄이야.

西都留別邢通憲君紹

露侵征袖曉寒多　酒盡離觴寒月斜
誰料北窓螢雪客　每年鞍馬走風沙

---

1) 세찬 바람에 날리는 모래. 몽고의 사막에서 요동으로 날아오는 모래를 의미한 듯하다. 이
제현이 거의 해마다 연경(북경)에 가다시피 했는데, 이때에도 연경 가는 길에 평양에 들렀
다가 이 시를 지은 것이다.

백문거에게 화답하여

벗을 맺기 님 같은 이 또 있으랴.
서로 사귄 지 어제오늘 아니로세.
수직청에서 눈 오는 밤을 함께도 새웠고
장마 속 한 여관에 밥상도 같이 했네.

낮이면 마주앉아 그림 그렸고
부르며 따르며 술도 즐겼네.
귀중한 인갑은 번갈아 맡았고
한밤에 아름다이 수작하던 우리.

뜻밖에 우리들 서로 헤어져
가지가지 지난 일 가슴에 서렸네.
그대가 지나간 관산은 아득도 한데
세월이 빠른 게 자못 안타까웠네.

먼 귀양살이 그대 죄 아니어라
이 마음인들 어찌 영화를 탐냈으랴.
둘도 없는 그대를 멀리 생각하며

여러 가지 맡은 일 감당할 수 있었네.

연연한 우리 정의 마음이 변할쏜가.
함께 뭉쳐 나갔거니 정은 더욱 깊어 가
쟁을 어루만지니 사안이 슬퍼했고[1]
북을 던졌으니 증삼이 애석쿠나.[2]

오랜만에 반가이 무릎을 마주 대고
서로 바라보며 서로 웃어 보며
마음은 구름 따라 북으로 가는데
해가 지도록 이야긴 끝이 없네.

백성에 은혜롭기 자산[3]과도 같아라.
재주를 말하자면 사마상여 같거니
어찌 오랫동안 누워 있게 되랴
머지않아 귀양살이 풀려 오리니.

---

1) 사안謝安은 진晉나라 양하陽夏 고을 사람. 늦도록 시골에 숨어 살았다. 사람들이 그가 아
   니면 백성을 건지지 못한다고 하여 마흔이 넘은 뒤에야 비로소 세상에 나와 환온桓溫을
   도왔고 적과 싸워 공을 이루었다. 그는 도독 환이桓伊가 술자리에서 억울하게 모함받은
   것을 슬퍼하며 쟁箏을 타자 눈물을 흘렸다고 한다.
2) 증삼曾參은 공자의 제자로서 어진 사람이었다. 그와 이름이 같은 사람이 살인을 했는데
   사람들이 그가 사람을 죽였다고 그 어머니에게 말했다. 처음에는 곧이듣지 아니하다가 세
   번째 사람이 와서 말을 했더니 그 어머니도 베 짜던 북을 던지고 도망갔다는 고사가 있다.
   '쟁'의 고사와 함께 어진 신하를 몰라보고 왕이 귀양 보낸다는 것을 비유한 것이다.
3) 춘추 때 정나라 어진 신하로 정치를 훌륭하게 했다고 한다.

次韻白文學尙書見贈

交友誰如子　通家匪自今
同眠直廬雪　共飯旅床霖
弟畜工畫宋　朋從嗜酒金
芝泥分日掌　柱醒妙宵斟
意外高遊散　胸中往事森
關山尤杳杳　歲月苦駸駸
謫遠非其罪　貪榮豈此心
每懷知我鮑　見許齒諸任
伐木義何改　拔茅情更深
撫箏悲謝傅　投杼惜曾參
邂逅顔初破　綢繆膝並侵
興隨雲北去　話到日西沈
爲命推東里　論才敵上林
安能久高臥　早晩拜綸音

오두백¹⁾의 노래로 박인간을 보내며

까마귀의 생김이 칠빛과 같아
누구나 한번 보면 미워진다지만
가엾어라 연 태자가 당한 욕 씻기 위해
하룻밤 품은 원한 머리가 회었구나.

해 가운데²⁾ 네가 삶이 이상도 하더니
서왕모³⁾ 너를 부림 괴이하게 여겼더니
일 만 생물들 우짖는 속에
일 점 붉은 마음 너만 한 것 없구나.

까욱까욱 날아갔단 다시 돌아와
어미⁴⁾를 먹이노라 숲속에 수고로워

---

1) 이 시는 박인간朴仁幹을 칭송하여 부른 노래다. 오두백은 까마귀 머리가 회어진다는 뜻인
   데 전국 시대에 연나라 태자 단丹이 진秦나라에 인질로 있을 때 자기를 고국으로 보내 달
   라고 하니 진왕은 "까마귀의 머리가 세고 말머리에 뿔이 돋을 때면 돌려보내겠다."고 하
   였다.
2) 까마귀가 태양 속에 산다는 전설이 있다.
3) 중국 고대의 전설적 여신 이름. 까마귀를 심부름꾼으로 부렸다고 한다.

들어오면 효자요 나가면 충신이니
사랑홉다 너야말로 새 중의 사람일다.
이 세상 누구라 너와 어깨 겨눌거나
입은 옷을 벗어 네 날개와 바꿨으면.

烏頭白送朴仁幹

烏之生兮黑如漆　人之見兮心共嫉
可憐解爲燕丹羞　一昔含寃成白頭
我嘗怪汝日中處　又怪金母常使汝
今乃知啾蹌萬類中　一點丹心無汝同
啞啞飛來復飛去　反哺林間受辛苦
入爲孝子出忠臣　嗟哉汝是禽頭人
世人與汝誰能伍　願把襟裾換毛羽

---

4) 까마귀도 새끼를 쳐서 키워 놓으면 그 새끼가 반드시 어미에게 먹을 것을 물어다가 먹여
서 공을 갚는다고 한다.

최수옹을 부르며

초가삼간 속에 글을 읽으며
높이 누웠으니 흥이 그윽한가.
친구여 오려는가 오지 않으려나
동편 마을에 술이 익었다는데.

招崔壽翁

琴書一茅屋　高臥樂幽獨
故人來不來　東隣酒新熟

식영암과 이별하여

우리처럼 같은 길에 상종하기란
예로부터 흔한 일이 아니었거늘
중년에 서로 이리 이별하자니
참아도 참아도 옷깃이 젖는구나.

빈 강 바라보며 눈이 빠져도
그리는 생각이사 다할 수 없는데
그대를 실은 한 조각 바람 돛대
나는 듯 살처럼 미끄러져 가는구나.

送息影菴

同道相從古亦稀　中年遠別忍霑衣
空江目盡思無盡　一片風帆去似飛

이반자를 보내며

버들개지 푸뜩푸뜩 풀은 푸른데
들 위에 말 세우고 눈물을 씻네.
봄바람에 끝없이 서로 그리는 회포야
강남 사는 탄상인*과 함께 이야기하게나.

送完山李半刺

楊柳飛綿草似茵　青郊立馬淚霑巾
春風無限相思意　說與江南坦上人

■ 탄상인坦上人이 시를 잘 지었다.

조충주에게 젓대를 주며

우리 집 젓대 소리 옥처럼 맑아
풍류 항상 넘치는 그대에게 주노니
맑은 강 달빛 아래 한 곡조 불어
만산의 구름들을 불어 헤치게나.

竹笛贈趙忠州

吾家竹笛淸如玉　持贈風流趙使君
醉據胡床江上月　一聲吹破萬山雲

허이문을 보내며

일곱 해 다스린 은혜 백성들이 감복하고
한세상 높은 이름 님께까지 들리었네.
은혜로운 흔적 남기고 어진 이 돌아가지만
제갈량처럼 초가집에서 일어나리.

새벽 닭 지는 달에 주막을 떠나고
저문 산 말 그림자에 바람이 몰아오리.
그대를 알아 잊지 못하노니
나처럼 오래 상종한 이 그 몇몇이런가.

送許理問歸遼陽

七年惠愛感民衷　一世英名聞帝聰
華表縱歸丁令鶴　草廬還起孔明龍
鷄聲曉店月掛柳　馬影暮山風捲蓬
是處知君偏見憶　幾人如我久相從

요양 길가에서 박소경에게

닭의 울음 잦고 해는 뜨기 멀었는데
수레가 떠나려니 생각이 그지없네.
성 위의 희미한 달 주인집을 비추고
벌판에 부는 바람 옷깃이 나부끼네.

인생 백 년이라 다할 때가 있는 것
고국 천리를 어떻게 돌아갈꼬.
화표정 앞에서 다시 머리 돌리노니
정령위의 풍모 그려 내 스스로 부끄럽네.

遼陽路上寄朴忠佐少卿

遠林鷄犬天未晞　征車欲發思依依
孤城月照主人屋　大野風吹游子衣
浮生百年會有盡　故國千里何當歸
華表亭前重回首　慚愧仙人丁令威

밤나무골 집에서

한 해는 저물어 가고 날씨는 춥고
눈은 금방이라도 날리려는데
닭과 개를 불러들이고
가시 삽짝문을 닫네.

말 먹이, 반찬 없는 밥쯤이야
마련할 수 있으리.
친구여 제발 부탁하네.
내일 아침 가지 말고 하루 더 쉬게.

栗谷人家

歲暮天寒雪欲飛　旋收鷄狗掩柴扉
馬蒭奴飯猶能辦　勸客明朝且莫歸

눈 온 뒤 이가정을 찾기로 하고

가정과 그 사는 곳 맑고도 그윽하여
거기야 눈 온 뒤에 놀기가 좋을 걸세.
동행 중에 시를 하는 벗이 있거든
어찌 총총히 뱃길을 돌릴 것이랴.

雪後約竹軒訪李柯亭山齋

柯亭人境兩淸幽　像想山陰雪後遊
若使同行有詩友　子猷未必便回舟

이 원외에게

나의 생을 의탁하자면
마음 알아주는 이 오직 그대뿐
이 해는 늦어 가고 기약은 깊거니
언제면 고국 땅에 돌아갈거나.

簡李員外

吾生如寄耳　方寸只君知
歲晚深期在　東歸定幾時

강릉도[1]로 부임하는 박안집을 이별하며

영길은 교룡[2]의 굴을 굽어보고
이 산 저 산은 범의 무리와 이웃하였네.
백성들 제가끔 소금을 굽고
저녁 노을 쏘이며 구름 속 밭을 가네.

이 땅 다스리는 주인 되기 힘든데
올해에 다행히 그대를 맞이했네.
지난날 신 장군의 악한 행정이야
지금도 백성들 분한 눈물 흘리나니.

江陵道朴安集告別

路俯蛟鼉窟　山隣豺虎群

和泥煮白浪　帶燒墾蒼雲

---

1) 강원도의 옛 이름.
2) 용의 일종. 길이가 한 길이나 되고 발이 넷이 달렸다고 한다.

此地難爲主　今年幸得君

遺民尙流涕　恨殺愼將軍

병중에 우곡에게

글을 읽을수록 의혹만 더해 오고
생의 길은 배울수록 어렵기만 하구나.
백성들의 희망을 채우지 못하노니
님이 나를 알아준 게 잘못되었네.

병중에도 세월이 빠른 것을 알겠는데
한가하매 해가 긴 게 진저리나누나.
평생에 걸어온 일 누워서 생각하니
아는 이의 웃음거리 하도 많이 장만했네.

病中呈愚谷

讀書嗟聽瑩　聞道愧支離
豈繫蒼生望　謬蒙明主知
病諳年去速　閑厭日斜遲
臥念平生事　多爲識者嗤

재상 홍약을 추모하여

기약 없이 사귀었다 갑자기 이별이냐.
깨우고 불러 봐도 아주 갔어라.
책을 대하니 깨쳐 준 일 생각나며
술을 대하니 참된 정이 그리워.
눈물은 대동강에 흘러넘칠 듯
그대 이름 평양성에 사무치나니
함부로 짖어댄 그 입부리▪로 하여금
재상의 애국지정에 고개 숙이게 하리라.

哭尙德洪宰相瀹

邂逅俄成別　驚呼已隔生
臨書懷善誘　對酒憶眞情
淚溢大同水　名懸平壤城
應敎吠天喙　永愧首丘誠

▪ 이때 평양 사람으로 원나라에 고려 조정을 비방하여 말한 자가 있었다.

죽헌 김 정승을 하례하여

돌팔이 의원에게야
병든 나라를 어찌 맡기랴.
그가 어찌 도탄에 빠진
백성들의 살림 근심할거나.

다행히 세상을 생각하는 그대
좋은 약을 가지고 있거니
이제부터 명의다운 손을 베풀어
나라의 곪고 헌 데 아물게 하시라.

奉賀竹軒金政丞[1]

誰將國病付庸醫　豈念蒼生命若絲
幸有耆婆一丸藥　從今試手療瘡痍

---

1) 〈익재난고〉에는 세 수가 실려 있으나, 북에서는 마지막 한 수만 옮겨 실었다.

계림군공에게

님은 놀러간 뒤 돌아오지 아니하고
황금대 앞에 잡초만 푸르러라.
진달래는 옛 가지에 다시 피었는데
언제면 님의 말 울음소리 다시 들을거나.

寄雞林郡公

郎騎白馬遊不歸　黃金臺前草萋萋
杜鵑花開去年枝　何時更聞郎馬嘶

사암 유 학사에게

몇 해나 길거리에 세월을 허비했나
이제는 문 닫고 앉아 뜻이 자못 깊어라.
옛 책을 펼쳐들 제 봄은 하도 고요하고
등잔 심지 마지막 돋우니 밤이 깊었구나.

끝없는 생각 속에 세상은 변했구나.
천지는 이 마음과 함께 흐르네.
물욕이 없어야 진정 도에 이르는 것이니
이것이 옛사람이 남긴 말을 아는 거야.

題柳學士思菴

幾年傍路費光陰　閉戶端居志念深
黃卷展開春寂寂　靑燈挑盡夜沈沈
風雲變態無窮事　天地同流只此心
思到無思眞有得　古人雖遠是知音

왕 정승을 추도하여

말 타고 나갔다가 말가죽에 싸여 오니
구름 모양 물빛도 그대를 추모하네.
근래에 재상들 많이 세상을 떠났는데
그대만의 부음 듣고 백성들 통곡하네.▪

悼王政丞煦[1]

上馬朝天裹革歸　雲容水色總依依
近來宰相名淪喪　會見吾民涕一揮

▪ 백성들 중에 공의 죽음을 듣고 통곡하는 자가 많았다.
1) 시 전체는 두 수나, 북에서는 한 수만 옮겨 실었다.

이가정을 추도하여

늙은 소나무 아래 삼간초가에
가을 풀만 우거지고 찾는 이도 없었지.
시와 술로 상종하던 일 꿈과 같아라.
차마 어찌 머리 돌려 용산을 바라보랴.

悼李柯亭叔琪

古松陰下屋三間　秋草靑靑晝掩關
詩酒往還渾似夢　不堪回首望龍山

안근재를 추도하여

내가 젊어서 항상 상종하던 이
오직 그대와 최졸옹이 있더니
사십 년 뒤 오늘엔 모두 떠나가고
나 홀로 서풍에 쇠한 눈물 뿌리네.

悼安謹齋當之軸

益齋少日日相從　只有當之與拙翁
四十年來俱物化　獨將衰淚洒西風

구봉 김 정승을 추모하여

그대의 맑은 풍류 물결 따라 가 버리니
백성들이 바라는 마음 이제야 어찌하리.
구봉산 아래 배에 실린 달빛에
그대 즐기던 어부가 애가 끊어지누나.

悼龜峰金政丞永眈

謝傅風流逐逝波　蒼生有望奈今何
龜峰峰下滿船月　腸斷一聲漁父歌

일재 권 정승을 추모하여

붉은 얼굴 건강한 몸 지상의 신선이
구름을 타고 간 뒤 어찌 오지 않느뇨.
아마도 항아가 안개 술을 권하길래
계수 아래 취하여 시를 읊나 보다.

悼一齋權政丞漢功

朱顏綠骨地行仙　何事乘雲去不還
應爲姮娥勸霞液　醉吟佳句桂花間

김해부사로 부임하는 정국경을 보내며

글을 읽다가 옛사람을 그려 보며
한때 나지 못한 걸 서운해 하네.
옛사람을 동시에 볼 수 있다면
즐거운 마음이 한이 없겠더니

다행하여라 나 이제 그대를 얻으리.
격조 높은 그대의 시 감동하지 않을쏜가.
내 평생에 존경하던 최졸옹
세상과 뜻 안 맞아 사람들은 비웃었네.

《동인유문》을 그가 손수 기록하고
그 밖의 《졸고천백》▪도 모두 기이하건만
한 번 보고 곧장 장독 덮개나 하니
뭇 아이들 어리석음 가소롭구나.

▪ 정국경이 일찍 전라도 안렴사로 있을 때 급암及菴 민사평閔思平이 졸옹拙翁 최해崔瀣의
《동인지문東人之文》과 《졸고천백拙藁千百》을 그에게 주었는데 그가 모두 인각 출판하여
세상에 전하게 하였다.

그대 그 글들을 판에 새겨 전하니
오늘에 사는 옛사람 그대가 이 아닌가.
그대 이제 우리 고을 다스리러 가니
백성들을 위하여 나는 치하하노라.

백성들의 좀벌레 깨끗이 치우리니
백성들의 병이 어찌 낫지 않을 거냐.
불을 지펴 언 몸을 데워 줄 것이며
먹여서 그의 주린 창자 살찌우리라.

백성들 그대 늙음을 안타까워하리니
영원히 그대 은혜 잊지 않으리.
최졸옹을 무덤에서 불러올 순 없는가
살았으면 그대의 덕정비문 지을 것을.

送金海府使鄭尙書國俓得時字

讀書思古人　常恨不同時
同時見古人　至樂良在茲
幸哉吾今得君子　胡不感此前賢詩
平生拙翁吾所畏　與世齟齬人共嗤
東人遺文手自錄　又有拙藁皆倔奇
一觀直欲覆醬瓿　攘攘可笑群兒癡

殷勤鏤板垂不朽　今世古人非子誰

魚書虎竹吾州去　吾爲吾民多賀之

汝蠹豈不剔　汝疾豈不醫

噓以燠汝骨　哺以肥汝肌

五袴何止歌來暮　一錢何止表去思

九原誰喚拙翁起　滌筆爲作德政碑

전라도 안렴사로 부임하는 전맹경을 보내며

그대의 덕행이 온 나라에 빛남이여
늙은이들 저마다 그 덕화를 그리네.
백성들의 원한을 지성으로 보살피며
창을 베고 종군시를 흥분하여 읊었네.

안평중[1]의 높은 충절 백이보다 더했나니
누가 양식 때문에 어버이들을 송사할까.
수레에 오를 제 뜻은 더욱 맑아서
남방의 초목들도 그대 이름 아는도다.

남방엔 근래에 흉년이 잦아서
굶은 시체들이 길가에 쓰러졌다네.
고을 원들 무지하고 탐욕만 많아
장님처럼 되는대로 법을 희롱한다네.

농부들만 몰아서 왜놈들을 막으라니

---

1) 춘추 시대 제齊나라 사람으로 충절이 높았다.

접전도 하기 전에 미리 피할밖에
대장은 장막 속에 노래춤뿐인데
소장은 싸우자고 병장기를 실어 가네.

포악한 토호들은 논밭을 약탈하고
관가에선 곡식 걷어 일 년 양식 간데없네.
아아 백성들 이같이 굶주리는데
누가 우리 임금께 지성을 다할거나.

나도 일찍이 조정에 폐를 끼칠 때
늙고 젊은 간신들에게 욕을 보았네.
벼슬에서 물러났기 화는 면했으나
지금도 생각하면 얼굴이 붉어지네.

그대는 일찍부터 군자를 사모했거니
어찌 나에 비해 의논을 하랴.
그릇됨 바로잡고 일에는 공변됨을
달려가 님께 아뢰어 밝히도록 해야지.

送田孟耕祿生司諫按全羅道

田郎作倅吾雞林　父老至今懷德音
拜囊懇惻呌閽辭　枕戈慷慨從軍詩

晏嬰高節凌首陽　誰責食粟曹交長
登車攬轡志澄清　南方草木亦知名
南方近者頻年荒　捐瘠往往僵路傍
守令識字百二三　坐視弄法猶盲喑
旋驅農夫防海倭　賊刃未接先奔波
大將坐幕擁笙歌　小將汗馬輸弓戈
豪奴聯騎攘公田　官徵逋租不計年
嗚呼民生至此極　誰與吾君寬旰食
益齋也會玷廊廟　受侮老姦幷惡少
乞身自退僅免禍　此日尋思顏可赭
田郎夙慕君子儒　豈比老我空囁嚅
往哉問瘼公無私　馳奏得令明主知

종군하는 정택당을 보내며

그대 비록 백면서생이나
장한 그 뜻이야 누구에 비기랴.
전에는 한 사마[1]를 사모하더니
지금은 곽 관군[2]을 따라가누나.

채색 깃발은 새벽 달빛에 번뜩이고
군악 소리 우렁차게 하늘에 진감하네.
떠나고 머무르는 이별의 술잔을
사양 말고 마음껏 다 기울이세나.

送鄭澤堂後從軍

書生秖白粉　壯志孰如君

---

1) 당나라 소종昭宗 때 사람 한악韓偓을 말한다. 정의감이 강하고 그의 시가는 격하면서 절
   실하였다. 당나라 말기 최고의 인격자라는 평을 받았다 한다.
2) 한漢나라 때 사람. 곽거병인데, 그를 관군후冠軍侯로 봉하였다 한다. 그가 두 번 관군이
   되었는데 관군은 대장군의 명칭.

舊慕韓司馬　今隨霍冠軍
彩旗翻曙月　畫角撼秋雲
珍重離亭酒　休辭倒十分

혼탁한 세상
편치가 않구려

한 번 돌아보고
세 번 생각하여
잘못이 없는가
지극히 조심하여
아침이고 저녁이고
힘쓰고 힘써
요행을 바라는 일
하지 말지면
그릇됨을 거의
면할까 하노라

칠석

서로 그려 애끊어도 만나기 어려운데
하늘이 이 밤을 한자리에 모이게 했네.
오작교 가을 물결 먼 것이 한이러니
어이하리 원앙침에 밤이 벌써 새어 가니.

인간 세상 애달픈 이별 아예 없고지고
신선도 기쁘고 슬픈 일 어쩌지 못하누나.
허나 예부[1]처럼 선약을 훔쳐 먹고
길이길이 달나라에 사느니보다는 낫구나.

七夕

脈脈相望邂逅難　天敎此夕一團欒
鵲橋已恨秋波遠　鴛枕那堪夜漏殘

---

1) 본 이름은 항아姮娥로 그 남편 후예가 서왕모에게 선약을 얻었는데 항아가 이 약을 훔쳐
　달나라로 달아났다는 전설이 있다.

人世可能無聚散　神仙也自有悲歡

猶勝羿婦偸靈藥　萬古羈棲守廣寒

중산부[1]를 지나다가 창당의 옛 일을 추억하면서

창당[2]이란 그 누군가
위나라 신하라네.
시에 능통하고 예절에도 밝아서
혼자서 하는 말들 윤리에 꼭꼭 들어맞았네.

말 한마디로 임금을 깨우치고
이국 사람과도 정 깊게 지냈다네.
예라 이제라 역사를 들춰 보라
누가 그대와 비길 이가 있는가.

그 지성 오랑캐도 달래었어라.
그 효도 온 나라가 칭송하누나.
아 이 세상 모든 사람들로 하여

---

1) 중국 하북성에 있는 지방 이름. 옛날에는 조그만 나라였는데 위 문후魏文侯가 이 나라를
   위나라와 합병하였다 한다.
2) 위 문후의 신하다. 문후가 중산국中山國을 합병한 후 그 아들을 시켜 중산국에 가 있게 하
   고 창당倉唐을 그의 선생 겸 보좌하는 신하로서 중산국에 머물러 있게 하였는데 중산국을
   설복하는 데 공훈이 컸다고 한다.

함께 이분을 제사케 하였으면
한번 대하면 감격에 넘치어
사리에 맞추어 죄를 짓지 않게 되리.

過中山府感倉唐事

倉唐何爲者　魏國一陪臣
敦詩又說禮　幽語皆中倫
一言悟人主　遠子復相親
古今竹帛上　誰其君與隣
至誠說狄相　純孝稱封人
願令四海民　共祠此三仁
一見一感發　天理不胥淪

정형구에 올라서

산이라 묏부리들 정형구[1]로 돌아들었는데
웅긋중긋 험한 언덕 말을 몰아 올랐노라.
영웅[2]이 한 번 간 뒤 몇천 년이 지나갔나
늠름한 그의 모습 상기 곁에 있는 듯.

일찍이 회음땅에 베옷 입고 살 때야
풍운의 장한 그 뜻 아는 이 없었건만
하루아침 나아가 한나라를 도울 제
번쾌[3]의 무리쯤은 아이처럼 여겼네.

불꽃인 듯 타는 깃발 조나라 진영 놀래우고
원수들의 붉은 피는 칼끝을 더럽혔다.
연나라 제나라 그 바람에 쓰러지니
항우의 강한 기세 이미 기울었도다.

---

1) 중국 하북성 정형산井陘山 위에 있는 요새지. 옛날 초한 시대의 한신이 여기서 조나라와
싸웠다.
2) 한나라 장수 한신을 가리킨다.
3) 한나라 장수.

천금으로 광무군[4]의 목을 사지 않았다면
만전의 묘한 계책 누가 말했을까.
백전 필승 참된 비결 다 알고 있었나니
군사가 많은 데만 승리가 있다 하랴.
마음으로 항복케 함을 그제야 알았구나.

井陘

岡巒廻合井陘口　驅馬崎嶇登翠阜
英雄事去幾千載　尙有威名凜如在
却憶淮陰布衣時　風雲壯志無人知
一朝登壇輔眞主　下視噲等如嬰兒
火旂熖熖驚趙壁　鯨鯢血汚蓮花鍔
燕齊草木靡餘風　劉項乾坤傾一諾
千金不購廣武君　萬全奇策誰當陳
乃知百戰戰必勝　不在多多益辦
只在屈己能從人

---

4) 성명은 이좌거李左車이고 조나라 사람이다. 한신이 그와 싸울 때 그를 사로잡은 사람에게
는 천금의 상을 준다 하였다. 과연 그를 사로잡아 그의 전술과 전략을 빌어 전쟁에 승리하
는 데 큰 도움을 받았다고 한다.

민지[1]

진나라가 날개 돋친 호랑이라면
조나라는 망설이는 쥐와도 같았어라.
여기에 모인 것은 동맹함이 아니어라.
조나라의 흥망이 이번 일에 달렸어라.

창검이 좌우에 번쩍이며 섰는데
인상여[2]의 담은 말[斗]만치나 크구나.
한 번 호통치매 우레가 이는 듯하니
진왕이 의기에 눌리어 부[3]를 쳤네.

---

1) 전국 시대 한韓나라의 읍 이름. 진秦나라와 조나라가 우호 회의를 한 곳이다.
2) 조나라의 재상. 민지의 회의를 열 때까지 어려운 문제를 혼자 해결했다는 사람이다. 당시 진나라는 강대하고 조나라는 약소국이었다. 진나라 소왕이 이를 기회로 조나라의 보배인 화씨벽和氏璧이란 구슬을 빼앗으려 하였다. 진나라의 열다섯 개 성과 구슬을 바꾸자고 해 놓고 구슬만 공짜로 빼앗으려 들었다. 당시 조왕과 그 신하들이 진나라의 위력에 눌려 구슬만 빼앗기게 되었는데 인상여藺相如가 혼자서 진 소왕을 찾아가서 담판한 결과 진 소왕이 인상여의 위엄과 담력에 눌리어 구슬 빼앗을 생각을 단념하고 민지에서 우호 회의를 가지게 되었다 한다.
3) 민지의 모임에서 조나라는 그 나라의 악기인 슬瑟을 탔는데 진나라 왕은 조나라를 깔보고 자기 나라의 악기인 부缶를 치지 않으므로 인상여가 위엄을 부리면서 호령하여 진왕으로 하여금 부를 치게 하여 조나라의 위신을 높였다 한다.

위엄 있는 진나라 백만 군사들
한마디 말에 움찔하지 못하였어라.
염파4)는 높은 의리에 굴복했고
사마상여5)는 공의 이름을 사모하였네.

아 그들이 민지의 모임을 가진 지
얼마나 긴 세월이 지나갔느냐.
남은 위엄 지금도 머리칼이 뻗칠 듯
일만 숲에 매운 바람 우수수 부네.

澠池

强秦若翼虎　懦趙眞首鼠
特會非同盟　安危在此擧
藺卿膽如斗　杖劍立左右
叱咤生風雷　萬乘自擊缶
桓桓百萬兵　一言有重輕
廉頗伏高義　犬子慕遺名
駕言池上遊　去我今幾秋
餘威起毛髮　萬木寒颼颼

---

4) 당시 조나라의 유명한 장군. 싸우면 반드시 승리하여 그 위엄이 크게 떨쳤으나 인상여 앞
　에서는 꼼짝 못하였다고 한다.
5) 한漢나라의 유명한 문장가인데, 인상여를 사모하여 자기 이름을 '상여'라고 지었다.

회음 표모[1]의 묘 앞에서

배고픈 선비라 동정을 하였어라
어찌하여 밥 한 그릇 천금을 바랐으랴.
남창의 정장이야 나무랐지만
표모의 마음이야 진정 알아주었구나.

*

여인도 영웅을 알아차리고
한번 보자 그의 궁함을 위로했거든
한신[2]을 몰라주어 적국으로 가게 하니
항우의 쌍동자[3]도 하잘것이 없구나.

---

1) 빨래하는 아주머니. 한나라 장수 한신의 고향이 회음인데 한신이 어려서 가난하여 남창의
   정장亭長, 즉 십 리마다 하나씩 있던 역사의 책임자로 있던 사람의 집에서 밥을 얻어먹고
   있었다. 그러다 주인이 싫어하는 기색을 보고 그 집에서 뛰어나와 물가에서 배고픔을 참
   고 고기를 낚고 있는데 빨래하던 부인이 밥을 주어 얻어먹었다고 한다. 그후 한신이 장수
   로서 크게 성공한 후 표모를 찾아 많은 돈을 주고, 정장하던 사람에게는 백 전이라는 아주
   적은 돈을 주면서 소인이라고 욕을 했다 한다.
2) 한신이 처음에 초나라 왕 항우에게 쓰이려고 찾아갔다. 항우가 그의 자질을 알아주지 않
   자 한신은 다시 한 패공에게 가 버렸다.
3) 항우의 눈 속에는 동자가 둘씩 있었다고 한다.

淮陰漂母墓 二首

重士憐窮義自深　豈將一飯望千金
歸來却責南昌長　未必王孫識母心
　　　*
婦人猶解識英雄　一見慇懃慰困窮
自棄爪牙資敵國　項王無賴目重瞳

신안참에서[※]

인도 중놈 하나 여기에 와서
고깔을 머리에 쓰고 중얼거리네.
목탁을 두드리며 바리때를 가지고
외우는 진언으로 마귀를 부른다네.

제자들은 개미 떼 양고기 냄새 맡듯
서로 무리지어 그를 따르네.
고기를 처먹이고 탁배기를 처먹이며
이렇게 공양해야 복을 받는다면서.

돈과 비단을 바치고 서로 좇는데
열씩 다섯씩 번개처럼 오가더니
신안참의 아전이 무슨 죄가 있어
험상궂은 손으로 죽여 넘어뜨렸는가.

바람 불고 날은 따뜻해

■ 때마침 중이 역마을 아전을 때려죽였다.

파리 떼 모여들어 잉잉거리고
뒤에 남은 처자들 서로 바라보며
통곡하는 눈물만 비 오듯 하네.

新安站

西域桑門世所師　頭戴烈火語嘔𠱠
逢逢打鼓雜鉢螺　說有秘術能降魔
有徒寔繁蟻慕羶　餒肉嗽醪稱福田
來承金帛去馳傳　十十五五如奔電
新安站吏亦何辜　毒手一飽僵路隅
風吹日炙蠅蚋集　妻子相看空雨泣

느낀 대로

한 해는 저무는데 날마다 눈이 내려
각색 초목들이 마르고 꺾이네.
이대로 새봄맞이 근심스러움은
흐린 구름 좀체로 갤 줄을 모름이라.

그러나 한 가지 연연한 매화꽃
빈 골짜기에 은근히 피어
그윽한 그 향기 아는 이 없어도
메마른 듯 맑은 그 모양 옥과 같구나.

　　　　*

밤이 차가우니 꿈이 쉬이 깨는구나.
자리에 뒤척이며 다시 잠 못 이루어
옷을 두르고 문틈으로 내다보니
까마득 별과 달이 중천에 높이 떴네.

화로를 헤쳐 등잔불을 켜 놓고

나무에 우는 바람 소리 들으니
아 두멧골 나의 친구
이 밤을 누와 함께 새우는지.

*

님은 멀리 전장에 나가
달리는 말안장 번쩍이는데
다락 속에 홀로 수척해진 나
눈물을 억지로 참아 삼키네.

생각해도 생각해도 잊지 못하겠네.
날개나 돋쳤으면 날아라도 가 뵈련만
새벽 종소린 아직도 아니 울고
언제나 이 밤이 밝아 오려나.

*

삼동이라 하늘땅이 얼어붙어서
용도 배암도 깊이 동면하네.
한세상 가는 길은 반복도 많아
군자는 아예부터 궁한 것이구나.

창 앞엔 저 멀리 산들만 늘어섰고

흰 구름 덧없이 하늘을 흘러가네.
마음이 괴로워 손님도 아니 맞고
거문고를 뜯어 기러기를 보내노라.

                    *

소진[1]은 귀곡에게 도를 배워서
헛된 수고로 일생을 마치었네.
세상에 나와서 정승의 인을 차니
안해와 아지미[2]쯤 놀래울 수 있었구나.

어찌하여 한 치 혀를 놀려서
죽도록 종횡[3]만을 일삼았느뇨.
두어 이랑 거친 밭떼기가 있어서
그대 몸소 갈지 않은 걸 알게 하누나.

                    *

1) 소진蘇秦은 전국 때 사람으로 언변이 좋았다 한다. 당시 여섯 나라를 달래어 강대한 진秦
   나라에 대항하자고 주장하였고 여섯 나라 정승이 되었다.
2) 소진이 처음 세상에 나가서 성공하지 못하고 돌아왔을 때 그의 처와 형수의 비웃음을 받았
   는데 그후 여섯 나라 정승의 인을 차고 돌아왔을 때는 그들이 깜짝 놀랐다는 것이다.
3) 전국 때 여섯 나라가 진나라에 대항하거나 복종하자는 주장을 되풀이했다는 말이다. 장의
   張儀가 진나라에 복종하자고 주장한 것을 '횡'으로, 소진이 대항하자고 주장한 것을 '종'
   으로 말한 것이다.

산중에 친구가 있어
신선 공부 하자는 편지가 왔네.
신선 배우는 길 만약 있다면
이 세상은 나그네에 지나지 않으리.

높은 벼슬 원래에 원하지 않노라.
목석 같은 것들과 함께 있기 어려워
내킨 대로 술 마시며
죽고 사는 것 되는대로 할진저.

　　　　*

맑은 아침에 일이 없어서
열흘이면 아흐레 문을 닫고
오늘 우연히 한길에 나아가니
사람들 분주히 달리어 오고 가네.

그들은 초초히 공명을 구하는 이들
또한 호기 떨치는 사람들이었네.
나는 돌아와 책을 앞에 놓고
홀로 한바탕 웃어 버렸네.

古風 七首

歲暮連日雪　百卉俱拉摧
政恐入新春　陰雲仍未開
娟娟一樹梅　脈脈在空谷
幽香人不知　瘦骨淸如玉

＊

宵寒夢易破　展轉不自聊
攬衣起窺戶　落落星月高
開爐具燈火　坐聽風枝號
念彼窮谷士　誰與同其袍

＊

公子遠行役　鞍馬光翕赩
憔悴玉樓妾　忍淚不敎滴
念之不可忘　奮飛無羽翼
寒鍾鳴苦遲　何時東方白

＊

三冬天地閉　龍蛇蟄幽宮
世道多反覆　君子有固窮
虛窗列遠岫　白雲度晴空
從嗔不迎客　揮琴送飛鴻

＊

蘇秦學鬼谷　適取勞其生
起來佩相印　足使妻嫂驚

胡爲任寸舌　抵死談縱橫
便有二頃田　知渠不躬耕

＊

山中有故人　貽我尺素書
學仙若有契　此世眞蘧廬
軒裳非所慕　木石難與居
不如飮我酒　死生任自如

＊

淸朝樂無事　十日九下帷
偶然出官道　立馬看奔馳
草草功名士　紛紛豪俠兒
歸來對黃卷　一笑還自怡

범려[1]

그대 공을 이야기할진대
오나라를 복수한 데만 그치지 않지만
공을 이룬 뒤엔 벼슬을 버리고
배를 띄워 오호로 돌아갔도다.

알 수 없어라 그대 그 배에
어여쁜 서시를 함께 싣고 가지 않았다면
월나라 궁중에도 또한
고소대[2] 같은 것은 있었을 것이어늘.

---

1) 춘추 때 초나라 사람. 월나라 왕 구천이 오나라에게 망하였는데 범려가 구천을 도와 오나라를 멸하여 복수했다. 그후 범려는, 구천이 어려운 때에만 함께 일할 사람이지 평화로울 때는 함께 있으면 반드시 해를 입게 된다고 하면서 오나라 왕에게 미인계로 썼던 서시를 배에 싣고 오호로 가 버렸다고 한다.
2) 오나라 왕 부차가 호화한 생활을 위하여 지었다는 대의 이름.

范蠡

論功豈啻破强吳　最在扁舟泛五湖
不解載將西子去　越宮還有一姑蘇

구월 십오일 새벽

서풍 몰아오는 소리 하늘에 가득해
천병만마 평원을 내달리는 듯
담머리 푸른 나무 금방 수척해지고
밤사이 지는 잎이 동산에 가득 쌓이네.

엉성한 가지들이 찬비에 떨고 있어
새들이 깃들이려다 선뜻 날아가누나.
붉은빛을 다툰 때가 고대 금방이었는데
어찌 이제 와서 이리 급히 이 모양인가.

만물은 살았어도 알지 못하지만
사는 이치에는 자연이 공변되나니.
차고 더운 것이 옮기고 바뀌는 것은
꽃다울 때 기쁘고 시들 제 서러운 격.

글 짓는 사람이사 더욱 다감하여
백 가지 근심을 때마다 느낀다네.
내 머리 세어 감은 아깝지 않다만

어쩌면 큰 진리 가슴에 트여 올거나.

늘으매 만권 서책 덮어 놓은 채
장식 없는 긴 검도 쓰지 아니하네.
세상에 궁달이야 하치않은 일
불사약을 구하여 어린 대로 살았으면.

九月十五日 曉起有感 寄示尹汝衡學諭

風從西來聲滿天　悅若鐵騎驅平原
墻頭綠樹忽憔悴　一夜落葉盈空園
衆禽欲棲却飛去　慽慽疎枝撼寒雨
爭紅逞紫亦近耳　豈謂如今遽如許
君看萬物生無知　生理一聽天公爲
無端寒燠有遷改　似爲榮悴相欣悲
騷人況復情所鍾　方寸每受百慮攻
不辭雪霜點鬚髮　安得江海澆心胸
縹囊古書老不觀　莂綏長劍慵不彈
人間窮達眞細事　但問大藥留童顔

강태공[1]의 주나라 낚기

혼탁한 세상은 편한 게 아니로세.
좋은 환경의 정치야 어려울쏘냐.
팔백 년 주나라의 좋은 업적이
반계물에 드리운 낚싯대에 있었구나.

       ·

太公釣周

混世浮沈匪苟安　得時經濟豈云難
君看八百年周業　只在磻溪一釣竿

---

1) 강태공이 위수의 상류인 반계에서 고기를 낚다가 주나라 문왕을 만나 나라를 훌륭히 다스
렸다 한다. 그리하여 벼슬도 최고에 이르렀다 한다.

상산사호[1] 한나라로 돌아가다

부소[2]는 맏아들이요 효자이고 또한 어질기도 했거늘
어찌 호해[3]를 내세워 백성을 그리 괴롭혔느뇨.
미숙한 말에는 숨은 늙은이들 굴하지 않았으나
참을 수 없었구나 한나라[4]의 사정이 진나라와 같아짐을.

四皓歸漢

見說扶蘇孝且仁　胡令二世禍生民
逋翁不爲卑辭屈　未忍劉家又似秦

---

1) 한나라의 숨은 선비들 동원공東園公, 기리계綺里季, 하황공夏黃公, 녹리 선생 甪里先生을
   말한다. 진 시황의 악독한 정치와 태자 부소扶蘇가 귀양 가는 것을 보고 상산常山에 들어
   가 숨어 살았다.
2) 진 시황의 맏아들.
3) 부소의 아우인데 진 시황이 죽은 뒤에 그 신하들과 음모하여 어진 부소를 죽이고 2세 황제
   가 되었으나 오래지 않아서 망하였다.
4) 사호 네 늙은이가 진나라의 악한 정치를 피하여 상산에 숨었는데 장량張良의 주선에 못
   이겨 한 패공에게 "사람을 얻은 자는 흥하고 사람을 잃은 자는 망한다."는 조언을 주었다.

사태부¹⁾가 살던 동산

아름다운 강산을 고향으로 삼았으나
님 위해 할 일을 다 잊은 건 아니라네.
수염 쓰다듬으며 비파 소리 들으면서
깃들인 이 동산에 흥치가 한없었으리.

謝傅東山

雲水光中醉作鄉　致君功業未全忘
挽鬚一落聞箏淚　更覺東山興味長

---

1) 진晉나라 때 사람 사안謝安. 죽은 후에 태부太傅의 칭호를 받았다. 동산에 숨어 살았는데
   그가 나와서 정치를 해야 백성이 살게 된다고 하므로 마흔 살이 넘어서 세상에 나와 전쟁
   에서 큰 공을 세우고 정치도 잘하였다 한다.

섬계를 찾아간 자유[1]

고인이 살던 옛집은
짙푸른 산간에 자리 잡았는데
바라뵈는 봉마다 시내마다에
흰 눈 밝은 달 함께 차가워라.
흥에 취하였거니 어찌
왔다간 문득 돌아갈거나.
함께 술잔 들고 난간에 비껴
돋는 흥을 다함이 좋지 않은가.

子猷剡溪

故人家住翠微間　滿目溪山雪月寒
乘興胡爲來便去　不妨呼酒共憑欄

---

1) 진晉나라 때 사람으로 대를 좋아하였다. 섬계剡溪로 대규戴逵를 찾아갔는데 "대를 구경
　하러 왔다가 할 구경 다하였으니 주인을 찾을 필요가 없다."며 문앞에서 돌아올 정도로
　담백한 사람이었다 한다.

여산의 삼소[1]

불교가 유교와는 이치가 달라
억지로 분별했다간 혼돈하기 쉬우리.
세 어진 이의 뜻을 아는 이 없으니
한번 웃고 호계를 지나간들 어떠리.

廬山三笑

釋道於儒理不齊　强將分別自相迷
三賢用意無人識　一笑非關過虎溪

---

1) 중국 진晉나라 때 혜원법사란 중이 찾아온 손님을 전송할 때 마을 앞에 있는 호계라는 시
   냇물을 건너가서 전송한 일이 없었는데 도연명과 육수정陸修靜을 전송할 때 걸어가면서
   이야기에 취하여 자기도 모르게 호계를 건너갔다 한다. 그리하여 세 사람이 함께 웃었는
   데 여기서 '삼소三笑'란 문자가 생겼다 한다.

죽림칠현

위나라 진나라가 중원을 삼키려 하니
흘러가는 저 하수를 무슨 힘으로 말릴 거냐.
죽림은 복희씨가 다스리던 땅과 같아
술 마시며 서로 따르면 만사가 편하리.

竹林七賢

曹馬乘機盜九州　有心何力遏橫流
竹林別是華胥國　樽酒相從萬事休

맹종[1]의 겨울 죽순

눈 속에 새 죽순 울 밑에 돋아
정성껏 캐어다가 어머니를 봉양했네.
자손들의 효성이 지극하다면
하늘땅이 감동함도 틀림없으리.

孟宗冬笋

雪中新笋宅邊生　摘去高堂慰母情
但使子孫能盡孝　乾坤感應自分明

---

1) 중국 삼국 시기의 효자. 어머니가 죽순 나물을 좋아하므로 겨울에 대밭에 가서 슬피 우니
대밭에서 때아닌 죽순이 돋아났다고 한다.

황진 도원[1]

예로부터 길이 막힌 신선 땅[2]인데
신기롭게 찾아왔다 총총히 돌아가려는가.
다시 와도 물색은 꿈과 같아라.
흘러오는 복숭아꽃 그대를 비웃노라.

黃眞桃源

萬古仙鄕路未通　胡爲已到却忽忽
重來物色渾如夢　空使桃花笑殺儂

---

1) 신선 땅은 진나라 말년에 피난한 사람들이 살았다는 가상의 고장 도원桃源을 가리킨다.
복숭아나무가 많았다 한다.
2) '무릉도원'을 가리키는 것인데 그곳에서는 신선처럼 생활하고 일반 사람들은 찾아 들어
갈 수 없으며 한번 들어가면 나오는 길을 찾지 못한다 한다.

제비가 찾아들다

미인의 서러운 이별가에 감동했나
한 쌍의 나는 제비 처자 방에 찾아드네.
뜰 앞 비바람에 꽃이 떨어질 때
서로 보며 마음은 알아도 말은 알지 못하누나.

燕尋玉京

翩翩雙燕訪空閨　應感佳人惜別詞
相對知心不知語　一庭風雨落花時

개가 양생을 구원하다

꼬리에 물을 적셔 얼굴에 뿌렸기에
아뜩 취한 꿈에서 죽을 고빌 면하였네.
알고 보니 이 개가 주인을 구원했구나.
다시는 정신 잃도록 술을 아니 먹으리.

犬救楊生

濡尾溪流走幾廻　免教醉夢困烟灰
縱知此犬能相救　莫更昏昏泥酒杯

반랑의 세 봉우리[1]

해 지는 청산에 흥이 아직 남아서

시를 쓰려는데 어두워지는 하늘 인색하구나.

길 가는 행인이사 정중치 않음 조롱하라.

노새[2]를 거꾸로 타고 봉우리를 바라보네.

潘閬三峰

落日靑山興未闌　欲題詩句破天慳

任他行路嘲輕脫　倒跨驢兒點檢看

---

1) 중국 화산의 세 봉우리가 이 산 중에서 가장 경치가 좋다고 한다.
2) 반랑의 시에 나귀를 거꾸로 타고 세 봉우리를 구경했다는 것이 있는데, 대개 봉우리가 너
   무 높아서 나귀를 거꾸로 타야 잘 보인다는 뜻이다.

범려의 오호

공을 이뤄 놓고 또한 슬기로이
도롱이 쓰고 노를 저어 오호로 향했구나.
오나라 궁궐에는 봄빛이 가 버렸는데
홀로 고소대에는 가을 풀만 가득코나.

范蠡五湖

功成亦欲試良圖　月棹烟簑向五湖
卷却吳宮春色去　獨留秋草滿姑蘇

우연히 쓴다

술기운 몽롱하고 내 머리 세었는데
바글바글 차 끓는 소리에 해가 기울었네.
사랑스러워라 어린 계집아이는 하염없이
부드러운 뽕을 썰어 누에치길 배우네.

偶成

殘酒懵騰雪滿簪　煮茶聲裏日西南
最憐稚女無愁思　手剪柔桑學餧蠶

부질없이 쓴다

늙어 가매 공명할 생각 절로 없어져
집안일 돌보며 여생을 보내노라.
못가의 갈대 베고 구름 그림자 바라보며
창 아래 파초 옮겨 빗소리를 즐기노라.

*

검은 갓 갈포 옷에 바람이 가벼웁고
등 침상 돌베개에 비 기운 스며든다.
나 홀로 북창가에 꿈길을 더듬는데
푸른 그늘 어디선가 꾀꼬리 꾀꼴꾀꼴.

謾成　二首

老去功名念自輕　且將幽事送餘生
池邊剪葦看雲影　窓下移蕉聽雨聲
　　　*

烏紗白葛午風輕　石枕藤床雨氣生

獨倚北窗尋夢境　綠陰何處一鶯聲

서경[1] 유수가 언 생선을 보내오다

조천석 아래 뛰놀던 잉어
천리를 날아서 내 집 안에 들어왔네.
사무치는 맑은 기운 웬일인가 했더니
내게 보낸 글월 뱃속에 들어 있어서라.

西京留守慶宰臣寄凍魚

朝天石下玉鱗魚　千里飛來入我廬
一見忽驚淸到骨　只緣腹有令公書

---

1) 평양을 말한다.

임신년 십일월 그믐날

평생에 멀리 놀기를 좋아했더니
여행에서 돌아오니 옷이 모두 해어졌네.
그 어느 벗이 있어서 나를 반겨 주는가
안해는 나처럼 함께 머리가 희었네.

때로는 책상 위에 책권을 뒤적이고
단지 안에 술 없으니 누구와 수작할까.
마음은 상하고 한 해는 또 저무는데
빈 뜰에 빗소리는 그치지 않네.

壬申十一月晦日

落落平生喜遠遊　歸來弊盡黑貂裘
誰同阮籍能靑眼　未分文君共白頭
案上有書時自讀　樽中無酒與誰謀
傷心歲暮空階雨　竟日丁東滴不休

벌을 두고

콧구멍을 가지고 모든 것을 짐작해
향기 있는 꽃마다 용케도 찾아다녀
한수[1]의 담장 옆에서 양지 볕을 노래하고
탁문군[2]의 술집 들러 훈훈한 바람에 취하누나.

때로는 떼를 지어 나무에 날아오르다가
어디론가 깃을 찾아 먼 하늘로 날아가네.
왕벌을 섬기는 일 그렇게도 급한가.
향기론 화초 사이 춤춰 가며 일하게나.

讀李義山集和蜂詩

多生鼻觀得圓通　徧界香緣欲細窮

---

1) 진쯥나라 때 사람. 인물이 잘생겨서 가충이란 사람의 딸이 한수韓壽에게 반하여 희귀한
　향수를 선물함으로써 결국 가정을 이루었다 한다.
2) 한나라 때 여자. 과부로 사마상여와 인연을 맺어 술장사를 했다. 냄새 잘 맡는 벌이 향수
　와 술의 냄새도 좋아한다는 것을 한수와 탁문군의 이야기와 결부시켜 노래한 것이다.

韓壽墻邊歌暖日　文君墟畔醉熏風
有時結伴依高樹　何處尋巢度遠空
課蜜若非王事急　只消恒舞百花中

나의 초상

— 연우[1] 기미년(1319)에 내가 충선왕을 따라서 강남 지방의 보타굴에 갔다. 왕이 오수산을 불러서 나의 초상을 그렸는데 북촌 탕 선생이 이에 찬사를 썼다. 그런데 연경에 돌아와서 그 누구에겐지 빌려 주었다가 잊어버렸다. 그후 32년 만에 국서를 가지고 다시 연경에 갔을 때 그것을 찾게 되었다. 그 초상과 나의 지금 얼굴을 대비하여 보고 소스라쳐 놀라면서 이에 이 시 한 수를 쓰노라.

그 옛날 그려 둔 화상을 보니
귀밑머리 푸르른 청춘이구나.
얼마나 긴 세월을 지나왔느냐.
그때의 성한 모습 다시 만났네.

이 화상 다른 이의 것이 아니라
오늘날 나의 몸의 전신이라네.
손주 아이놈들 도무지 몰라보고
이게 누구냐고 서로 바라보네.

---

1) 원나라 인종 때 연호.

自題畫像

延祐己未予從於忠宣王 降香于江南之寶陀窟 王召古杭吳壽山 令寫陋
容 而北村湯先生爲之贊 北歸爲人借觀 因失其所在 其後三十二年 余奉
國表如京師 復得之 驚老壯之異貌 感離合之有時 題四十字爲識

我昔留形影　青青兩鬢春
流傳幾歲月　邂逅尙精神
此物非他物　前身定後身
兒孫渾不識　相問是何人

항우[1]

글과 창검만으로는

만 사람을 당해 내기 어려운 것을

백성들을 편안케 하는 것이

진실한 용맹임을 알아야 했을 것을.

싸움에 패하고 강동에 갈 뜻조차

한신이 빼앗아 버렸으니

하늘의 뜻은 마침내

또 하나의 진나라를 끝마치게 했구나.

項羽

書劍應難敵萬人　須知大勇在安民

韓生奪得東歸志　天意寧終假一秦

---

1) 초나라 장수로서 초나라 왕이 되었다. 진나라를 반대하여 반란을 일으켰으나 부하를 거느
   릴 줄도 인심을 수습할 줄도 몰랐다. 마침내 한 패공에게 패하여 자살하였다.

전횡[1]

수하[2]는 입이 있어 경포를 달랬고
위표[3]는 여상[4]의 말 무심히 들었으나
장사는 한 가지 욕됨도 참지 못하는데
한 고조는 전횡을 보려고만 했구나.

田橫

隨何有口來黥布　魏豹無心聽酈生
壯士難教甘一辱　漢皇爭得見田橫

---

1) 진秦나라 사람. 제齊나라 왕이 되었다가 한漢나라가 항우를 멸하자 5백 명을 데리고 작은
   섬으로 들어갔다. 한 고조가 그를 부르자 낙양땅에 못미처 한나라에 고개를 숙일 수 없다
   고 자살하였다.
2) 초한 시기의 한 패공의 신하. 초나라 회남을 지키고 있던 경포를 달래 초나라를 배반하고
   한나라로 오게 하였다.
3) 초한 시기 초나라 사람으로서 한나라에 와 붙었다.
4) 초한 시기 한 패공이 일어나자 4천 명 군사를 거느리고 패공에게 온 사람이다.

유향과 유흠[1]

불타는 붉은 마음 임금이 알아주니
나라의 기둥 되어 기세도 드높았네.
땅속에선 놀란 땀 흘리지 말라
그대 바로 유씨의 한집안 사람이어니.

劉向劉歆

丹心耿耿帝曾知　梓柱生根勢莫移
地下可能無駭汗　國師公是酒家兒

---

[1] 유향劉向과 유흠劉歆 두 사람은 부자간으로 한나라의 종실이다. 두 사람이 학문을 잘하여
그 당시 문교 부문에서 큰 힘을 발휘하였다.

한신[1]

회음땅에서 못난이처럼 남의 가랑이 밑 빠져다니며
가슴속에 숨기어 품은 큰뜻 장하고 기특하기 비길 데 없네.
허나 그대 또한 알지 않았는가
왕업이란 제 맘대론 되지 않는다는 것을.
개미같이 작은 한 몸이 허허 넓은 바다를 욕심내려 했으니
만년의 그대 이 생각이야 젖내 나는 어린이와 무에 다르랴.

韓信

出跨淮陰志頗奇　亦知王業匪人爲
欲令螻蟻翻溟渤　晚計何殊乳臭兒

---

1) 한나라 장수. 일찍이 집이 가난하여 빨래하는 여인의 밥을 얻어먹었고 소년들이 그들의
가랑이 밑으로 빠져나가라 하므로 그대로 하여서 구경하는 사람들의 웃음을 산 일이 있었
으나 마침내 한 패공의 대장이 되어 많은 공을 세웠다. 한나라가 천하를 평정하자 그는 도
리어 한나라 왕후인 여후呂后의 손에 죽었다. 그는 지모와 장략이 훌륭했으나 자기 일신
이 나갈 길을 지혜롭게 개척하지 못하여 남의 손에 죽었다.

소하[1]

거두어 간직한 진나라의 판도는
한나라 강산을 위했음이어니
목숨 바쳐 싸운 조참보다
그대의 공훈이 백배로 더하구나.
그러나 머리털이 희었을 때
몸이 잡혀 갇힌 바 되었으니[2]
진나라가 망한 뒤 오이밭을 가꾸던
소평[3]에게 아마도 부끄러워했으리.

蕭何

秦家圖籍漢山河　功比曹參百倍加
白首年來還見縶　只應羞殺召平瓜

---

1) 초한 시기 한나라 사람. 처음에는 진나라에 벼슬하다가 한 패공을 위하여 진秦나라의 판
　도를 거두어 바쳤다. 나중에 한나라의 정승이 되었다.
2) 소하가 늙어서 반역한다는 의심을 받아 고생한 일이 있다.
3) 진나라의 제후인데, 진나라가 망하자 오이밭을 가꾸며 숨어 살았다.

장량[1]

다섯 대 나라 은혜 갚기 위하여
진나라 원수를 목숨으로 쳐부수리.
한왕[2]이 또다시 팽성에서 죽었거니
계교 한 번 더 꾸미길 어찌 사양하리.

張良

五世君恩未足酬　誓將心力快秦讎
韓王又作彭城土　借箸何辭轉一籌

---

1) 한韓나라 사람으로서 한 패공의 모사. 일찍이 조상들이 대대로 한나라의 정승이었는데 한
　나라가 진 시황에게 멸망당한 뒤 원수 갚을 마음을 품고 있다가 드디어 한 패공을 도와서
　진나라를 멸하는 데 큰 공을 세웠다.
2) 항우가 한나라 왕을 팽성에서 죽였는데 장량이 한 패공을 도와 항우를 쳐부수어 원수를
　갚았다.

왕릉[1]

여씨의 집안으로 왕을 세우려는
여후의 흉계 당하긴 어려웠지만
후일에 유씨의 집안을 안정케 하는 일이야
힘들이면 할 수도 있었던 것이라.

패공을 위해 충성 다하라던
어머니[2]의 유언이 귀에 쟁쟁하거니
이 목숨 다하는 그날까지야
한나라를 지키지 않고 어찌 견디랴.

王陵

當時王呂議難勝　他日安劉力可能
慈母一言今在耳　不因存沒負長陵

---

1) 한 고조의 신하.
2) 항우가 왕릉의 어머니를 잡아놓고 왕릉을 불러오도록 했으나 그는 왕릉에게 한 패공이 어
　진 왕이니 잘 섬기라고 간절히 전한 후 칼을 물고 죽었다고 한다.

무술년 초하룻날에

지팡이 짚은 백발 노인 길에서 만났는데
이제는 늙어서 문을 나서지 않겠다네.
우습구나 나는 나이 일흔하고 둘인데
새벽에 말을 타고 새해를 맞이하니.

戊戌正朝

路逢扶杖白頭人　自約衰年不出門
堪笑七旬今過二　聽雞騎馬賀三元

손자 보림을 위하여

주변 없고 고지식한 서생으로서
어지러운 영남땅에 벼슬하자면
백성 다스리기 왜적 막아 내기
두 가지가 모두 다 어려운 일이란다.

지방의 고을살이에서 언제나 돌아와
너와 나 다시 보게 될거나.
너의 할애비 이 늙은 것은
금년 나이 일흔셋이거니.

爲孫寶林呈執政己亥年

拙直書生宦嶺南　理民防寇兩難堪
賜環何日來相見　乃祖年今七十三

백낙천의 화상▪을 두고

갈기 검은 흰말이 죽을 다 먹으니
맑은 선비 갈 길을 멈추지 않는도다.
용문땅 수려한 샘과 돌에
표연히 홀로 다니며 즐기도다.

白樂天眞讚

駱旣竟鬻　素亦不留
龍門泉石　飄然獨游

▪ 복건에 야복野服을 입고 지팡이를 끌며 가는 백거이를 그린 그림이다.

소동파의 화상"을 두고

늙은 벼슬이 영화로울 게 없고
음기 있는 바다인들 무서워 못 갈쏘냐.
농부의 옷 입고 삿갓을 쓰고
천고에 길이 휘파람을 불었도다.

蘇東坡眞讚

金門非榮　瘴海何懼
野服黃冠　長嘯千古

■ 황건에 지팡이를 비껴들고 석상에 앉은 모습을 그린 그림이다.

죽헌 김 정승의 화상을 두고

담담한 그 눈매여
위로 치선 그 눈썹이여
두드러진 광대뼈며 수척한 얼굴이며
붉은 입술에 눈처럼 흰 수염
이렇게 장한 모습은
죽헌에게서 볼 수 있고

나랏일을 위하여 사삿일을 잊음이여
신의가 있어서 거짓됨이 없음이여
바른 길을 지키어 마음 떳떳하고
그 한 맘으로 평생을 사나니
이러한 지조와 절개는
죽헌을 두고 이야기할 수 있고

얻고 잃은 것이 생각하면 같은 것
오래 살거나 일찍이 죽거나
정신은 우주 밖을 노닐고
사해팔방 이 세상 밖

그 어느 시골에서도 마음 편하나니
이것이 죽헌의 사람됨이어니

그림을 잘 그린들
어찌 그 모습 방불할거나.
글을 잘 쓴들
어찌 그 모습 다 형용할거나.

竹軒金政丞眞讚

湛乎其矑　竦乎其眉
高觀瘦面　赬唇雪髭
斯以狀貌　求竹軒也
國耳忘私　信而不欺
耿介愷悌　一乎壯衰
斯以志節　論竹軒也
冥得喪齊彭殤　神游八極之外
徜徉無何之鄕　斯其爲竹軒也
有可以髣髴於丹靑　形容於文章者耶

익재 자신의 화상을 두고

홀로 배워 아는 것은 고루하고
늦게야 도의 길에 들었도다.
이렇게 불행함이 나 자신의 탓이거니
어찌 스스로 반성하지 않을 거며
무슨 덕을 백성에게 베풀어 주었기에
네 번이나 나라의 정승이 되었나.
요행 그리 된 것이라
뭇 사람들 흉봄을 입었는데
뛰어나지 못한 이 모습을
또한 어찌 그림으로 그려
나의 자손에게 보일 것이냐.
한 번 돌아보고 세 번 생각하여
잘못이 없는가 지극히 조심하여
아침이고 저녁이고 힘쓰고 힘써
요행을 바라는 일 하지 않는다면
그릇됨을 거의 면할까 하노라.

益齋眞自讚

獨學而陋　聞道宜晚
不幸由己　何不自反
何德于民　四爲國相
幸以致之　祗速衆謗
不揚之貌　又何寫爲
告爾後嗣　一覩三思
誠其不幸　早夜以勉
毋苟其幸　庶幾知免

역옹패설 전편

지금 늙어서도 함부로
끼적거리기를 좋아하니
아무 맺힌 것
속살 있는 것이 없어서
그 하찮은 바가
피와 다를 것이 없다
그러므로 이 기록들을
하나로 묶어
'패설'이라고 이름을 붙였다

머리말

임오년(1342) 여름에 장맛비가 달포를 끌어 문밖 출입을 못하였으며 또 찾아오는 사람도 없었다. 하도 갑갑하여 견딜 수 없기에 벼루에 낙숫물을 받아 가지고 무슨 심심풀이나 할까 하였다. 우선 친구들끼리 주고받은 서신들을 모아 정리하고 있었는데 내가 일찍이 끼적거려 두었던 여러 가지 종이 쪽지들도 나왔다. 그것을 한데 묶어 종이 뒷등 끝에 '역옹패설櫟翁稗說'이라고 썼다.

이 '도토리 력櫟' 자는 '즐거울 락樂' 자를 몸으로 하였으나, 그 음을 취한 것이기도 하다. 도토리나무는 재목으로 쓰기에는 좋은 것이 못 되기 때문에 베어 쓰는 해를 받지 않는다. 이것이 나무에게는 즐거울 일이 아니겠는가? 그러므로 '도토리 력' 자는 '즐거울 락' 자와 일치한다.

내가 일찍 벼슬아치들의 뒤를 따르다가 벼슬을 그만두고 혼자 수양하면서 아호를 '역옹'이라 하였다. 말하자면 도토리나무와 마찬가지로 재목감이 못 되니 오래 살 수 있지 않을까 하는 뜻에서였다.

'패稗'의 소리는 '비卑'와 같다. 그러나 그 뜻을 따지면 패(피)는 곡식 중에서 가장 하찮은 것이다. 내가 젊어서는 글공부를 힘써 했

으나 마흔 살에 들어서면서 공부를 폐하다시피 하였고 지금 늙어서
도 함부로 끼적거리기를 좋아하니, 아무 맺힌 것, 속살 있는 것이 없
어서 그 하찮은 바가 피와 다를 것이 없다. 그러므로 이 기록들을 하
나로 묶어 '패설'이라고 이름을 붙이고 나 스스로 이 글을 쓰노라.

한 토막의 고증

"의조와 세조[1]의 이름 밑자가 태조의 이름자와 같다."

김관의金寬毅는 그의 저서 《왕대록王代錄》에 이렇게 기록했다. 이는 그가 고려 건국 이전에는 아직 풍속이 순박하여 부자간에 같은 이름자를 사용하는 것이 잘못이라고 생각지 않아서 그렇게 기록한 것이다.

의조는 육예[2]에 능통하였는데 그중에도 서도와 활쏘기가 일세에 절묘하였으며 세조는 그릇이 커서 삼한을 통일할 생각을 품고 있었다. 그렇게 훤칠한 이가 어찌 할아버지와 아버지의 이름자를 따서 자기 이름을 짓지 못한다는 것을 몰라 그 이름자로 자기 이름을 짓고 또 아들의 이름을 지었으랴. 하물며 태조가 세 나라를 통일하여 계통을 세우면서 어찌 예의에 벗어난 이름자를 아무렇지도 않게 그냥 쓸 수 있었겠는가?

---

1) 의조懿祖는 고려 태조 왕건王建의 할아버지인 작제건作帝建이고, 세조世祖는 왕건의 아버지인 융건隆建이다.
2) 예의, 음악, 활쏘기, 말타기, 글쓰기, 수학.

신라 때에 임금을 마립간麻立干*이라 부르고 그 신하를 아간阿干, 대아간大阿干이라 불렀으며 심지어는 향리의 백성들까지도 간干을 그 이름 끝에 붙여 불렀으니, 이는 대개 서로 존대하여 쓴 말이다.

아간은 혹 아찬阿餐, 알찬閼餐이라고도 하는데 간干, 찬餐, 찬粲 등 세 글자의 음이 서로 가깝기 때문이다.

의조와 세조의 이름 밑자가 또한 간, 찬의 음과 근사하므로 존대하는 말로 그 이름에 붙여 부르던 것이 이름같이 된 것이지 실지 그 이름은 아니다.

경위가 이렇게끔 되었으므로 태조가 이 글자를 따서 자기의 이름을 지었을 것인데, 일 좋아하는 자들이 억지로 끌어다 붙여 "삼대가 같은 이름을 썼으니 반드시 삼한의 왕이 되리라." 하는 이야기를 만들었다. 그러나 족히 믿을 바가 못 된다.

■ 마립은 속언에 궐橛이라고 해서 말뚝(푯말)을 뜻한다. 신라 건국 초기에 임금과 신하가 모여서 궐을 세워 놓고 그것을 임금의 자리로 삼았다. 그래서 임금을 마립간이라고 하였는데 '간'은 신라에서 존칭사로 쓰였다.

믿지 못할 역사 기록

《자치통감》에 다음과 같은 사실이 실려 있다.

고려 태조가 호승 말라[1]를 시켜서 진 고조[2]에게 이르기를, '발해와 우리 나라가 사돈 관계를 맺고 있는데 발해 왕이 거란에게 잡혀 갔으니, 청컨대 귀국과 우리 나라가 함께 공격하여 발해 왕을 구합시다.' 하였으나 진 고조가 이에 응하지 않았다. 소제[3]가 거란과 원수가 되자, 말라가 다시 소제에게 일러, '고려로 거란의 동쪽 변경을 치게 함으로써 그 병세를 갈라 놓으십시오.' 라고 했다. 그래서 소제가 곽인우郭仁遇를 고려에 사신으로 파견했으나, 고려의 군사력이 매우 약한 것을 보고는 말라의 말이 터무니없는 것임을 알았다.

후당 청태[4] 3년(936)에 거란이 석경당을 동진의 황제로 만들었는데 이것이 진 고조다. 그리하여 거란이 그와 부자 관계를 맺고 매년

---

1) 말라襪羅를 호승胡僧이라 했으나 인도의 중이라고 한다.
2) 후진後晉 첫 황제. 이름은 석경당石敬瑭. 거란이 허수아비로 세운 황제로 겨우 2대를 거쳐 11년 만에 망했다.
3) 소제少帝는 후진의 제2대 황제인 출제出帝를 말한다.
4) 청태清泰는 후당後唐의 제3대 황제인 민제閔帝의 연호.

금 30만 냥과 비단 30만 필을 받기로 하였다.

이해에 백제왕 견훤이 고려로 도망하여 와 투항하면서 반역하는 그의 아들 신검[5]을 토벌하여 달라고 간청하였으므로, 태조가 친히 군사를 거느리고 후백제에 쳐들어가 신검을 잡아 멸망시켰으며, 신라왕 김부金傅가 또한 신라땅을 바치고 고려 신하가 되니 삼국이 완전히 통일되었다. 이로부터 전쟁이 없는 평화 시기가 도래하였으며 따라서 문교를 닦기에 힘썼다.

발해 장군 신덕례申德禮, 예부경 대화균大和鈞, 공부경 대덕예大德譽 등 수천수만 명의 사람이 잇달아 자발적으로 투항하여 왔다. 이러한 형편인데 고려가 발해와 혼인 관계를 맺었다는 것을 국사에서도 아직 발견하지 못했다.

우리 태조의 지모와 경략이 원대하고 깊어서 공명에 급급하지 않았으니, 어찌 오호[6]의 세상으로 혼란에 빠진 중국과 족히 교의를 맺을 수가 없다는 것을 몰랐겠으며, 석경당과 거란이 교분이 좋은데 그들 사이에 개입할 것이 아니라는 것을 몰랐겠는가? 그리고 사자 한 사람도 보내지 않고 바다를 건너온 이역의 중을 사주하여 아무 수습도 하지 못하고 있는, 새로 된 진晉나라를 달래서 강대해지는 거란에게 발해를 위하여 원수를 갚으려 하였겠는가? 그뿐 아니라 곽인우가 고려에 와서 과연 우리 군사들이 허약하고 강대한 것을 낱

---

5) 견훤의 큰아들. 견훤이 넷째아들 금강金剛에게 자리를 물려주려고 하자 신검神劍이 금강을 죽이고 그 아버지를 가두었다. 견훤이 도망하여 고려로 가서 태조에게 신검을 토벌해 달라고 하였다.

6) 중국 진晉나라 혜제 때부터 120년 동안 중국 본토에 들어와서 서로 싸우면서 혼란을 일으키던 다섯 종족들을 말한다.

낱이 볼 수 있었단 말인가?

진나라 군신들이 앞에서는 말라의 말에 현혹되었고 뒤에서는 곽인우의 말을 근거 없이 믿었기 때문에, 마침내 우리 태조를 허탄하고 과장을 좋아하는 인물이라고 하였으니 어찌 잘못이 아니겠는가?

함부로 휘두른 우집의 붓끝

　　원나라의 《경세대전經世大典》은 규장각 학사 우집虞集 등이 편집
한 책인데 우리 나라의 일을 기록한 조항에 이르기를,

　　"태조[1] 황제 12년(1217)에 거란의 반항자를 토벌하던 원나라 군
　　대가 고려 경계까지 이르렀을 때 고려 사람 홍대선洪大宣이 이에
　　항복하고 길 안내를 하면서 원나라 군과 함께 자기 나라를 공격
　　하여 그 왕을 항복시켰다."

하였다. 이른바 '거란의 반항자' 란 금산 왕자金山王子를 가리킨다.
그가 황하의 북쪽 지방에 근거를 잡고 참람하게도 '천성天成' 이라
고 황제의 연호까지 붙인 다음 군사를 내몰아 닥치는 대로 정복하면
서 우리 나라 북쪽 국경까지 침범하여 왔다.

　　이때에 원나라 태조가 장수 합진哈眞과 찰랍札臘을 보내 그를 토
벌케 하였다. 때는 고려 충헌왕 4년(1217) 12월이었는데, 눈보라가
휘날리는 엄동설한이어서 어느 편 군대나 군량을 계속 댈 수가 없었
다. 적들도 피로하여 견고하게 수세만 취하고 있었는데 충헌왕이 군

---

　1) 원나라의 시조.

대와 양식을 내어서 원나라 군대와 함께 거란군을 공격하여 금산 왕자의 목을 베고 그 군대를 무찔러 버렸다. 이때부터 두 나라가 형제의 동맹을 맺었다.

그러하거늘 우집의 붓대는 원나라 군대가 우리 나라에 들어오기 때문에 우리가 부득이 항복이나 한 것처럼 묘사하였다. 우리 군대가 원나라 군대보다 오히려 우수하게 싸운 공훈과 두 나라가 평등하고 우애롭게 동맹을 맺은 사실은 기록하지 않았다. 또 홍대선으로 말하면 국경 고을에 사는 일개 하찮은 관리인데 도망하여 항복하겠다고 한들 무슨 군대가 있어서 원나라 군대와 협력하여 자기 나라를 공격하였겠는가? 또 쓰기를,

"원나라 태종 3년에 살리타의 무리를 보내 고려를 공격하였는데 그 왕이 또 항복하므로 서울(개성)을 비롯한 모든 부와 현에 72명의 다루가치[2]를 임명하여 두고 원나라 군대를 철퇴시켰다. 그런데 이듬해에 고려가 다루가치를 모조리 죽여 원나라를 반대하고 바다 가운데 섬[3]을 지키고 있었다."

하였다. 그렇다면 소위 '다루가치'는 원나라 조정에서 직접 임명한 것인가, 그렇지 않으면 고려에 들어왔던 장수가 관례에만 의거하여 제 마음대로 임명한 것인가? 작은 부와 현은 말할 나위가 없다 하더라도 두 서울[4]의 다루가치는 하찮은 인물이 아닐 터인데 그들의 이름을 밝히지 않은 것은 무슨 까닭인가? 또한 이렇게 많은 수의 다루

---

2) 관청의 우두머리를 뜻하는 몽고 말.
3) 강화도를 말한다. 1232년에 고려가 몽고군을 피하여 한때 서울을 강화도로 옮긴 일이 있었다.
4) 개성과 평양.

가치를 임명하였는데 그들을 전부 죽인다는 것은 작은 일이 아니거늘 우리의 역사에 기록된 바 없고 늙은이들에게 물어도 알 수 없으니 더욱 의혹스러운 일이다.

그때의 실정을 미루어 본다면 원나라 왕은 북정[5]에 있었는데 우리 나라와 만여 리나 떨어져 있었으므로 그는 우리 나라에서 일어난 사건의 진상을 알지 못하였으리라. 살리타는 요좌[6]에서 홍대선과 함께 약탈을 일삼으며 우리의 공훈을 말살하고 없는 죄를 거짓 보고하여 원나라 황제를 분노케 함으로써 우리 나라를 침략하게 하였다. 그런데 우집이 자세히 조사도 아니하고 함부로 기록한 것이다.

아, 한심하구나. 자고로 군대를 거느리는 자가 임금을 속이고 병사들을 괴롭혀 부귀를 도적질하기 마련이지만 멀리 떨어져 있는 사람은 그 진상을 자세히 밝히지 못하는 법이다. 그러므로 뜻밖에 목숨을 잃은 자를 이루 헤아릴 수 없는 것이다.

---

5) 북정北庭은 몽고 지방의 옛 이름이다.
6) 요나라의 왼쪽, 즉 조선과 거란의 국경 지방.

근거 없이 돌아가는 세상의 물의

세상에서 말하기를 대신으로 귀양살이를 하였거나 또는 해당 관부의 탄핵을 받아 벼슬자리에서 파면된 자는 종묘에 배향하지 못한다고 한다. 이는 근거 없는 말이다.

《예기》 '제법祭法'에 이르기를,

"제법을 백성들에게 시행함에 있어서 한생을 정무에 힘쓰고 공훈으로 나라를 안녕케 하매 능히 큰 재난을 저지하고 큰 환란을 물리치는 사람이라야 종묘에 배향한다. 이러한 부류의 사람이 아니면 제사를 지내지 못한다."

고 하였다. 지금 대개 종묘에 배향된 사람들이 비록 그런 인물에 비교하여 손색이 있다 할지라도 모두 나라에 공이 있고 백성들에게는 덕의를 쌓아 올린 사람들이다.

가령 그가 당시 왕에게 저촉된 바 있어 귀양살이를 하였고 또 탄핵을 받아 파면을 당하였다 하여 배향을 하지 않을 것인가? 사람의 비위를 잘 맞추고 자기의 몸가짐을 교묘하게 하여 일신을 안전하게 하고 벼슬자리를 보전하였으나 가히 기록할 만한 공덕도 없는 사람을 종묘에 배향할 것인가?

우리 나라 역사를 상고하여 보면 유검필[1]은 일찍 곡도鵠島에 정배간 일이 있으나 태조 곁에 배향하였고, 윤관[2]은 구성九城 전투 당시에 탄핵을 당하였으나 예종 곁에 배향하였으니 이 말이 황당하다는 것을 알 수 있다.

공덕으로 허물을 덮을 수 없는데도 배향된 자는 따로 논의해야 할 것이다.

---

1) 유검필庾黔弼은 고려 태조 때 신하로 태조의 신임을 받았고 군사상 공훈이 컸다.
2) 윤관尹瓘은 고려 예종 때 여진족을 격파하여 크게 공훈을 세운 사람이다.

최충헌 문중의 전횡

　이부[1]에서는 문관을 선발하고, 병조[2]에서는 무관을 선발하여 근무 연한을 차례로 구분하고 노력의 정도를 분별하며 재질이 훌륭하고 못함을 논의하여 문첩에 기록하여 두는데 이것을 '정안政案'이라고 한다. 그리하여 인물을 뽑아 등용하려 할 때 중서[3]에서는 치켜올리거나 내려깎을 것을 헤아려 왕에게 보고하고, 문하에서는 왕의 승인을 얻어 실행에 옮기니 이 법제가 대개 중국과 다름이 없다.

　최충헌崔忠獻이 왕을 제 마음대로 세우기도 하고 내쫓기도 하였다. 그는 언제나 관부에 들어박혀 있으면서 부하 무리들과 정안을 함부로 뒤적거리며 인물을 평가한 후 벼슬을 주었는데 주로 자기 패거리로 승선[4]이 된 자가 왕에게 아뢰면 왕은 자기 마음대로 논란도

---

1) 이부吏部는 봉건 정부의 여섯 관부 중의 하나로 주로 문관의 등용과 파면 또는 공훈의 적용 등 행정을 맡아 보았다.
2) 병조兵曹 역시 여섯 관부 중의 하나로 군사 관계의 일체 행정을 맡아 보았다.
3) 중서中書는 고려 때 정부 부서. 중서와 문하가 한 부서로서 '중서문하성中書門下省'이라고 하였다.
4) 승선承宣은 조선 시대의 승지와 같은 고려 벼슬이다. 왕과 의정 기관 사이에서 문서나 기타 연락을 하는 관직이었다.

못하고 그대로 따랐다.

충헌의 아들은 '우瑀'이고, 손자는 '항沆'이며, 항의 아들은 '의
誼'였다. 그들이 4대를 계속하여 정권을 잡고 세력을 함부로 부렸
다. 그때의 승선을 '정색政色 승선'이라고 했는데 그의 패거리로 이
직위에 선 자가 삼품의 지위에 있는 자면 '정색 상서尚書', 4품 이하
는 '정색 소경少卿'이라 했으며 소경 이하 서기 정도의 관원들은
'정색 서제書題'라고 하였다.

그리고 이들이 모이는 데를 '정방政房'이라고 했는데 관부 안의
한 처소를 사사로이 부르던 이름이다. 평장平章 금의琴儀, 수상首相
김창金敞, 상서 박훤朴暄과 같은 명사들이 정방에서 출세하여 당세
의 영화를 누리게 되었는데 조금도 부끄러운 줄을 몰랐다.

문정공文正公 유경柳璥이 김인준金仁俊과 함께 최의崔誼를 베어
죽이고 왕이 정치를 장악하게 하였으나 정방을 개혁하지는 못하였
다. 국가의 중요한 임무의 하나로 권문세가의 사사로운 칭호를 답습
케 하였으니 한탄스러운 일이다.

덕릉[5]이 처음으로 정방을 파하고 문관과 무관의 선발 행정을 선
총부[6]에 위임함으로써 수상과 아상[7]이 이를 장악하게 되어 질서가

---

5) 덕릉德陵은 고려 26대 왕(1275~1325년)인 충선왕을 말한다.
6) 선총부選總部는 이부라는 뜻이다.
7) 아상亞相은 영의정의 다음 자리다.

바로잡힐 가망이 있게 되었다. 그런데 관원 선발 사업에 능숙한 한두 사람의 최씨 심복이 다른 관원에게 그 직책을 겸임하게 하여 놓고 그 뒷줄을 틀어잡아 오래도록 교체하지 않고 두었으므로 염치없는 무리들이 이를 교묘하게 이용하여 왕이 중심이 되어 실천해야 할 정치 행정을 한갓 문서놀음으로 만들어 놓았다. 이 더욱 한탄스러운 일이다.

이 폐단이 의왕(충숙왕忠肅王) 말년에 와서는 날이 갈수록 더 심하여져서 왕에게 드나드는 결재 서류가 환관 내시들의 손에서 고쳐지고 흑책▪의 비방이 여자와 어린이들의 입에까지 전파되었다.

《춘추좌전》[8]에 이르기를,

"깨끗하고 청렴함을 바탕으로 법을 제정하여도 탐욕으로 폐단이 생기기 마련인데, 탐욕을 기초로 하여 법을 만들면 그 폐단이 장차 어떻게 될 것인가?"

라고 하였다. 우리의 이 사정을 두고 한 말이 아닌가?

▪ 아이들이 두터운 종이에 먹을 발라 기름에 절여서 글씨 연습을 하였는데 이를 '흑책黑册'이라 하였다. 의왕毅王이 병 때문에 한때 봉자산의 이궁에 가서 거처하면서 내외 사람들의 면회와 출입을 금하였다. 그래서 일을 맡은 자들이 비준 받을 문서를 적당히 깎아 고치기도 하고 또 먹과 붉은 먹으로 뭉개 버려 그 내용을 알아볼 수 없게 했다. 그래서 사람들이 이것을 '묵책정사墨册政事'라고 하였다.

8) 《춘추좌전春秋左傳》은 《좌씨춘추左氏春秋》라고도 하는데 주나라 좌구명이란 사람이 편찬한 책이다.

정부 최고 회의의 의식 절차

　신종(神宗, 재위 1198~1204) 때에 기홍수奇洪壽와 차약송車若松이 평장사 벼슬에 있었다. 어느 날 중서성에서 차약송이 기홍수에게 물었다.

　"자네 공작 잘 있는가?"

　기홍수도 또한 그에게 모란 기르는 법[1]을 물었다. 그래서 사람들이 이를 실없는 짓이라고 했다.

　나라에서 도병마사[2]를 설치하고 시중, 평장사, 참지정사參知政事, 정당문학政堂文學, 지문하성사知門下省事 등으로 판사를 삼고 판추밀判樞密 이하의 관원은 사使를 삼아서 나라에 큰일이 생기면 곧 회의를 소집하였다. 이 회의에 참석하는 것을 '합좌合坐'라 하였고 합좌하는 예의 절차도 정해져 있었다.

　회의에 먼저 온 이가 자리에서 물러나서 북쪽을 향하여 서면 뒤에 온 사람이 그 위치와 같은 줄에서 읍을 한다. 그러고는 함께 자기

---

1) 공작, 모란 모두 그들의 첩을 가리키는 말이다.
2) 도병마사都兵馬使는 도평의사사都評議事司라고도 하는데 고려조의 최고 의정 기관이다.

자리 앞에 와서 남쪽을 향하여 두 번 절한 후에 다시 자리에서 떨어져 북쪽을 향하고 엎드려서 문안 인사를 한다. 그런 다음에 다시 자리 앞에 이르러 남쪽으로 향하여 두 번 절하고 자리를 떠나 같은 줄에 서서 북쪽을 향하여 읍하고 앉는다.

지첨의知僉議 이상이 이르면 밀직[3]들은 모두 뜰에 내려서 동쪽을 향하여 고개를 숙이고 손을 공손히 모은다. 늘어서는 데는 북쪽을 위쪽으로 삼는다. 이에 뒤따라 첨의는 그 위의 둘째 줄에 서서 읍하고 회의 장소에 올라가서 앞의 의식과 같이 읍과 절을 하고 자리에 앉는다.

그런데 첨의가 한 사람이라도 함께 좌정을 한 후에는 다시 뜰에 내려서 맞이하는 일은 없다. 그러나 수상이 이르면 아상 이하의 모든 사람들이 모두 뜰에 내려서 동쪽을 향하여 맞이하는데 북쪽을 위쪽으로 삼는다. 그러면 수상이 서쪽을 향하여 그들에게 읍을 한 후에 회의 장소로 올라가는데 또한 앞의 의식과 같이 한다.

수상이 따로 동쪽에 앉는 것을 '곡좌曲坐'라고 하는데 아상 이하의 사람들은 같은 한줄에 앉는다. 수상이 정승(지난날의 시중侍中)이 아닌 경우에는 곡좌를 않으며 따라서 뜰에 내려 맞지도 아니한다.

녹사錄事가 의안을 펼쳐 모든 사람들 앞에 놓으면 자기 의견대로 각자가 가부를 말한다. 녹사가 의견을 종합하여 통일이 되면 실천에 옮기도록 하는데 이를 '의합議合'이라고 한다.

---

3) 밀직密直은 중대성中臺省, 중추원中樞院에 속한 벼슬 이름이다. 궁 안의 경비, 군사 기밀 등의 사무를 취급하였다. 임금에게 올리는 모든 문서를 접수하고 검토하여 왕에게 전하고, 왕명을 전달하는 일을 했다.

그 밖의 참가 인원들은 단정히 앉아서 발언 없이 참관만 하는데 회의 장소의 분위기가 엄격하다.

지금은 첨의와 밀직을 증원하여 분과의 작은 회의도 진행한다. 여기에서는 판삼사사判三司事가 이상의 윗자리에 앉고 좌사左使, 우사右使가 평리評理의 위아래에 앉아서 의사를 진행한다. 모두 함께 회의에 참가하였다가 함께 흩어진다.

회의가 끝나면 흔히 안방에서 부부 사이에 일어난 이야기며 시장 장사치의 이해 관계며 화제를 가리지 않고 웃고 떠든다. 기씨, 차씨가 공작, 모란의 안부를 묻는 것에 비하여 어느 것이나 모두 한때의 실없는 일이라 할 것인가?

과거 시험장의 의식과 절차

이부[1]에 지공거知貢擧와 이를 보좌하는 동지공거同知貢擧를 두는 옛 제도가 있었다. 과거 시험을 보는 날 먼동이 틀 무렵에 지공거는 북쪽 좌석에 앉아 남쪽을 향하고 동지공거는 서쪽 좌석에 나와 동쪽을 향하여 각각 앉으면 감찰은 왕의 명령을 받아 가지고 나와 남쪽에서 서쪽으로 조금 치우친 방향으로 나가서 동북쪽을 향하여 앉는다.

장교[2]들이 뜰 아래에서 기를 들고 양편으로 갈라서면 과거 응시자들이 모여드는데 이들이 과거 시험장에 다 들어서면 대문을 잠근다.

시험장의 관원이 응시자들을 점명한 후 이들을 양편의 월랑[3]으로 모여들어 앉게 한다. 그런 다음 동쪽, 서쪽에 장목을 세우고 시험 제목을 그 위에 걸어 놓는다.

오정 때가 되면 승선이 금인金印을 받들고 들어오는데 동지공거가 뜰에 내려가서 그를 맞이하여 서로 읍을 하고 올라오면 지공거가

---

1) 중서부와 추밀원樞密院을 말한다.
2) 모든 군영에 소속된 군관. 고급 관청에도 배치되어 있었다.
3) 월랑月廊은 행랑이란 뜻인데, 여기서는 수험생들이 시험 치는 장소를 말한다.

북쪽 벽 뒤로 피한다. 승선이 동지공거와 함께 당에 올라 두 번 절하고 인사말을 나눈 후 또 두 번 절하면 지공거가 북쪽 좌석의 아랫자리에 나와 앉는다. 승선이 북쪽을 향하여 두 번 절하면 지공거가 또 한두 번 절하고 승선이 그 앞에 엎드려 인사말을 한다. 이에 응하여 지공거가 본래 자리에 나가서 답례를 하면 승선이 뒤로 물러서서 또다시 두 번 절한다. 지공거가 이에 응하여 두 번 절한 후에 서로 읍하고 앉는다.

승선이 동쪽 좌석에서 서쪽으로 향하여 동지공거와 서로 대하고 앉으면 관원이 과거 응시자들의 답안을 바친다. 승선이 이를 받아 금인을 다 찍으면 내시가 왕이 보내는 술을 가져온다. 지공거와 동지공거가 승선과 함께 평상 마루에 나가서 이 술을 마시고는 또 절하여 사례한다. 이렇게 절차를 마치면 승선이 돌아가는데 동지공거가 뜰에 내려가서 읍하여 전송한다. 삼장三場이 모두 이와 같다.

(제1장과 제2장은 승선이 와서 금인 찍은 시험 답안의 봉함을 터뜨려 시원試院에 합격자 명단을 내걸고 제3장만은 임금 앞에서 방을 발표한다.)

왜 약대를 굶겨 죽였는가

덕릉왕이 일찍이 신 제현에게 물었다.

"우리 태조 때에 거란족이 약대(낙타)를 다리 밑에 놓고 갔는데 태조께서 사료를 주지 않아 굶겨 죽였소. 그래서 그 다리를 약대교라 했소. 약대가 비록 중국에서 나는 산물은 아니지만 그래도 그 나라에서 기르고 있었소. 나라의 왕이 약대 수십 마리를 가지고 있다 해서 그 폐단이 백성들에게 미치지는 않을 것이고 또 달리 처분하면 그만일 것인데 어째서 굶어 죽게 하였겠소?"

내가 대답하였다.

"새로 나라를 이룩하고 왕통을 세운 왕은 그 보는 바 생각하는 바가 심원하며 뒷세상 사람들이 따를 바가 못 됩니다. 송 태조[1]가 궁전 안에서 돼지를 길렀는데 인종이 이를 폐지하였습니다. 그런 뒤에 요사스러운 사람을 만나 피를 구할 길이 없었으니 송 태조의 생각이 또한 여기에 미치고 있다는 것을 알 수 있습니다. 이는 근거 있는 이야기라 하기 어려우나 송 태조가 돼지를 기른 뜻이

---

1) 송 태조에 관한 고사는 미상.

피를 취하려는 것보다 더 큰 바가 있었다고 봅니다.

우리 태조가 약대를 굶겨 죽인 것은 오랑캐들의 내흉스런 계교를 파탄시키려고 한 것이 아니겠는지요? 추측하건대 뒷자손들이 사치에 빠지지 않도록 한 일이 아닐지 모르겠습니다. 여기에는 반드시 무슨 미묘한 의미가 있을 터입니다. 이는 전하께서 마음을 가다듬고 조용히 연구하여 힘써 스스로 체득할 바이옵고 우매한 신으로서는 경솔하게 의견을 사뢸 바가 아닙니다."

왕이 또 나에게 물었다.

"예전에는 우리 나라 문물이 중국에 비하여 손색이 없다 하였는데 지금 배우는 사람들이 모두 중한테 가서 글줄 붙여 읽는 것만 힘쓰고 있으니 문장을 다룰 줄 아는 무리들만 늘어가고 경전[2]을 밝게 연구하여 실천에 옮기려는 선비는 극히 적소. 이 무슨 까닭이겠소?"

내가 대답하였다.

"옛날 우리 태조께서 천하를 다스리시면서 다른 일보다 먼저 하루도 늦추지 않고 학교를 일으켜 인재 양성에 힘쓰셨습니다. 태조께서 한번 평양에 가셨다가 수재[3] 정악을 박사로 임명하여 육부의 생도[4]들을 가르치게 하였습니다. 비단 피륙을 내리시어 학문을 격려하고 나라 창고를 풀어서 그들의 생활을 보장하여 주는 등 그 용심하시는 정성이 지극하셨음을 알 수 있습니다.

---

2) 경전은 '성경현전聖經賢傳'의 준말. 성인, 현인들이 저술한 서적을 말한다.
3) 미혼 남자의 존칭. 여기서는 학식이 풍부한 젊은 사람을 말한다.
4) 정부의 여섯 부서인 이吏, 호戶, 예禮, 병兵, 형刑, 공工의 각부에 종사하는 관리들의 자제들을 말한다.

광종 이후부터 더욱 문교를 진흥케 하셨는데 개성에는 국학[5]을 장려하고 시골에는 향교와 서당을 장려하였습니다. 그리하여 글 읽는 소리가 노랫소리와 같이 널리 퍼졌으며 스승과 제자들은 정성껏 가르치고 배워 글 짓는 기운이 나라에 뻗었으므로 그 당시의 문물이 중국과 같았다 해도 과장이 아닐 것입니다.

불행하게도 의종 말년에 무인들의 난리[6]가 일어나서 선량한 자, 불량한 자가 모두 함께 쓰러지고 좋은 것, 나쁜 것이 함께 부서졌는데 그 호랑이 아가리를 간신히 벗어난 사람들은 깊은 산속에 피난하여 선비의 의복을 벗고 중 노릇을 하면서 가사를 입고 남은 생을 마쳤습니다. 신준神駿과 오생悟生 등의 무리가 그 실례입니다. 후일에 와서 국가가 문교의 질서를 약간 회복하였을 때 선비들은 학문을 원하는 뜻이 간절하였으나 그들을 가르칠 사람이 없었습니다. 그리하여 그들은 발을 싸매고 멀리 깊은 산속으로 도망하여 중 노릇 하는 사람들을 찾아가서 공부를 하지 않으면 아니 되었습니다. 그러기에 신준이 자신에게서 배운 선비가 과거를 보기 위하여 개성으로 떠날 때 지어 준 시에 이르기를,

신릉 공자[7]가 정병을 거느리고
멀리 한단[8]에 나가서 큰 이름을 떨쳤구나.

---

5) 국학國學은 국립 최고학부란 뜻이다.
6) 정중부鄭仲夫, 이의방李義方, 이고李高 등이 문관들을 타도하고 정권을 잡았는데 이를 말한다.
7) 중국 전국 때 위 소왕魏昭王의 아들. 어질고 훌륭한 인물이어서 당시 제후들이 함부로 건드리지 못했다고 한다.
8) 조나라 서울.

천하의 영웅들이 그를 싸고 도는데
가련하구나 늙은 후영[9]이 혼자 눈물짓나니.

信陵公子統精兵　遠赴邯鄲立大名

天下英雄皆法從　可憐揮涕老侯嬴

하였으니, 이 시가 그때 상황을 말하여 줍니다. 그러므로 신은 배우는 자들이 중을 따라 글줄 해석하는 데 열중하게 된 원인이 여기에서 시작되었다고 생각합니다.

이제 전하께서 서울을 비롯하여 시골에 이르기까지 정성을 기울여 교육을 장려하시고 육예를 존중히 하시며 오교五教를 밝혀 가장 훌륭한 문학과 문화의 길을 열어 주신다면, 그 누가 참된 선비를 등지고 중을 따라 다니면서 실학을 버리고 글귀나 익히고 따지는 노릇을 일삼겠습니까? 문장 꾸미는 것이나 힘쓰던 무리들이 앞으로 모두 경전을 밝게 연구하여 실천에 옮기려는 선비가 될 것입니다."

덕릉왕이 말하였다.

"경의 말이 과연 옳소."

---

9) 위魏나라의 숨은 선비. 진秦나라가 조趙나라를 칠 때 신릉군信陵君이 진나라 군대를 쳐부수고 조나라를 구원하여 크게 이름을 떨쳤는데 후영이 자기의 벗 주해를 보내어 전쟁에서 이기는 데 결정적 역할을 했다고 한다. 그러나 후영은 그대로 산에 숨어 있었다고 한다. 이 시는 신준이 자기의 처지를 읊은 것이다.

문정공과 문순공의 겸손한 태도

문정공 유경이 찬성사라는 벼슬을 그만둔 후 그 자리를 문순공文純公 원부元傅가 맡아보면서 군부軍簿를 겸임하였다.

문정공은 판도版圖를 맡아 보면서 다시 대신 벼슬자리에 앉게 되었으나 문순공보다 낮은 자리였다.

문순공이 말하였다.

"내가 유공의 제자와 다름없는데 어찌 감히 그 윗자리에 앉겠습니까?"

문정공이 말하기를,

"군부는 옛날의 병부와 같은 것이고, 판도는 옛날의 호부와 같은 것입니다. 그러므로 병부는 이재가 맡아 보고 관부는 삼재[1]가 맡아 보게 됩니다. 본래 위계의 높낮이는 같은 것입니다. 어찌 이제 이를 고칠 수 있겠습니까?"

하였다. 이리하여 여러 달 동안 서로 사양하여 낙착이 아니 되므로 충렬왕이 문경공文敬公 허기許琪에게 해결책을 물었다.

---

1) 이재二宰, 삼재三宰는 의정 기관의 직품의 둘째, 셋째라는 뜻이다.

허공이 대답하였다.

"유경의 말은 옛 제도를 주장한 것이옵고, 원부의 말은 사사로운 은혜를 말한 것입니다. 후배가 선배에게 사양하는 것은 옳은 예의입니다. 이제 만일 유경에게 국사를 편수 검열하는 직책을 맡기시면 문제가 간단히 해결될 것입니다."

왕이 허기의 말을 따라 비준하여 문정공이 문순공의 윗자리에 앉게 되었으니 문정공이 국사 편찬하는 자리를 차지하였던 것이다.

강경룡의 공적

강경룡康慶龍은 자택에서 제자를 모아 놓고 학문을 가르쳤다.

대덕 을사년[1]에 그가 가르치던 제자들이 과거에 응시하여 열 사람이나 합격하였다. 그래서 그들 모두가 스승을 찾아가서 서로 치하하면서 놀았는데 호탕한 웃음소리가 밤이 늦도록 그치지 아니하였다.

왕의 일가인 익양후益陽侯의 집이 근처에 있었기 때문에 이 사실을 잘 알고 있었는데 어느 날 대궐에서 충렬왕이 그에게 민간 사정들을 묻자 곧 이 이야기를 하였다.

이 말을 듣고 충렬왕은,

"그 노인이 비록 벼슬은 하지 않고 있으나 사람을 가르치는 데는 게으르지 아니하여 공을 이루었소. 그 어찌 작은 공적이라고 하겠소?"

라고 말하였다. 그리고 왕은 관리에게 명하여 곡식을 가득 실어 그의 집에 보내 주었다.

---

1) 대덕大德은 원나라 성종의 연호. 을사년은 1305년으로 충렬왕 31년이다.

은혜를 갚은 사슴

고려 건국 초기의 이야기이다. 서신일徐神逸이란 사람이 교외에 살고 있었는데 하루는 잔등에 화살을 맞은 사슴이 다급히 뛰어오는 것을 보고 화살을 뽑고 감추어 주었다. 뒤미처 사냥꾼이 쫓아왔으나 보지 못하고 그냥 다른 쪽으로 뛰어갔다. 그런데 그날 밤 꿈에 한 신인이 나타나서 이렇게 치하하였다.

"그 사슴이 바로 나의 아들입니다. 당신의 구원을 받아 요행히 죽음을 면하였습니다. 이제부터 당신의 후손들이 대대로 나라의 재상이 될 것입니다."

신일이 나이 팔십에 아들을 낳았는데 '필弼' 이라고 불렀다. 필이 희熙를 낳고 희가 눌訥을 낳았는데 과연 대를 이어서 태사[1], 내사령[2] 벼슬을 하여 모두 종묘에 배향되었다.

---

1) 태사太師는 왕세자의 글공부를 맡아 지도하는 선생이다.
2) 내사령內史令은 내사문하성內史門下省 즉 중서문하성中書門下省의 우두머리이다.

박세통과 거북

근세에 통해현通海縣에 거북처럼 생긴 괴물이 조수에 밀려 들어 왔다. 조수가 빠지자 미처 나가지 못하고 있는 것을 보고 마을 사람 들이 잡아먹으려 하였다. 현령 박세통朴世通이 굳이 말리고 배 두 척과 큰 동아줄로 그 괴물을 끌어다가 바다 가운데 놓아 주었다.

그랬더니 박세통의 꿈에 백발 노인이 나타나 머리를 조아리면서 말하였다.

"내 아들놈이 날씨를 가리지 않고 나가 놀다가 하마터면 잡혀서 솥에 삶아 먹힐 뻔했으나 공의 힘으로 다행히 살아났으니 그 은 덕이 실로 큽니다. 공을 비롯하여 공의 손자까지는 반드시 재상 벼슬을 할 것입니다."

세통과 그의 아들 홍무洪茂는 둘이 다 중요한 벼슬에 올랐으나 그 손자 함瑊은 상장군[1] 벼슬밖에 못 하였다. 그래서 함이 항상 불만을 품고 있다가 시를 지었다.

---

1) 고려 때 무관으로서 정삼품 벼슬.

거북아 거북아

너 왜 잠만 자느냐.

삼대 재상을 한다던 것은

부질없는 거짓말이로구나.

龜乎龜乎莫耽睡　三世宰相虛語耳

이날 밤 꿈에 거북이 나타나서 말하였다.

"당신이 주색에 빠져 스스로 복을 받지 못한 것이지 내가 배은망덕한 것이 아닙니다. 그러나 앞으로 꼭 기쁜 일이 있을 터이니 얼마 동안 기다리십시오."

며칠이 지난 후에 함은 과연 상장군 자리에서 한 등 높은 복야[2]라는 벼슬에 올랐다.

---

2) 복야僕射는 고려 때 상서성尙書省의 정이품 벼슬이다.

학살 대신에 결혼

의종 말년에 정중부, 이의방, 이고 등이 난을 일으켰다. 의종은 거제도에 정배 가고 조정의 대신들도 화를 입은 자가 심히 많았으며 장차 그 집안까지 마구 죽이려 하였다.

대장군 진준陳俊이 이를 말렸다.

"우리가 미워하는 자는 한뢰韓賴, 이복기李復基 등 불과 네다섯이다. 지금까지 무고한 사람을 죽인 것만 해도 너무 많다. 그런데 그 처자까지 죽여서야 되겠는가?"

4년이 지난 후에 김보당金甫當이 군사를 일으켜 무신 정권을 쳐 없애려다가 실패하였다. 또 문신, 사대부들을 모조리 수색하여 죽여 버렸다. 그리하여 개경과 지방 인심이 흉흉하고 그들의 생명이 실로 조석에 달려 있었다. 낭장¹⁾ 김부金富가 정중부와 이의방에게 말하였다.

"하늘의 뜻은 가히 알 수 없고 인심은 헤아릴 수 없습니다. 무력에만 의탁하여 의리를 보지 않고 문관들을 함부로 죽일 수는 없

---

1) 낭장郞將은 해당 관부에 배치되어 직무를 수행하는 군인의 관직 이름이다.

습니다. 세상에 어찌 김보당 같은 인물이 하나, 둘만이라고 하겠습니까? 만일 우리들이 자녀들을 다 문관들의 자녀들과 결혼시킨다면 그들도 안심하고 지낼 것이 아닙니까? 그렇게 하는 것이 좋은 도리라고 생각합니다."

김부의 말을 듣고 모두가 따랐다. 그래서 이러한 참화는 이때부터 그치었다.

진준의 손자 식湜, 화澕, 온溫이 다 과거에 급제하였다. 식은 추밀사란 벼슬을 했고, 화와 온은 문장으로 세상에 유명하였다.

김부의 아들 취려就礪와 손자 전佺은 다 수상이 되었고, 그 후손들도 모두 나라의 요직에서 벼슬하고 있다.

문안공의 옳은 주장

원나라 군사가 경기 지방에 침략하자 진양공晉陽公 최우崔瑀가 강화도로 수도를 옮기려고 조정의 신하들을 청하여 의논할 때 문안 공文安公 유승단兪升旦만이 홀로 반대하였다.

"작은 나라가 큰 나라를 예의와 신의로써 대하면 그들인들 무슨 명목으로 우리를 항상 괴롭게 하겠습니까? 나라의 운명은 어찌 되든지 서울을 버리고 섬으로 피난하여 가만히 엎드려서 시일만 끌어간다면 국경 지방의 청장년들은 적의 총칼에 모두 쓰러질 것 이고 노약자들은 다 적의 포로로 될 터이니, 이는 결코 나라를 위 하는 계책이 아닙니다."

그러나 진양공은 듣지 않고 족당을 거느리고 먼저 성남의 경천사 에 이르러 그곳에 머물렀다. 이날 진양공을 따라간 자들은 모두 특 별한 상을 받았다.

고종도 할 수 없이 개경을 버리고 강화도로 떠났다. 그후 수십 년 동안 북방의 주와 군은 모두 폐허가 되었다. 식견이 있는 자들은 지 금도 강화 천도를 한탄하여 마지않는다.

어리석은 지방관

장원壯元 유석庾碩이 안동 군수로 있을 때 고을 백성들이 그를 부모같이 사랑하고 존경하였다. 그런데 유 군수가 갈리고 새로운 군수가 도임하였다. 그의 성은 박가라고 들었으나 이름은 잊어버렸다. 그가 스스로 자기 정사가 유석 못지않다고 뽐내었다.

어느 때 관사에서 그가 조용한 시간을 타서 근실한 관리에게 말하였다.

"아주 가까운 거리에서라도 막힌 것이 있으면 눈과 귀를 가지고도 듣고 보고 할 수 없거늘 하물며 고을 청사에 앉아서 군내의 모든 일을 살피려니 어찌 어렵지 않겠는가? 혹시 간사한 아전으로서 법을 농락하는 자들이 있어 곤궁한 백성들이 그들에게 억울한 토색을 당하여 원한을 품은 일이 없는가? 자네가 어디 숨김없이 이야기하여 보게."

관리는 말하였다.

"사또께서 도임한 후로는 백성들이 관리를 볼 수 없으니 관리로서 법을 어기는 자가 있는지 알 수 없고, 백성들이 한을 품었다는 소문도 아직 듣지 못하였습니다."

군수가 말하였다.

"그러면 백성들이 나를 유 군수와 비교해 어떻게 여기는가?"

관리가 대답하였다.

"유 군수는 백성들이 조용히 하는 말도 다 듣고 있었습니다."

새로 온 원이 부끄러워하였다.

현명한 재판

지추知樞 손변렴孫抃廉이 경상도 안찰사로 갔을 때 남매가 함께
와서 송사한 일이 있었다.

남동생이 말하였다.

"딸이나 아들이 다 같이 한몸에서 태어났는데 누님은 어찌하여
부모의 재산을 독차지하고 나에게는 나누어 주지 않습니까?"

누이가 말하였다.

"아버지가 돌아가실 때 가산을 나에게 맡기면서 너에게는 나들이
옷 한 벌과 갓 하나 그리고 짚신 한 켤레와 종이 한 묶음만을 주
라고 하셨다. 아버지가 남긴 분부를 어떻게 어길 수 있겠니?"

이 송사는 여러 해를 두고 해결되지 못한 것인데 손공이 두 사람
을 앞에 불러 놓고 물었다.

"너희 아버지가 돌아가실 때 어머니는 어디에 계셨느냐?"

"어머니께서는 먼저 돌아가셨습니다."

"그때 너희들 나이가 몇 살씩이나 되었느냐?"

"누님은 출가했고 저는 퍽 어렸습니다."

공은 남매를 타이르기 시작하였다.

"자녀를 생각하는 부모의 마음은 꼭 같은 법이다. 어찌 나이 지긋하여 출가한 딸자식이라 해서 후히 생각하고 어미 없는 어린아이라 해서 덜 생각할 수 있겠느냐? 어린 동생을 돌봐야 할 사람은 누이다. 재산을 누이에게 물려준 것은 어린 아우가 그것을 아낄 줄 모르거나 혹은 온전히 보전할 줄 모를까 염려해서다.

너의 아버지는 어린 아우가 장차 성장하면 이 종이로 소장을 짓고 의관을 떨치고 짚신을 신고 관청에 공정한 판결을 제기하리라고 예상하였을 것이다. 아우에게 의관, 짚신, 종이 등 네 가지 물건을 따로 남겨 주라 한 것은 생각건대 이런 까닭이었을 것이다."

두 남매가 듣고 깊이 감동하여 서로 흐느껴 울었다. 공이 드디어 재산을 절반씩 나누어 주었다.

영헌공의 통쾌한 처사

　진양공의 서자인 선사의 이름은 만전萬全이다. 일찍이 진도군의 어느 절간에 살고 있었는데 그 무리들이 제멋대로 놀아 횡포하기 짝이 없었다. 그중에서도 통지通知란 자가 더욱 심하였다.

　영헌공英憲公 김지대金之岱가 전라도 안찰사로 나가자 만전이 안찰사더러 자기 처소로 찾아오라고 거만하게 굴었다. 그러나 안찰사는 그의 요구대로 하지 않았다. 그후 어느 때에 공이 그 절간에 간 일이 있었으나 만전은 나와 맞지도 않고 욕을 퍼부었다.

　공이 바로 법당으로 올라가니 거기에 악기들이 놓여 있었다. 그는 거문고를 몇 곡조 타다가 다시 젓대를 불기 시작하였다. 그 소리가 매우 비장하였다. 그제야 만전이 흔연히 뛰어나왔다.

　"몸이 불편하여 공이 오신 줄 모르고 있었습니다."

　만전은 반갑게 맞이한 후 음식을 한 상 차려 놓고 해가 지도록 마시고 놀았다.

　그 자리에서 만전이 부탁하는 십여 가지 일을 공이 해결하여 주고, 두어 가지 일은 관청에 돌아가서 해결하겠으니 통지를 보내면 그에게 말하여 보내겠다고 하였다.

며칠이 지난 어느 날 과연 통지가 관청을 찾아왔다. 공은 관리들에게 명령하여 통지를 결박하게 한 다음 그의 죄상을 문초하고는 끌고 나가 물속에 던져 버렸다.

진양공이 죽은 후 그 뒤를 이어 만전이 나라의 정사를 도맡아 보았다. 이가 곧 진평공晉平公 항沆이다. 비록 영헌공에게 좋지 않은 감정을 가지고 있었으나 공이 겸손하고 근엄하여 과실이 없었으므로 그에게 어떠한 박해도 가하지 못하였다.

홍시 때문에 횡액을 면한 문도공

문도공文度公 유천우兪千遇의 아우를 보甫라고 불렀다. 보가 권세를 함부로 부리는 벼슬아치 김인준을 처단하기 위하여 공에게 그 계획을 이야기하였으나 듣지 아니하였다.

그런데 일이 사전에 탄로되어 실패하자 인준이 문도공에게 물었다.

"공은 이 일을 알고 있었소?"

"네, 알고 있었소."

"알고 있으면서 말하지 않음은 그 음모에 가담한 것에 진배없소."

문도공이 대답하였다.

"고해야 할 것을 알면서도 그리 못한 것은 늙은 어머니의 마음을 다치게 할까 두려웠기 때문이오."

인준이 말하였다.

"전에 나의 아우의 집에서 음식을 마련했을 때 홍시가 나왔는데 손님들이 모두 맛있다고 하면서 먹었소. 그러나 공이 혼자서 먹지 않으므로 그 까닭을 물으니 어머님께 드리려고 그러한다 하였소. 실로 공이 어머니에게 효성이 지극함을 그때 알았소."

그리하여 인준이 문도공의 몸은 다치게 하지 않았다.

인재 선발의 좋은 비교

　문정공 유경이 네 차례에 걸쳐 문형文衡을 맡아 보았다. 그가 인재를 뽑는 기준은 그 사람의 인품과 식견이 첫째요, 문장의 우열은 둘째였다. 그리하여 그가 뽑은 사람들 중에는 이름 높은 선비가 많아서 재상까지 된 경우가 적지 않았다.

　찬성 유천우가 일찍이 동지공거로 있으면서 성질이 정문[1]을 즐겨 하였는데 응모자의 과문에 조금만 흠집이 있어도 급제를 시키지 않으려 하였다. 공도 그에게 양보하지 않았으나 그후부터 합격자는 과거장에서 늙다시피 된 사람들이었다. 그 결과 그들 중에서 현달하게 발전한 사람이 적었다.

---

1) 정문程文은 과문科文과 같은 뜻으로, 과거 볼 때 짓는 글의 형식을 말한다.

인품이 높은 문경공

문경공文景公 설공검薛公儉은 청렴하고 조심성이 많았으며 예의 범절이 단정하였다. 육품 이상의 벼슬아치로 부모의 초상을 당한 자가 있으면 반드시 소복을 차려입고 가서 조문하였으며 후배들이 찾아오면 의관을 갖추고 섬돌 밑까지 내려가서 정중히 맞이하였다.

그가 어느 때 병으로 침실에 있었는데 채홍철蔡洪哲이 위문 겸 찾아가서 병세를 살펴본즉 설공은 해진 자리 위에서 무명 이불을 덮고 쓸쓸하게 누워 있었다.

그는 설공의 집을 나오면서 깊이 한탄하였다.

"나 같은 것을 공에게 비긴다면 이른바 땅속의 벌레를 황학에 비기는 꼴이로다."

도학의 발전

　나라에서는 탐라 지방에서 일어난 반란을 가라앉히고 왜구의 침습을 단속하기 위하여 1347년에 군대를 동원하였으며, 1350년부터 왜구의 침습을 방어하기 위한 대책을 실시하였다. 고려가 이십여 년에 걸쳐 무력 강화에 힘썼기 때문에 선비들은 투구와 갑옷에 활과 창을 들고 군사 훈련에 총동원되어 독서에 전념하는 사람은 열에 한두 사람도 안 되었다. 늙은 선배 유학자들은 거의 죽어 없어지고 육경六經 같은 서적들이 겨우 실오리처럼 전하여 왔다.

　대덕大德 말년(충렬왕 33년)에 안향安珦이 재상이 되면서 국학과 상서[1]를 중수하고 이성李晟, 추적秋適, 최원충崔元沖 등을 시켜 이 사업에 종사하게 하였다.

　그리하여 한 경적에 교수 두 명씩을 붙여 학습을 강화하면서 내시 오군五軍 삼관三官의 벼슬아치로서 칠품 이하의 관원들에게 적용하였던 금학령[2]을 해제하였다. 시골과 서울의 생원들이 함께 참

---

1) 상서庠序는 지방 교육 기관의 총칭이다.
2) 공부하는 것을 금지하는 정부의 명령을 말한다.

가하여 강의를 듣도록 하였다. 그리고 이미 세상을 떠난 낭중 유함俞咸의 아들로서 중이 된 자가 사천에 거주하는데《사기》와《한서》에 정통하다는 소문을 듣고 그를 역마로 서울에 불러올렸다. 그러고는 윤신걸尹莘傑, 김승인金承印, 서인徐諲, 김원식金元軾, 박리朴理 등에게 그의 강의를 받도록 하였다. 이에 비로소 사대부들 가운데 많은 사람이 고금의 경적과 지식을 널리 또는 깊게 통달하게 되었다.

그후 이재彝齋 백이정白頤正이 덕릉왕을 따라가 원나라 서울에 십 년 간 머물러 있으면서 주자의 성리학에 관한 많은 서적들을 물색하여 가지고 귀국하였다. 또한 나의 장인인 정승 국재菊齋 권보權溥 공이《사서집주四書集註》를 얻어서 출판하여 널리 소개하였다. 이로부터 학자들이 처음으로 도학의 존재를 알게 되었다.

안사준은 어디서 경전을 배웠나

내가 일찍이 신효사神孝寺의 주지 정문正文을 만난 일이 있었다. 나이가 여든 살인데 《논어》, 《맹자》, 《시전》, 《서전》 등 경전을 훌륭하게 이야기하면서 안사준安社俊에게 배웠다고 하였다.

옛날에 어느 선비가 송나라에 들어간 일이 있는데 형공[1]이 벼슬을 그만두고 금릉에서 산다는 말을 듣고 찾아가 그와 사귀었다. 그리하여 《모시》[2]를 그에게서 받아가지고 돌아왔다는 것이다. 그러므로 《시전》은 주로 형공의 해석에 의거했을 것이다. 그러나 《논어》, 《맹자》, 《서전》을 《주자장구》[3], 《채씨전》[4]과 일치하게 이야기하였으나 알 수 없는 일이다. 왜냐하면 이 두 서적이 그때에는 아직 우리나라에 들어오지 않았기 때문이다. 과연 안사준이 어디서 《논어》, 《맹자》, 《서전》을 배웠단 말인가?

---

1) 형공荊公은 중국 송나라 사람으로 이름은 왕안석이다. 형공은 형국공荊國公의 준말이다.
2) 《모시毛詩》는 《시전詩傳》을 말한다.
3) 주자朱子는 송나라 학자인데 《논어》, 《맹자》 및 기타 경전 책에 장구를 붙였다. 장구는 장章과 절節, 읽는 법, 해석하는 법의 총칭이다.
4) 송나라 학자 채침蔡沈이 《서경》의 해설을 하였는데 《채씨전》은 이를 말한 것이다.

안전의 강직함

밀직 안전安戩이 승지로 있을 때 충렬왕이 어떤 내시에게 참관 벼슬을 시키도록 하라고 하였으나 공이 옳지 않다고 고집하였다.

어느 날 왕이 공에게 일깨워 말하였다.

"이 사람이 나의 옆에서 성실하고 부지런하게 심부름한 지 이미 오래되었소. 경이 나를 위하여 그에게 육품 벼슬을 주도록 내 앞에서 임명장을 쓰오."

공이 부득이 낭장 벼슬을 주겠다고 왕에게 말씀하고 뒤미처 땅에 엎드려 말하였다.

"신이 부족한 재질로써 전하를 가깝게 모시고 신에게 맡겨진 바 소임을 감당하기에는 너무나 용렬하고 어리석다고 생각합니다. 원하옵건대 어진 사람을 가려서 이 직임을 맡기소서."

안전의 말이 심히 절절하므로 왕이 고개를 끄덕였다. 그러나 왕이 곧 일어나 안으로 들어가려 하매 공이 그 뒤를 따르면서 무릎을 꿇고 아뢰었다.

"상감께 한 가지 소원을 말씀하겠사옵니다. 내일 신의 후임으로 마땅한 사람을 물색하겠사오니 참관을 임명하는 일은 보류하여 두고 뒷날을 기다리게 하옵소서."

왕이 문턱을 넘으면서 목소리를 높여 말하였다.

"좋소."

이 서슬에 좌우가 모두 두려워하였으나 안공은 침착히 자리에 앉
으면서,

"전하께서 신에게 허락하셨나이다."

하고 드디어 내시의 참관 벼슬을 깎아 버렸다.

뇌물을 거절한 최수황

밀직 최수황崔守璜이 부처를 지극하게 믿었다.

일찍이 승지 동지공거 벼슬을 지내면서 손을 청하여 주연을 베풀었으나 고기붙이는 차리지 않았다. 왕지별감[1] 임정기林貞杞가 백미 한 배를 실어 보냈으나 그는 이를 받지 않았다.

임정기가 그것을 몹시 꺼리고 분하게 생각하였다. 그래서 즉시 어떤 권신에게 그 쌀을 뇌물로 먹이고 최공의 승지 자리를 앗아 얻었다. 이 소문이 퍼지자 사람들은 그를 아주 비열한 자라고 비난하였다.

---

1) 왕지별감王旨別監은 왕의 명령 지시를 전달하는 궁전의 하인이다.

비겁한 관료들의 말로

어느 권세 좋고 돈 많은 자가 그의 주위에 살고 있는 백성들을 노예로 취급하므로 그들이 전법사典法司에 송사를 제기하였다.

그러나 지사사[1]로 있던 김서金惰는 동료들과 함께 기소한 사람의 처지가 몹시 억울하다는 것을 빤히 알면서도 그자의 세력이 무서워 재판하기를 꺼려하였다.

그로부터 며칠 후에 한 사람이 꿈을 꾸었는데 시퍼렇게 날이 선 칼이 하늘에서 떨어져 전법사에 다니는 모든 관리들을 함부로 찌르는 것이었다. 그런데 그 다음 날부터 김씨는 등창병을 앓기 시작하여 그로 해서 죽었다. 그리고 그 달 안으로 동료들도 몽땅 죽었는데 그중에서 오직 한 사람이 살아남았다. 그는 그들과 한패거리에 휩쓸리지 않은 사람이었다.(치암恥菴이 말하기를, 살아남은 한 사람이란 상서 이행검李行儉이라 하였다.)

---

1) 지사사知事司는 전법사의 우두머리다.

원충갑과 이무의 용맹

내안乃顔의 무리 합단[1]이 국경 경비선을 넘어 우리 나라 변경에 침입하였는데 적 수만 명이 무고한 백성을 살해하고 양식을 빼앗아 갔으며 부녀자들을 마음대로 능욕하였다.

나라에서 만호[2] 정수기鄭守琪를 철령으로 파견하여 적들의 침략을 방어케 하였다. 그러나 합단이 이곳으로 쳐들어오기도 전에 수기는 도망쳤다. 철령은 길이 험하고 좁아서 겨우 한 사람이 지나다닐 정도였다.

합단이 말에서 내려 군대를 외줄로 세워 가지고 강파른 길을 헤치며 기어올라왔다. 그리하여 철령에서 수기가 버리고 간 군량으로 여러 날 넉넉히 군사를 먹인 다음 다시 남으로 진격하여 왔다.

원주를 수비하던 장수가 동료들과 의논하였다.

"쳐들어오는 적을 힘으로는 저항할 수 없소. 백성들의 생명을 보호하기 위하여 차라리 항복하는 것만 못하오."

---

1) 합단哈丹은 거란군을 공격한다는 구실로 고려에 침입한 몽고의 장수다.
2) 만호萬戶는 각도의 진鎭에 소속되어 있던 종사품의 무관 벼슬이다.

원주읍에 사는 진사 원충갑元沖甲이 홀로 반대하고 군복을 갖춘 후 성문 밖에 나와 있노라니 합단이 파견한 간첩 중놈이 투항하기를 권하는 것이었다. 충갑이 그 중놈의 목을 베어 내동댕이치자 적군이 몰려왔다.

충갑이 단숨에 여러 명을 쳐죽이자 성안의 군사들도 격류처럼 몰려나왔다. 흥원창興元倉의 책임자 조신曹愼이 북을 울리면서 병사들의 사기를 고무하였다. 바로 이때 그의 바른팔을 적의 화살이 꿰뚫었으나 북소리는 조금도 줄어들지 않았다.

이 기세에 눌려 적들의 선봉이 물러나기 시작하자 뒤따르던 놈들은 서로 짓밟으며 혼란을 일으켰다. 고을 군사들은 도망하는 적을 추격하여 깡그리 소탕하였다.

고함 소리는 온 산악을 진동하였으며 적들의 시체는 골짜기를 덮었다. 이리하여 군사들은 드디어 대승리를 거두었다.

합단의 아들 노적老的이란 자가 군사를 거느리고 죽전령竹田嶺을 넘어서 평양을 공격하여 왔다. 만호 나유羅裕가 달려드는 적을 막기 위하여 전함을 버리고 군사들을 상륙시키려 하였다.

현문혁玄文赫이 이를 굳이 만류하였다.

"적들이 이미 평원을 차지하였으니 적의 매복이 있을까 염려되나이다."

그러나 나공은 듣지 않았다. 그가 상륙시킨 병사들이 미처 정돈하기도 전에 적의 대부대가 습격하여 왔다. 나공의 군사들이 겨우 배에 오르게 되었으나 낭장 이무李茂와 병사 수십 명은 미처 배에 오르지 못하였다.

현공이 배 위에 서서 외쳤다.

"이무야, 적을 한 놈도 놓치지 말고 죽기로 무찔러라. 그대가 큰 공을 세운다면 나라에서 상을 후히 주리라. 어찌 적들에게 사로잡혀 처자를 욕되게 하랴!"

이무를 따라 군사 수십이 독산을 향하여 쏜살같이 뛰어올랐다. 적장은 하찮게 여기면서 말에서 뛰어내려 호상에 걸터앉아 적들의 군사를 나누어 산을 고리처럼 둘러싸고 조이면서 기어올라오는데 날아오는 적의 화살이 비 오듯 하였다.

이무는 나무에 의지해 서서 줄곧 적들을 향하여 활을 쏘았다. 날은 저물고 주림은 심하였다. 그는 자루 속 생쌀 한 줌을 쥐어 씹으면서 병사들에게 외쳤다.

"남아로 태어나 죽음에서 삶을 구함이 마땅하거늘 무엇이 두려우리오!"

이무는 활을 힘껏 당겨 바로 적장의 목구멍을 쏘아 맞혔다.

적장이 쓰러지자 적들은 혼란에 빠졌다. 이무와 군사들은 벽력같이 함성을 지르면서 도망하는 적들을 추격하여 머리를 베었다. 그 수는 이루 헤아릴 수 없었다.

주먹 바람 천년만년

경인년과 계사년[1] 이후에는 재상 자리를 흔히 무인들이 차지하였다. 이의민李義旼과 두경승杜景升은 다 같이 중서성의 높은 관직을 맡아 보고 있었다. 이의민이 두경승에게 자랑해 말하기를,

"지금 아무개가 힘이 장사라고 스스로 뽐내고 있으나 내가 그자를 한번 치면 이와 같이 쓰러지리라."

하고 뽐내면서 주먹으로 기둥을 치니 서까래와 추녀가 모조리 흔들렸다.

두경승이 맞장구치기를,

"어느 사건 때의 일인데 내가 맨주먹으로 모인 군중을 몰아치니 모두 도망질을 치데."

라고 하면서 주먹으로 담벽을 내지르니 벽이 와르르 무너졌다.

그때 사람들이 시를 지었다.

---

1) 경인년(1170)에는 정중부 등이 무신란을 일으켰고, 계사년(1173)에는 동북 병마사 김보당이 정중부를 반대하여 난리를 일으켰으나 실패했다.

무섭더라 이의민, 두경승이 무섭더라.

우뚝한 그 모습이 진짜 재상이런가.

조정 출입 삼사 년인데

주먹 바람 그 서슬은 만고에 떨치리라.

吾畏李與杜　屹然眞宰輔

黃閣三四年　拳風一萬古

깨진 최 사공의 자부심

사공司空 최온崔昷이 하천단河千旦, 이순목李淳牧과 함께 고원[1]에 근무하고 있었는데 하천단과 이순목의 학식과 문장이 매우 높이 평가되었다.

그러나 최온은 문벌 높은 것만 의세하여 두 사람을 얕잡아 대하였고 그들도 최공에게 굴복하지 않았다.

한번은 이웃 나라에서 외교 서한이 왔는데 그 답서를 공이 쓰게 되었다. 공은 그 뜻을 파악하기 위하여 여간 고심하지 않았으나 도저히 알 수가 없었다. 그래서 그는 잡았던 붓을 내동댕이치면서 화를 내어 중얼거렸다.

"글짓기가 이렇게 힘들기 때문에 촌뜨기 선비란 것들이 글줄이나 지을 줄 안다고 해서 제멋대로 우쭐대는 것이로구나!"

---

1) 고원誥院은 주로 인사, 외교 관계에 대한 글을 짓고 이에 관한 찬술을 맡은 기관이다.

비루한 공 상서

상서 공문백孔文伯이 술을 몹시 좋아하였다. 한 동리에 사는 여극해呂克諧라는 사람이 그를 공경하여 매번 자기 집에 청해다가 맛있는 음식과 좋은 술을 대접하였다. 그때마다 공 상서는 자못 희색이 만면하여 말하였다.

"그대는 아직 연소하나 용모와 행동거지가 남다르니 아마도 후일에 틀림없이 재상이 될 것일세."

그 뒤에 여극해가 세상살이에 분망하여 달이 넘도록 공 상서를 청하지 못하였다. 공 상서가 그를 만나서 말하였다.

"재상이 되는 길은 빨리 트일 수도 있고 또 더딜 수도 있는 것이니 그걸랑 잘 알아차리게."

작풍 나쁜 최원중

상서 최원중崔元中은 학사 최옹崔雍의 아들이다. 처음 과거에 급제한 후 구재교도[1]로 있을 적에 매 때리는 솜씨가 가혹하여 생도가 조금이라도 잘못이 있으면 털끝만치도 용서가 없었다. 그러므로 생도들은 원망하여 최원중을 가리켜 진 시황이라고 별명을 붙였다. 이 별명이 쫙 퍼졌으니 그가 얼마나 생도들에게 혹형을 가하였는지 이것으로 알 수 있었다.

얼마 후 최원중은 한림원에 들어갔는데, 거기에서도 또한 자기의 재주만 믿고 남을 업수이보는 일이 예사였다. 같이 원내에 있는 이숙기李叔琪가 거짓 노하여 말하였다.

"너는 어찌된 인간이기에 그렇게 자만이 심한가? 내가 한마디만 하면 너는 장차 세상에 나서지 못할 것인데 어쩌자고 그러느냐! 너는 네 자신을 최 학사의 자식으로만 알고 있는 게로구나."

최원중은 불끈 성이 나서 말하였다.

"함부로 남에게 욕질하여 부모까지 끄집어내니 너는 국법도 두렵

---

1) 구재교도九齋敎導는 대학 교수에 해당한다.

지 않느냐. 그러면 너는 나를 누구의 자식이라고 하려느냐?"

이숙기는 늦장을 부리며 말하였다.

"나는 너를 꼭 여불위[2]의 자식으로 알 뿐이다."

최원중은 머리를 숙이고 자기 작풍을 생각한 끝에 성이 풀리고 웃게 되었다.

---

2) 여불위呂不韋는 중국 전국 시대 사람으로서 세상에서 진 시황의 어머니와 간통했다 하여 진 시황의 진짜 아버지라고 하였다.

말 않다가 당한 봉변

봉익대부[1] 김여맹金汝孟은 성품이 나약하고 말을 더듬었다. 일찍이 그가 전염병을 피하여 잠시 시골에 나가 있을 적이었다. 곁집에 옥리[2]가 있어 김공을 웬 사람인가 알아보러 찾아왔다. 옥리는 김공이 방 안에 앉아 있는 것을 보고 말을 붙였으나 도무지 응하지 않았다. 옥리가 정색하고 재우쳐 물어도 역시 응대하지 않았다. 옥리가 성이 나서,

"너 있는 처소가 이렇게 누추하니 네 신분이 어떠하리란 것은 또한 가히 알 만하다. 사람이 네게 말을 묻는데 너는 도무지 대답을 아니 하니 네가 옥에 들어가서야 말을 하겠는가?"

하고 수염을 잡아 끌고 행길에 나섰다. 때마침 그의 종이 어디를 갔다 오던 길에 이를 보고 호통하였다.

"우리 어른은 김 평장의 아드님이요, 김 추밀의 사위시며 벼슬이 또한 삼품이신데 오늘 아침 관의官醫가 군신약[3]을 배합하여 잡수

---

1) 봉익대부奉翊大夫는 고려 때 종2품에 해당하는 품계 이름이다.
2) 죄인을 취급하는 하급 관리로 주로 감옥의 죄수를 감시한다.

시게 하고 말을 하지 말라고 당부가 있었기 때문에 말씀을 않으신 것뿐이다. 너는 어찌 감히 이렇듯 욕을 보인단 말이냐?"

옥리는 풀이 죽어 김공을 놓고 사죄하고 가 버렸다.

---

3) 군신약君臣藥은 한약의 약재 배합상 용어.

거문고에 귀신이 붙었다고 야단

봉익대부 홍순洪順은 충정공忠正公의 아들이다. 늘 상서 이순李淳
과 내기 바둑을 두었다.

이순이 계속 져서 골동 서화 등 귀중한 것을 다 잃어버리고 마지
막으로 가장 보물로 여기는 현악금[1]을 내놓았다. 홍순이 또 이겼다.
이순은 할 수 없이 그 거문고를 주면서,

"이 거문고는 우리 집에 대대로 전해 내려오는 보물이오. 거의 이
백 년이나 되기 때문에 신령이 붙어 있으니 공은 그런 줄 알고 조
심하여 잘 보관하셔야 하오!"

하고 평소에 미신을 믿고 무섬이 많은 홍순에게 희롱으로 이런 말을
해 두었다.

하루는 밤에 날이 몹시 추웠다. 팽팽히 조여 있던 거문고 줄이 얼어
끊기어 쨍하는 소리가 났다. 이를 들은 홍순은 문득 신령이 있다는 이
씨의 말이 생각되며 겁이 났다. 급히 등불을 돋우고 복숭아 채찍[2]으

---

1) 거문고의 일종.
2) 옛날에는 복숭아 나뭇가지가 부정한 귀신을 내물린다고 믿었다.

로 거문고를 마구 두드렸다. 거문고는 두드릴수록 더욱 울고, 울수록 무서움은 더하였다.

마침내 비복을 불러 지키게 하고 새벽 되기를 기다려 종 연수延壽에게 거문고를 이씨에게 돌려주게 하였다.

이순은 홍순의 종이 일찌감치 온 것이 괴이하였고 또 거문고에 여기저기 마구 두드린 흔적이 있음을 보고 거짓말하기를,

"내가 이 거문고 때문에 오랫동안 근심되어 여러 번 깨쳐 버릴까 생각했으나 또 한편으로는 벌을 입을까 두려워하다가 다행히 홍공에게 넘긴 것인데 어째서 다시 돌려준단 말인고?"

하고 거절하고 받지 않았다.

홍순은 딱하고 걱정되어 전에 따서 가진 서화, 골동품들을 모두 다 거문고에 딸려 보냈더니 이순은 마지못하는 척하고 받았다. 홍순은 종시 이순의 술책인 줄은 깨닫지 못하고 스스로 거문고 돌려준 것을 다행이라고 하였다.

역옹패설 후편

하물며 이 기록은
본래 심심풀이로
붓 가는 대로 쓴 것이니
거기에 희롱이 있다 해서
무엇이 괴이하겠는가
이렇지 않다면 패설이라고
이름 하지도 않았을 것이다

머리말

어느 사람이 역옹에게 물었다.

"자네가 전편에 기술한 것은 멀리 조종[1]에 관한 것에서 시작하여 이름난 공경[2]들의 언행들도 그 가운데 어지간히 실었지만 결국 골계의 이야기로 마감하였으며, 후편에 기록한 바는 경전과 역사에 관련한 것은 얼마 없고 대개 다 문장과 시구를 아로새기는 것뿐이니 어찌 그렇게 특별한 신조가 없는가? 이것이 어찌 단아한 선비이자 점잖은 어른이 마땅히 할 바이겠는가?"

역옹이 대답하였다.

"둥둥 울리는 북소리는 《시경》의 '국풍'에 올라 있으며 잦은 춤이 너울거리는 것도 '아송'[3]에 편입되어 있다. 하물며 이 기록은 본래 심심풀이로 붓 가는 대로 쓴 것이니 거기에 희롱이 있다 해서 무엇이 괴이하겠는가?

---

1) 조종祖宗은 왕의 선조.
2) 높은 벼슬아치를 존칭하는 말이다.
3) '국풍'과 '아송雅頌'은 《시전》의 편명이다.

부자[4]는 장기와 바둑 하는 자도 아무것도 아니 하는 자보다는 낫다고 하였다. 문장, 시구를 새기고 좇는 것이 장기와 바둑에 비할 때 그보다는 오히려 낫지 않을까? 또 이렇지 않다면 패설이라고 이름 하지도 않았을 것이다."

이 대답으로 중사[5]는 머리말을 삼는다.

---

4) 부자夫子는 공자孔子를 존칭하는 말이다.
5) 중사仲思는 저자 이제현의 자字.

띠풀로 술 거르는 법

밀직 김승용金承用이 나에게 말하였다.

"《춘추좌씨전》 '이공爾貢' 편에 '포모[1]가 들어오지 않으면 술을 축縮할 수 없다.' 하였으니 '축'이란 것이 무슨 뜻이냐?"

나는 대답하였다.

"두원개杜元凱란 사람이 주해에 띠를 묶은 데다가 술을 부어 거른다고 한 것이 곧 그것이라."

김공은 또 말하였다.

"옛날 영광군에서는 띠를 엮어 가지고 술을 걸렀는데 술이 매우 맑아 명주 주머니로 거른 것보다 나았다."

나는 안해에게 이를 시험해 보게 보았더니 과연 그러했다. 《예기》를 살펴보면 하늘에 제사 지낼 때에 특생[2]을 쓴다는 대목에 가서 '잔을 치는[酌] 데 띠를 쓴다.'는 말이 있다. 그리고 정씨 주해에 띠로 걸러 앙금을 버린다고 하였다.

---

1) 포모包茅는 제사 지낼 때 그릇에 담아 놓는 띠[茅] 묶음, 즉 '모삿대'.
2) 특생特牲은 소 한 마리를 통째로 제사에 쓰는 것이다.

이 말이 두원개의 주해보다 더 자세하다. 그런데 세상에서 술을 거를 때 다 명주 비단을 쓰고 띠를 쓰지 않는 것은 무슨 까닭인가? 아마도 제사 지낼 때 쓰는 것으로 사람에게 쓰는 것이 불가하다 함이 아닐까?

믿지 못할 고서

《급총서》[1]는 육경과 맞지 않는 것이 많다. 순, 우, 문왕[2]이 다 큰 악명을 뒤집어썼으니 그중에서도 이것이 더욱 해괴하다.

나의 견해로는 조조曹操 같은 자는 스스로 자기의 죄악이 큰 줄을 알고 당세보다도 후세의 공론이 더욱 두렵다고 생각한 나머지 대성인들을 모함하여 그 비방을 나누고자 하였다. 그 방법으로 땅을 파고 글을 묻어 후세에 만의 하나라도 발굴되면 세상 사람들을 속일 수 있다는 생각이었다.

세상의 선비들이 한갓 칠한 대쪽[3]과 자획이 오랜 것만을 보고 이를 믿으니 어찌 또한 잘못이 아니겠는가?

---

1) 《급총서汲冢書》는 중국의 진晉 시대에 하남성 급군에 있던 옛 무덤에서 나온 고서.
2) 순舜, 우禹, 문왕文王은 중국 고대에 현명했다는 임금들이다.
3) 종이가 발명되기 전 옛날에는 칠한 대쪽에 글을 썼다.

아미산 구경

연우延祐 병진년(1316)에 나는 사신으로 중국에 갔는데 그때 아미산을 구경하게 되었다. 옛날의 조, 위, 주, 진나라 지방을 거쳐 기산[1]의 남쪽으로 해서 대산관[2]을 넘고 포성역褒城驛을 지났다. 그리하여 잔도[3]를 타오르고 검문[4]을 넘어들어 성도에 도착하였다. 성도에서 또 배로 이레를 가서야 비로소 목적한 아미산에 도달하였다.

여기서 이태백의 시 '촉도난蜀道難' 중의 한 구절이 생각났다.

서쪽으로 태백산까지
오직 새들의 길만이 있어
아미산 마루턱을
가로질러 가리로다.

---

1) 중국 섬서성에 있는 지방 이름인데 여기에 기산이 있다.
2) 대산관大散關은 포성역과 함께 섬서성에 있는 요새다.
3) 잔도棧道는 산악의 절벽 지대에 긴 통나무를 가로질러 통행케 하는 길이다.
4) 검문劍門은 사천성에 있다.

四當太白有鳥道　可以橫絶峨眉巓

   태백산은 함양[5] 서남에 있고 아미산은 성도 동북에 있으니 얼마
나 현격한가? 함양에서 성도까지 수천 리 길을 혹은 동으로 혹은 서
로 걷는 방향이 가끔 변하며 또 성도에서 동으로 가다가 북으로 6백
여 리를 꺾어 돌아가야 그제야 아미산에 이르게 된다. 그러나 비록
걷는 길은 멀리 돌아서 가도록 되어 있지만 그 형세를 헤아려 보면
두 산이 그다지 서로 멀지는 않다. 사람 걸음으로는 물론 바로 통할
수 없으나 나는 새의 길로는 쉽게 횡단할 수 있다는 말이다.
   백거이는 '장한가長恨歌'에서 이렇게 읊었다.

   누런 먼지 흩날리고
   바람은 설레는데.
   구름다리 에돌아
   검각산에 오르도다.

   아미산 아래에는
   행인이 적은데
   깃발도 빛 없거니
   햇빛마저 희미쿠나.
   黃塵散漫風蕭索　雲棧縈紆登劍閣
   峨眉山下少人行　旌旗無光日色薄

---

5) 섬서성에 있는 옛날 진秦나라 서울.

이는 당 명황明皇이 성도에 거둥할 때의 정경을 말한 것이다. 그런데 만일 이 시로 본다면 아미산은 당연히 검문과 성도 사이에 있어야 한다. 그러나 지금 현지를 보니 어디 그런가?

내가 후에 《시화총귀》[6]를 얻어 보았는데 옛사람도 이미 이런 논평을 하였다. 아마 백거이는 일찍이 촉땅에 가 보지 못한 것이라고 생각한다.

---

6) 《시화총귀詩話總龜》는 중국 송나라 때의 시화집이다.

자궁은 어떤 사람인가

순자[1]가 매양 자궁子弓을 부자夫子의 짝으로 삼아서는 말끝마다 중니[2], 자궁 하며 같이 불렀다.

당나라 양경楊倞의 말에 의하면 자궁은 중궁[3]인데 순자가 자기의 스승임을 표시하여 '자'를 붙였다는 것이다.

나는 생각건대 순자는 맹자의 후진이며 중궁은 자사보다 먼저 났다. 시대로 보아 맹자도 자사의 뒷사람으로 자사의 문인에게 배웠는데 순경이 어떻게 중궁에게 배웠겠는가? 이렇게 따지고 보면 자궁은 마땅히 별개의 인물이 된다.

자궁의 공덕이 세상에 전해지지 않는데 과연 부자와 짝할 수 있겠는가? 순자를 자궁의 제자로 본다면 순자의 성악설로 미루어 그 연원을 가히 알 수 있다. 하물며 다시 전하여 천하의 글을 불사르고 선비를 학살한 순자의 제자 이사가 나왔음에랴.

---

1) 순자荀子는 중국 전국 시대 학자다. 사람은 날 때부터 악하다는 성악설을 제창했다.
2) 중니仲尼는 공자의 자.
3) 중궁仲弓은 공자의 제자 염옹의 자.

홍법사의 비

북원[1] 홍법사興法寺의 비碑는 우리 태조가 비문을 친히 지었고 최광윤崔光胤이 당나라 태종 황제의 글씨를 모아들여 그를 본떠 새긴 것이다.

글뜻은 웅깊고도 씩씩하고 화려하여 마치 조정에서 군신이 금관조복으로 위의를 차리고 서로 읍양[2]하는 듯한 기풍이 움직이고 있다. 글자는 큰 것, 작은 것 해서 행서가 서로 배합 조화되어 마치 난새[3]가 날개치고 봉이 깃들인 듯이 그 기운이 우주를 삼키고 있으니 진실로 천하의 보물이다.

---

1) 북원北原은 강원도다.
2) 읍양揖讓은 화기애애한 분위기 속에서 정중하게 예하고 만나 보는 것이다.
3) 봉과 같이 다른 새와는 짝할 수 없는 오색이 찬란하고 지조가 있다는 전설적인 새.

예종 때 문물

정국안화사[1]에는 예종睿宗의 당률사운시唐律四韻詩 한 편을 새긴 비석이 있다. 뒷면에는 '태자 모가 쓴다.' 라고 하였는데 즉 인종仁宗의 이름이다.

이때는 왕과 태자가 다 학문에 정력을 기울이며 사방의 학자들을 맞아들이던 때였다. 윤관尹瓘, 오연총吳延寵, 이오李顥, 이예李預, 박호朴浩, 김연金緣, 김부일金富佾, 김부식金富軾, 김부의金富儀, 홍관洪灌, 인빈印份, 권적權適, 윤언이尹彦頤, 이지저李之氐, 최유청崔惟淸, 정지상鄭知常, 곽동순郭東珣, 임완林完, 호종단胡宗旦 등 명신과 어진 선비들이 조정에 가득하여 제반 정무를 토론 윤색하니 문물 제도의 내용과 형식이 착착 전진을 보게 되었는바 후세에는 이를 따르지 못하였다.

---

1) 정국안화사靖國安和寺는 개성 송악산 자하동에 있다.

시는 말 밖에 여운이 있어야 한다

옛사람의 시는 눈앞의 풍경을 그리면서도 뜻은 말 밖에 있어 말은 끝나도 그 맛은 끝나지 않는다.

도팽택[1]의 시를 보자.

동쪽 울 밑에서 국화를 캐다가
하염없이 남산을 보도다.
採菊東籬下　悠然見南山

또 간재簡齋 진여의陳與義의 시를 보자.

문을 여니 언제 비가 왔구나
늙은 나무 한 절반 젖었나니.
開門知有雨　老樹半身濕

---

1) 도팽택陶彭澤은 중국 진 시대의 유명한 시인 도잠陶潛. 흔히 도연명陶淵明이라고 한다.

이런 시를 예로 들 수 있겠다.

나는 '못가에 봄풀은 돋아나[池塘生春草]' [2]라는 시구를 특별히 애송한다. 말로는 전할 수 없는 한없는 묘미가 들어 있기 때문이다.

내가 옛날 중국 절강 지방에 갔을 적에 난초 심은 화분 하나를 주는 이가 있어 그것을 받아다가 책상 위에 놓았다. 손님을 응대할 적이나 사물을 논의할 때에는 그 향기가 있는 줄을 깨닫지 못한다. 그러나 밤이 깊어 고요히 앉아 있을 때 달빛이 창에 들 제면 그윽한 향기가 코에 풍긴다. 그 맑고 먼 운치를 사랑할 수는 있으되 말로 형상할 수는 없는 것이다.

나는 홀연히 혼잣말로, "아아 혜련이 읊은 '봄풀'의 시구가 바로 이것이로구나." 하였다.

---

2) 중국 남북조 시대의 시인 사혜련謝惠連이 읊은 '봄풀'이라는 제목의 시의 한 구절.

시의 그윽한 뜻

두보의 시에 이런 시구가 있다.

땅이 외지니
강물은 촉나라를 흔들고

하늘이 머니
나무는 진나라에 떴구나.

地偏江動蜀　天遠樹浮秦

나는 일찍이 진, 촉[1]에서 놀았다. 촉 지방은 서쪽이 높고 동편이 낮아 민산岷山에서 나오는 강물이 성도成都를 거쳐 남동으로 삼협에 내달린다. 파도 빛과 산 그림자가 위아래서 흔들리고 있는 것이 촉 지방의 특색이다.

진 지방은 어떠한가? 중심부에 천리 평야가 손바닥을 편 듯하여

---

1) 둘 다 중국의 옛 나라 이름이다. 진은 지금 섬서성 지방이고, 촉은 사천성의 성도.

장안성 남쪽으로 삼면을 바라보면 여기저기 푸른 나무숲이 뭉실뭉실하고 그 밑으로 들빛이 하늘에 닿았으니 완연히 나무숲이 큰 호수에 떠 있는 것 같았다. 이 풍경을 본 나는 비로소 이 시구의 뜻을 알게 되었으며 소릉이 진촉을 읊은 시의 그윽한 뜻이 바로 여기 있다고 생각하였다.

사경[2]쯤
산은 달을 토하고
밤샐 녘에
물은 다락을 밝혀 주네.

티끌 묻은 상자가
거울을 열어 놓은 듯
바람에 풍기는 주렴은
걸쇠 위에 얹히누나.
四更山吐月　殘夜水明樓
塵匣元開鏡　風簾自上鉤

졸옹 최해는 이 시의 아래 두 구가 다 달을 말한 것이라고 하지만 그렇지 않다. '티끌 묻은 상자는 거울을 열었다.'는 것은 '물빛이 다리를 밝혔다.'는 뜻을 의미한 것이다. 두보가 쓴 '기부의 회포를 읊은 시〔夔府詠懷〕'에도 이런 것이 있다.

---

2) 오전 두 시쯤.

묏부리는
푸른 강을 묶어 들고 솟았으며
바위는
늙은 나무를 헤치고 뭉실 나왔네.

떨친 구름은
초나라 기운을 묻고
아침 바다는
오나라 하늘을 찬다.

峽束滄江起　巖排古樹圓
拂雲埋楚氣　朝海蹴吳天

　이 시에서 '떨친 구름'은 '늙은 나무'를 의미하였고 '아침 바다'
는 '푸른 강'을 의미한다. 이것이 또한 시인의 한 격식이다.

　'위언의 솔 그림을 희롱하노라[戱題韋偃畵松詩]'란 제목 아래 쓴
시에는 희롱의 말은 나타나지 않는다.

　고소姑蘇의 주덕윤朱德潤은 단청 그림을 잘하였다. 그는 내게 이
렇게 말하였다.

　"소나무, 잣나무 같은 것을 그릴 적에 나무의 굴곡이 많고 비틀비
틀 꼬여 돌아간 것이거나 또는 바위가 너른 것은 오히려 그리기
가 좀 헐하지만 하늘을 찌를 듯이 기운차게 쭉 뽑히고 계곡에서
우뚝 솟아오른 형상이야말로 그리기 가장 어렵다."

　이 희롱시의 뒤 네 구를 보자.

내가 가진 조선의 비단 한 필
그 얼마나 좋은지
아끼고 중히 알기
금수단에 못지않네.

털고 만졌더니
광채 더욱 찬란하이.
그대여 붓을 달려
곧은 줄기 그려 주렴.
我有一匹好東絹　重之不減錦繡段
已令拂拭光凌亂　請君放筆爲直幹

이것이 곧 위언을 희롱한 구절이다.

이태백의 청평조

사성[1] 설문우薛文遇는 이태백의 청평조[2]에 대하여 이야기하였다.

모란꽃 한 가지여
이슬 향기 엉겨 더 아리땁구나.
조 양왕은 부질없이
운우몽[3]에 애타니라.

---

1) 사성司成은 고려 말부터 조선까지 성균관에서 유학을 가르치던 종삼품의 관리.

2) 당 명황이 양귀비를 사랑하여 심향정沈香亭에서 놀이를 베풀었는데 때마침 뜰에는 모란꽃이 곱게 피었다. 명황은 이태백을 불러 "이름난 꽃을 보며 귀비를 대하였거니 어찌 낡은 곡조가 당하랴." 하고 새로운 가사를 짓게 하여 즉석에서 이루어진 것이 곧 유명한 청평조 3장인데 본문의 구절은 제2장이다. 이 아름다운 시 속에는 풍자가 들어 있어 그것이 말썽이 되어 이태백은 불우한 생애를 살았다.

3) 옛날 중국 전설에 초 양왕楚襄王이 꿈에 무산巫山의 신녀를 사랑하였는데 신녀가 돌아갈 적에 아침에는 구름이 되고 저녁에는 비가 되어 아침저녁으로 양대陽臺 아래에서 사모하는 정을 보여 주겠다고 하였다. 초 양왕은 과연 그것을 보고 애타하였다고 한다. 양대는 사천성 무산현에 있다. 그후 시인들이 남녀의 애정 관계를 이 고사에 견주어 '운우雲雨'로 표현하게 되었다.

묻노라 옛날 한궁에
비슷한 이 뉘라 할까.
가련타 조비연[4]은
새 단장을 믿었다네.
一枝仙艶露凝香　雲雨巫山枉斷腸
且問漢宮誰得似　可憐飛鸞倚新粧

　이 시의 끝구에 '새 단장에 의지했다.'는 것은 '새 단장을 믿었
다.'는 뜻으로 해석된다고 하였다. 조비연이 한 성제의 총애를 오로
지 일신에 끌어 황후까지 된 것은 다만 연지와 분의 힘이란 뜻이다.
그리고 '가련하다'를 붙인 것은 조롱한 말이다.

---

4) 본래는 궁인이었다. 가무를 잘하고 몸이 가벼워 '나는 제비〔飛鸞〕'라 하였는데 한 성제가
　그를 총애하여 황후를 삼은 것이다. 조비연趙飛鸞은 당시 새로운 화장법으로 자기를 더
　꾸몄다 한다.

유우석의 시

빈객賓客 유우석[1]의 '금릉회고金陵懷古' 시에,

밀물은 찼구나
야성가에.
달빛은 비치누나
정로정에.

찰주엔
새 풀이 우거지고
장수막엔
연기도 예대로 오른다.

흥하고 망함은 모두 다

---

1) 유우석劉禹錫은 중국 만당 시인으로 자는 몽득夢得이다. '빈객'은 세자에게 경서와 도의 를 가르치던 벼슬 이름.

사람 탓이언만
어이하여 산천은
옛 모습 그대로인가.

왜 부르나
후정화[2] 한 곡조
애연해서
그 소리 못 듣겠네.

潮滿冶城渚　月斜征虜亭

蔡州新草綠　幕府舊烟靑

興廢由人事　山川空地形

後庭花一曲　哀怨不堪聽

하고 있다. 이 시는 이른바 네 사람이 용의 구슬[3]을 얻으려 하다가
빈객 유몽득이 결국 구슬을 얻은 것으로 되는 것이다.

---

2) 중국 고대의 진 후주陳後主가 장 귀비張貴妃를 사랑하여 자주 연회를 열고 새로 지은 곡
   이다. '후정화後庭花'를 좋아하여 질탕하게 놀다가 나라가 망했다. 그리하여 후세의 사람
   들도 이 '후정화'를 들으면 망국의 애수를 느끼게 된 것이다.
3) 장자의 말에 '천금의 구슬이 깊은 물속에 사는 검은 용의 턱 아래에 있다.'고 하였는데 여
   기에서 유래되어 그 참뜻을 포착한 것을 '검은 용의 구슬을 찾아 얻었다.'고 한다.

몽득의 금릉시

몽득의 시 가운데 금릉을 읊은 다섯 편이 있다.

산은 고국을 에둘러
한 바퀴 돌아 있고
조수는 빈 성을 치곤
적막히 돌아온다.

회수 동편
옛적 그 달이
밤 깊으면 또 다시
여장¹⁾을 넘어오누나.

山圍故國周遭在　潮打空城寂寞回
淮水東邊舊時月　夜深還過女墻來

---

1) 성 위에 쌓은 작은 담장.

          *

주작교[2] 가에는
들풀이 꽃피고
오의항[3] 어구에는
석양이 비꼈네.

옛날 왕, 사의 큰 집[4]에
깃들던 제비들이
심상한 백성의 집에
날아드누나.
朱雀橋邊野草花　烏衣巷口夕陽斜
舊時王謝堂前燕　飛入尋常百姓家

          *

생전엔 공의 설법
귀신도 듣더니
죽은 뒤 빈 집을

---

2) 중국 동진東晉의 서울 건강, 즉 지금의 남경에 있던 다리 이름이다. 당시 이 근방에 귀족
   들이 살았다.
3) 주작교와 가까운 거리에 있던 지명. 동진의 유명한 왕도王導, 사안謝安 등이 살던 곳.
4) 왕도와 사안 등의 가문은 나라에 공훈을 세운 사람들 또는 글을 잘하는 사람들이 많아서
   위세가 당당하였다.

밤에도 걸지 않네.

예좌[5]는 적막하고
먼지만 뽀얗네.
오직 밝은 달만이
뜰 안을 밝히는구나.
生公說法鬼神聽　身後空堂夜不扃
猊座寂寥塵漠漠　一方明月可中庭

이상 세 편이 다 훌륭한 작품이다.

백낙천은 '조수는 빈 성을 치곤 적막히 돌아온다.'를 특별히 사랑하여 머리를 끄덕거리며 곰곰이 읊다가, 후의 시인들이 이에 대하여는 다시 더 손을 댈 수 없을 것이라고 다시금 감탄하였다. 소동파는 어떤 사람이 제3편 끝 구에 '밝은 달이 뜰 안에 찼다〔明月滿中庭〕'고 '찰 만滿' 자를 쓰지 않고 왜 '가할 가可' 자를 썼느냐고 물었을 때 웃을 뿐, 대답하지 않았다.

옛사람들이 시에 대한 감상과 태도가 이러하였다.

---

5) 절의 부처가 앉은 자리.

굴원의 천문과 유자후의 천대

굴원[1]의 '천문'[2] 편에 대하여 유자후[3]는 '천대天對'를 지었다. 모두 글이 어려워 이해하기 힘들다. 우리 집에 주 회암의 주해가 있어 읽어 보니 봄날에 얼음 풀리듯 스스로 풀려 시원히 이해되었다.

또 근자에 학사 민상의閔相義의 집에서 성재誠齋 양만리楊萬里가 주석한 것을 보았는데 더욱 알기 쉽게 풀었다. 두 선생과 왕일[4] 세 대가의 설을 모아 해석한 것이니 또한 학자들을 위하여 다행이라 하겠다.

---

1) 중국 전국 시대의 초나라 애국자.
2) 굴원이 애국지성을 다하였으나 초 회왕이 간신의 말을 듣고 그를 귀양 보냈다. 그는 자기 처지를 결부시킨 유명한 저서 《이소경離騷經》을 남기고 물에 빠져 죽었다. '천문天問'은 이 저서의 한 편명이다.
3) 유자후柳子厚는 중국 당나라의 유명한 시인이며 문학가인 유종원柳宗元. 굴원의 《이소경》에 관련한 여러 편의 글을 지었는데 '천대'는 '천문'에 대답하는 형식이다.
4) 왕일王逸은 중국 동한 때 사람. 굴원의 《이소경》에 관련한 글을 지었다 한다.

작가들의 특징은 다 다르다

구양수歐陽脩가 스스로 자신을 긍정한 말이라 하여 전하는 것이 있다.

"나의 '여산고廬山高'는 지금 사람으로서는 능히 지을 수 없을 것이고 오직 이태백이라면 할 수 있을 것이며, 나의 '명비후편明妃後篇'은 태백도 못 지을 것이고, 두자미라면 지을 수 있을 것이다. 그러나 전편은 두자미라도 못 지을 것인데 나는 지었다."

이는 뒤에 일을 꾸미기 좋아하는 사람들이 '여산고'의 음절이 태백의 것과 비슷하고 '명비후편'이 구양영숙에게 보낸 글에 맹자나 한유의 글과 달리 구양공의 독특한 글이라고 한 것과 같이, 글은 모두 특징이 서로 다르다. 시도 또한 그러하니 이태백과 두자미에게 구양공의 시를 지으라면 반드시 다를 것이다. 또 구양공에게 이백과 두보의 시를 지으라면 마치 우맹[1]이 손뼉 치고 담소하며 손숙오[2]의 흉내를 내는 것과 같을 것이다. 이를 진짜 손숙오라고 하겠는가?

---

1) 우맹優孟은 중국의 초 장왕楚莊王 때 배우.
2) 손숙오孫叔敖는 초 장왕의 어진 신하.

왕안석의 시

　형공 왕안석의 시는 아이들이나 익힐 것이지만 《송현집宋賢集》에
들어 있는 것들 중에서 열 편쯤은 다 절묘하다.

　　해가 기우니 집 그림자
　　오동나무에 걸리고
　　주렴을 걷으니 푸른 산이
　　반공에 드높이 연이었네.

　　남쪽 시내에
　　저녁 연기 일어날 제
　　어느덧 서쪽 산은
　　어둑어둑 몰라보겠네.
　　日西階影轉梧桐　簾捲靑山簟半空
　　南澗夕陽烟自起　西山漠漠有無中

　(두 수 생략)

금향로에 향불은 사위고
누수[1] 소리도 쇠잔한데
살랑살랑 가벼운 바람에
오싹오싹 춥기도 하다.

봄빛이 사람을 괴롭히니
잠을 어이 잔단 말가.
달빛은 꽃그림자 살며시 옮겨
난간 위로 보내누나.

金爐香盡漏聲殘　剪剪輕風陣陣寒
春色惱人眠不得　月移花影上欄干

(두 수 생략)

버들 아래 길 하나
이끼가 덮였는데
호젓한 뜰에는
사람 기척 그쳤다.

나그네를 부르는 듯
살구꽃 오직 하나
석양에 담 기대어

---

1) 물시계. 물이 일정한 시간에 뚝뚝 떨어지게 장치를 해 놓은 것이다.

두어 가지 붉었구나.

垂楊一徑紫苔封　人語蕭蕭落院中

唯有杏花如喚客　倚墙斜日數枝紅

시내는 맑아 잔물결 인 듯 만 듯

늙은 나무 오히려 푸른데

시냇가를 지내며

봄볕을 밟는다.

시내는 깊숙 나무는 삐국

사람은 없는데

이름 모를 꽃들만이

나루 물에 향기 풍기네.

溪水淸漣樹老蒼　行穿溪水踏春陽

溪深樹密無人處　只有幽花渡水香

이상과 같이 글자 한 자, 글귀 한 구가 구슬이 소반에 구르는 듯
곱고 사랑스럽다. 원택元澤은 말하기를,

물가인데 산빛조차

사창에 푸르고

솔 아래 상 위에는

서적이 쌓였구나.

외객이 오잖으니

봄이 정히 고요한데
꽃 속에 우는 새가
석양볕을 전송하네.

水邊山暎碧紗窓　松下圖書滿石牀
外客不來春正靜　花間啼鳥送斜陽

라는 시가 참으로 그의 전통을 얻은 솜씨라고 하였다.

정지상의 시

사간 정지상[1]의 시에 이런 것이 있다.

비 온 후 긴 언덕에
풀빛조차 유난한데
남포[2]에서 그대를 보내니
슬픈 노래 절로 나온다.

대동강 물이야
어느 때 마르리.
이별 눈물 해마다
덧뿌려 파도를 짓거니.

雨歇長提草色多　送君南浦動悲歌

---

1) 예종 때 사람. 평양 출생으로 벼슬이 중서사인에 이르렀다. 문장으로 이름이 높았는데 특히 시가 유명하다.
2) 평양 남쪽 5리쯤 떨어져 대동강가에 있는 옛 포구. 여기서 남쪽으로 가는 사람들을 전송했다 한다.

大同江水何時盡　別淚年年添作波

　　연남 양재[3]는 일찍이 이 시를 베낄 적에 '이별 눈물 해마다 푸른
물결을 넘치게 한다〔別淚年年漲綠波〕'고 하였다. 나는 원작의 짓는
다는 '작作' 자로, 또는 넘치게 한다는 '창漲' 자도 모두 다 원만치
못하니 '푸른 물결을 더한다〔添綠波〕'고 하는 것이 좋을까 한다.
　　정지상의 시로 또 이런 구절들이 있다.

　　땅이 푸른 하늘과
　　하 그리 가까운가.
　　사람이 흰 구름과
　　서로 대해 한가롭다.
　　地應碧落不多遠　人與白雲相對閑

　　뜬 구름 흐르는 물에
　　객은 절에 이르고
　　단풍잎 푸른 이끼에
　　중은 문을 닫았네.
　　浮雲流水客到寺　紅葉蒼苔僧閉門

　　푸른 버들 늘어지는데

---

3) 양재梁載는 원래 원나라 연남燕南 사람인데 충숙왕이 연경에 있을 때 사랑을 받게 되어
　그를 따라 고려에 와서 벼슬했다는 사람이다.

문 닫힌 집 여덟아홉
밝은 달 비춰 줄 제
다락에 기댄 이 서너너덧
綠楊閉戶八九屋　明日倚樓三四人

위로 별을 만지나니
집은 삼각산이요
반쯤 허공에 나왔나니
다락은 한 칸이더라.
上磨星斗屋三角　半出虛空樓一間

돌머리에 솔은 늙었는데
조각달이 비치었고
하늘 끝에 구름은 나직한데
천 점 봉우리 남싯남싯
石頭松老一片月　天末雲低千點山

그는 즐겨 이런 수법을 많이 썼다.

정습명과 이개의 시

총랑總郞 홍간[1]이 가장 좋아한 승선 정습명[2]의 시가 있다.

백 가지 꽃 가운데 네가 제일이라
아담하고도 고왔더니
미친 바람에 시달린 꽃
반나마 이울었구나.

옛날 명약 달수[3]인들
고운 얼굴 어이 고쳐 내리.
뜻 두고 못 고치는

---

1) 홍간洪侃은 고려 충경왕 때 사람. 벼슬은 첨의사인에 그쳤고 동래 현령이 되었다가 거기
서 죽었다 한다. 특히 시에 능했다.
2) 정습명鄭襲明은 고려 인종 때 사람. 공명정대하고 위엄이 있었다. 당시 정치를 바로잡기
에 힘을 기울였으며 벼슬은 추밀원 지주사에까지 이르렀다. 학식이 풍부하고 글 잘 짓고
시에도 능하였다.
3) 옛날 전설에 여자의 얼굴에 흉터가 있을지라도 곱게 고친다는 약.

오릉공자[4] 한을 풀 길 없구나.

百花叢裏淡丰容　忽被狂風減却紅

獺髓未能醫玉頰　五陵公子恨無窮

잘된 시야 어찌 반드시 오래 짓씹어야만 맛이 나겠는가?

　근세에 풍주豊州에 명기가 있었다. 서경에 내려간 존문사存問使
가 그 기생을 불러 관가에 등록하고 사랑하였는데 기생은 그와 늦게
만난 것을 매우 한하였다. 이런 사정을 아는 학사 이의李顗가 시를
지어 기생으로 하여금 노래하게 하였다.

　옛일을 생각하니

　내 나이 열다섯 살 때

　비녀 찌른 두 귀 밑에

　채운 같은 머리였다.

　가련타 초췌한 몸

　옛 모습 감했나니

　아직도 홍련막[5]에

　아이 놀음 한단 말가.

---

4) 호걸 청년들이 한나라의 다섯 황제의 무덤에 모여서 놀았기 때문에 이들을 오릉공자라 하
　였다.
5) 기생 노릇을 한다는 뜻이다.

憶昔正年三五時　金釵兩鬢綠雲垂
自憐憔悴容華減　來作紅蓮幕裏兒

정씨의 시에 비해서 반드시 손색이 없을 것이다.

표현 수법의 가지가지

장간공章簡公 장일[1]이 쓴 '승평연자루'[2] 시에 다음과 같은 것이
있다.

바람 좋고 달 좋아도
처량쿠나 연자루야.
낭군이 한 번 간 후
꿈속같이 세월 흘러

당시의 놀던 객들
뉘 아니 늙었으리.
누 위의 꽃이었던
가인마저 백발일세.

---

1) 장일張鎰은 고려 고종 때 사람. 충렬왕 때까지 벼슬길에 있으면서 관위가 지첨의부사 보
문서 대학사 수국사에까지 이르렀다. 장간은 그의 시호.
2) 승평昇은 전라도 순천의 옛 이름. 연자루燕子樓는 순천 남대문 위에 있던 누각의 이름.

風月凄涼燕子樓　郎官一去夢悠悠
當時座客何嫌老　樓上佳人亦白頭

　밀직 곽예[3]의 시로 '수강궁의 새매 잃은 것을 두고 지은 시〔壽康宮逸鷂〕'를 보자.

　　여름은 서늘하게 겨울은 따습게
　　먹이는 건 신선한 살진 고기
　　무슨 일로 구름 높이
　　가고 돌아 안 오는가.

　　보아라 제비들은
　　곡식 한 알 주잖아도
　　해마다 정든 들보
　　또다시 찾아온다.
　　夏涼冬暖飼鮮肥　何事穿雲去不歸
　　海燕不曾資一粒　年年還傍畫樑飛

　문안공 이승휴[4]의 '구름을 읊은 시〔咏雲〕'에는,

---

3) 곽예郭預는 고려 때 청주 사람. 고종 때 벼슬길에 나서서 관위가 지밀직사사 감찰대부에
　 까지 올랐으며 글을 잘하고 글씨도 유명하였다.
4) 이승휴李承休는 고려 의종 때 사람이다. 강직하고 깨끗하며 학식과 문장이 훌륭했다. 벼
　 슬은 밀직부사 감찰대부 사림학사 승지에 올랐고 문안文安은 그의 시호다.

한 조각 스스로
땅 위에서 문득 생겨
동서남북 사방으로
가로세로 퍼져난다.

비가 되어 마른 초목
살리기를 바랐건만
부질없이 중천에서
해, 달만 가리누나.
一片忽從泥上生　東西南北便縱橫
謂成霖雨蘇群槁　空掩中天日月明

라고 했고 밀직 정윤의鄭允宜가 '안렴사에게 준 시〔贈廉使〕'에는,

새벽빛 헤치며 말을 급히 달려
외로운 성으로 들어가니
사람 없는 마을에
살구 알만 달렸구나.

나랏일 급한 줄을
뻐꾹새야 어찌 알리.
숲을 찾아 종일토록
봄갈이만 권하누나.
凌晨走馬入孤城　籬落無人杏子成

布穀不知王事急　傍林終日勸春耕

라고 쓰여 있다.

　이 시들을 사람들은 사랑하였다. 그러나 장간공의 시는 감회를 읊은 것뿐, 다른 뜻은 없지만 다른 세 편은 모두 풍자를 품고 있다. 정윤의, 곽예의 것은 은미하고도 곱다.

시의 감상

평보平甫 홍간의 시는 한 편이 나올 적마다 누구나 좋아하여 전하였다.《논어》에 이르기를,

"마을 사람들이 모두 좋아해도 아직 좋다고 못 할 것이며, 모두 미워해도 아직 그렇다고는 못 할 것이니, 좋은 것은 좋다 하고 좋지 아니 한 것은 좋지 않다고 하는 것만 같지 못하다."

하지 않는가? 시, 문을 평하는 데 있어서도 어찌 이와 다르겠는가? 옛사람이 이르기를,

"시는 가히 만고에 전하여 내려갈 수는 있어도 가히 긍정을 받기는 어려우며, 사방의 문인들이 모인 자리를 놀랠 수는 있어도 가히 혼자 앉아 감상하는 이의 뜻에 맞기는 어렵다."

하였으니 참으로 명언이다.

옛사람의 시를 고쳐 쓰는 문제

월암장로月菴長老 산립山立의 시는 옛사람의 말을 빌어 변화를 이룬 것이 많다.

남으로 수곡에 와서는
어머니를 다시 생각하며
북으로 송경 와서는
그대 다시 그리네.

물로 뭍으로 싸다니니
나귀 등도 시원찮고
행리마저 귀찮구나
구름같이 왜 못할까.
南來水谷還思母 北到松京更憶君
七驛兩江驢子小 却嫌行李不如雲

예를 들면 위의 시는 곧 다음과 같은 형공의 시에서 변화된 것이 아닌가?

　　어머니는
　　한구[1] 위에 모셨고
　　가속들은
　　백저[2] 북쪽에 두었다.

　　밝은 달 아래
　　두견 소리 들려오니
　　남북 두 곳에
　　생각이 새로워라.

　　將母邗溝上　留家白苧陰
　　月明聞杜宇　南北兩關心

또 산립은 다음과 같은 시를 썼다.

　　백악산 앞에 섰는 버들
　　안화사 안에 심으렸더니
　　다사할손 봄바람은
　　흐느적거려 또 불어오네.

　　白岳山前柳　安和寺裏栽

1) 중국에 있는 강 이름.
2) 중국에 있는 지명.

春風多事在　憂憂又吹來

위 시는 즉 양거원楊巨源의 다음 시와 통하지 않는가?

언덕 위에 푸른 버들
실실이 늘어졌다.
말 세우고 가지 꺾어
그대에게 주었더니

다정할사 봄바람도
두 사람 이별 아껴
손에 든 버들가지
은근히 불어 주네.

陌頭楊柳綠烟絲　立馬煩君折一枝
唯有春風最相惜　慇懃更向手中吹

문진공의 시

문진공文眞公이 삼각산 문수사文殊寺에서 지은 장편시 가운데 다음과 같은 것이 있다.

이야기꽃이 다 피었는가
조각달이 사립짝에 들어오네.
앉은 지 이미 오래여라.
가는 바람이 높은 잣나무를 읊누나.
語闌缺月入深扉　坐久微風吟聳栢

이는 산중의 취미를 깊이 얻은 것이다. 또 이런 구절이 있다.

종소리 범패 소리[1] 그 가운데
등불 한 점이 새빨갛구나.
鐘梵聲中一燈赤

---

1) 범어로 된 중의 노래 또는 부처 앞에서 부르는 노래.

나필羅泌이 지은 《노사路史》에는,

"어떤 사람이 불씨를 5대까지 끄지 않고 보존하여 왔는데 그 불이 아주 새빨개서 핏빛 같았다."

라고 적혀 있다. 문진은 이 사실을 포착하여 장명등[2]을 묘사하였다.

---

2) 장명등長明燈은 대문 기둥이나 처마 밑에 달아 놓고 밤새도록 불을 켜는 등이다.

흩어진 금싸라기

문의공 박항[1]의 시에 다음과 같은 것이 있다.

　얕은 산, 맑은 날에는
　그리 쉽게 비가 날리고
　옛 요새, 누른 모래터엔
　문득 무지개를 놓는구나.
　淺山白日能飛雨　古塞黃沙忽放虹

문성공 안향[2]의 시구에는 다음과 같은 것이 있다.

　비둘기 한 마리 날아도는
　새벽 비에

---

1) 박항朴恒은 고려 충렬왕 때 승선 벼슬을 했다. 최고의 벼슬자리에는 오르지 못하였으나
　정치 행정에 수완이 대단했고 문장에 뛰어났다. 문의文懿는 그의 시호.
2) 충렬왕 때 사람. 정중부 등 무신 난리가 있은 후 전국적으로 침체한 학문을 부흥시키는 데
　중요한 역할을 하였다. 벼슬은 첨의중찬에 이르렀다.

풀이 들에 퍼지고
말 한 필 타고 나섰더니
봄바람에
꽃은 성에 가득했구나.
一鳩曉雨草連野 匹馬春風花滿城

또 밀직 김이[3]는 다음과 같은 시를 썼다.

조각구름 검은 것은
어느 산 비로 될꼬.
꽃다운 풀 푸를 때에
온종일 바람일세.
片雲黑處何山雨 芳草青時盡日風

이상의 시구들은 모두 다 가작이다. 다만 그 전편을 보지 못한 것
이 한일 뿐이다.

---

3) 김이金怡는 충선왕 때 사람. 성질이 충직하여 옳은 주장과 충실한 행동으로 자신의 직책
을 다했다. 벼슬은 첨의정승에 이르렀다.

날리는 배꽃을 두고

　탄지坦之는 과거에도 뽑혔고 시로도 일정하게 이름이 알려졌다. 그가 집을 떠나 중이 되어서는 호를 취봉鷲峰이라 하였다. 그는 배꽃 떨어지는 것을 두고 지은 '낙리화落梨花'라는 시를 지었다.

　　　옥룡 백만 마리
　　　구슬 다퉈 싸울 적에
　　　바다 밑에 물귀신이
　　　떨어진 비늘 주웠다가
　　　가만히 봄바람에
　　　꽃으로 팔았나니
　　　동군1)이 손쉽게도
　　　티끌 속에 흩뿌리네.
　　　玉龍百萬爭珠日　海底陽侯拾敗鱗
　　　暗向春風花市賣　東君容易散紅塵

---

1) 봄철을 맡는다는 신.

이야말로 촌 서당의 훈장이나 할 소리다.

문정공 김구[2]도 또한 배꽃 날리는 것을 두고 지은 시가 있다.

> 펄펄 날며 춤추며
> 가다가 문득 돌아옴은
> 행여나 다시금
> 가지에 올라 피렴인가.
> 생각 없이 꽃잎 하나
> 거미줄에 걸리어
> 거미놈만 약빠르게
> 나비잡이 잘도 하네.
> 飛舞翩翩去却回 倒吹還欲上枝開
> 無端一片黏絲網 時見蜘蛛捕蝶來

같은 글제로 지은 이 두 작품을 볼 때에 또한 작가의 수단이 원래 같지 않음을 알 수 있다.

---

2) 김구金坵는 고려 원종 때 사람. 벼슬은 참문학사판판도사사에 올랐고 문정文貞은 그의 시호. 시와 문에 능숙하였고 나랏일을 의논하면 언제나 솔직하고 정확하게 발언하여 거칠것 없이 성의를 다하였다고 한다. 그의 시문집이 지금까지 전한다.

서하 임춘[1]의 '문앵聞鶯'[2] 이라는 시가 있다.

농가에 오디 익고
밀보리 무럭무럭 커 오르는데
꾀꼴새 우는 소리
푸른 숲에 처음으로 들을레라.

서울, 꽃 아래 놀던 객을
네 정녕 알았는가.
은근히 울어 예어
쉴 줄을 모르누나.

田家椹熟麥將稠　綠樹初聞黃栗留

---

1) 임춘林椿은 고려 인종 때 사람. 시와 문을 잘하여 왕대에 이름을 떨쳤으나 뜻을 얻지 못하여 어려운 생활 환경에서 일찍 죽었다고 한다. 서하西河는 는 그의 호.
2) 꾀꼬리 소리를 듣는다.

似識洛陽花下客　慇懃百囀未能休

　문청공 최자[3]가 밤에 일을 하다가 채진봉採眞峰에서 학 우는 소리를 듣고 지은 시가 있다.

　구름 걷힌 하늘엔
　달이 정히 밝았는데
　솔에 깃들여 자던 학이
　맑은 회포 못 이긴다.

　하 그리 많은 새와 원숭이
　지음을 못 하리니
　깃 거두고 앉았다가
　밤중이면 홀로 우네.
　雲掃長空月正明　松巢宿鶴不勝淸
　滿山猿鳥知音少　獨刷疎翎半夜鳴

　두 시가 모두 때를 만나지 못한 사람의 감상에서 나온 작품이다. 그러나 문청공의 강개한 뜻은 임서하의 그것에 비할 바 아니다.

---

3) 문청공文淸公 최자崔滋는 고려 고종 때 사람. 벼슬은 중서평장사에 이르렀고 문장으로 이름이 높았다.

버들을 읊은 시

정언 진화[1]가 버들을 읊은 시가 있다.

　봉성 서쪽에
　만 오리 황금 실은
　봄 수심 잠뿍 끌어
　어둑어둑 그늘지네.

　무한한 봄바람
　끊임없이 받으면서
　연기,[2] 비 희롱터니
　가을이 깊었구나.
　鳳城西畔萬條金　勾引春愁作暝陰
　無限光風吹不斷　惹烟和雨到秋深

---

1) 진화陳澕는 고려 신종 때 사람. 벼슬은 우사간 지제고를 지냈고 시를 잘하여 이규보와 어
　깨를 겨누었다고 한다. 정언은 벼슬 이름.
2) 옛 시인들은 봄날 버들에 어린 안개나 노을을 '연기'로 표현하였다.

시정과 운치가 매우 곱고 아름답다. 그러나 당나라 이상은[3]의 시 가운데,

봄바람 맞아들여
춤 자리를 떨치었고
꽃동산에 놀이 즐겨
이별 설움 돋웠나니.

너는 또 어찌하여
가을철 들어서서
석양볕 받았을 때
매미조차 안고 있노.

曾共春風拂舞筵　樂遊晴苑斷腸天
如何肯到淸秋節　已帶斜陽更帶蟬

하고 읊은 것이 있는데 대개 이를 모작한 것이다. 일찍이 산곡 황정 견[4]이 자신의 시에서,

남을 따라 짓다가는
종내 남의 꼬리잡이
자기 것을 이룩해야.

---

3) 이상은李商隱은 중국 당나라 때 시인.
4) 황정견黃庭堅은 중국 송나라 때 시인. 산곡山谷은 그의 아호.

진실한 것 되리로다.

　　隨人作計終後人　自成一家乃逼眞

라고 했으니 과연 옳은 말이다.

문장에 나타난 특징 몇 가지

　시중 김인존[1]의 '청연각기'[2]가 송나라 서긍徐兢이 쓴 《고려도경 高麗圖經》에 실려 있는데 그 글은 화기가 서리어 실로 도덕 있는 사람의 말이다. 문열공文烈公 김부식의 '혜음원기慧陰院記' 및 귀신사 歸信寺, 각화사覺華寺 등 비문과 문숙공文肅公 최유청의 옥룡사玉龍 寺 비문은 글재주를 부려 사람의 이목을 끌려는 속된 티가 없는 좋은 문장으로서 스스로 일가를 이루었으며, 이와는 반대로 김부철金 富轍의 '문수원기文殊院記', 김군유金君儒의 송광사松廣寺 비문은 글은 잘 되었지만 안타깝게도 번화한 말이 너무 많다.

　정당 윤언이는 선학을 연구한 이로서 운문원응국사雲門圓應國師 비문을 지었는데 이론에 깊이 들어갔으며, 사간 정지상은 항상 노장학을 좋아하더니 동산진정東山眞靜 선생 비문에서 표연히 세속을 떠난 사상을 보여 주고 있다.

---

1) 김인존金仁存은 고려 숙종 때 사람. 글을 잘하였고 판단력과 예견성이 정확하였다. 시중
　은 벼슬 이름.
2) 청연각淸讌閣은 고려 때 개성 궁궐 안에 있었다.

선비의 한 생애란
배타기와 같아서

선비의 한 생애란 마치
배타기와 같다 할까
그의 재주는 노가 되고
그의 운명은 순풍이 되어
유유히 먼 바다를
건너는 것이다

재주와 운명을 타고나서도
품은 뜻이 낮으면
마치 노가 성하고 풍세가 이로워도
배를 젓는 자가 서투른 것과 같아
능히 만 섬의 무게를 맡겨
머나먼 바다를 건너게 할 수 없다

세 짐승에 대한 경계

고양이에 대한 경계

귀와 눈이 밝고 발톱과 이도 날카롭다.
쥐가 구멍 파고 덤빌 때 잠자다가도 놓치지 마라.

개에 대한 경계

네 꼬리는 곱고 네 혀는 핥기도 잘한다.
쌈장난 말고 누가 바자 뜯나 꼭 살펴라.

닭에 대한 경계

때맞추어 잘도 울고 용기 있게 잘도 싸우지만
인분을 쪼아 먹고 살찌면 사람에게 빨리 희생되리.

三畜箴[1]

猫箴

旣耳而目　亦爪而牙
穿竂方肆　胡寐無吪

狗箴

而尾之媚　而舌之舐
毋鬪毋戲　惟藩之毀

鷄箴

鳴不廢時　鬪不守雌
啄糞得肥　自速人犧

---

1) '잠箴'이란 훈계하는 뜻을 붙인 글을 말한다.

도당[1]에 올리는 글[■]
上都堂書

이제 우리 국왕은 옛적에 태자가 입학하던 어린 나이로(원문 다섯 자 생략) 조종의 중대한 전통을 계승하시사 바로 전왕[2]이 내침을 당한 뒤에 나오셨으니 어찌 조심하여 매사에 진지함과 신중함을 다하지 않으실 수 있겠습니까? 그런데 진지하고 신중한 실천은 도덕에서 출발되어야 하나니 우선 도덕을 닦는 일이 가장 중요하며 도덕을 닦는 길은 학업에 노력을 기울이는 것이 가장 주된 것입니다.

지금 좨주 전숙몽田淑蒙을 스승으로 삼게 하였거니와 다시 어진 선비 두 사람을 더 선택하여 숙몽과 더불어 《효경》,《논어》,《맹자》,《대학》,《중용》[3] 등을 강론케 함으로써 사물의 원리를 탐구하여 지식을 확충하며 뜻을 진실히 하여 마음을 바르게 확립하는 길을 습득하셔야 하겠습니다. 그리고 이와 함께 이름 있는 집 자제 중에서 정

---

1) 육조를 통일하는 중앙 정부의 최고 기관.

■ 《동국통감》을 보니 편찬자가 원문의 윗부분과 아랫부분을 생략하여 불비한 것이 많다. 다음의 글도 사정은 같다.

2) 충혜왕.

3) 옛날 유교 도덕, 정치 및 철학을 공부할 때 반드시 읽어야 했던 고전들이다.

직하고 무게 있으며 학문을 좋아하고 예의를 체득한 자 열 명을 선발하여 임금을 모시고 배우게 함으로써 곁에서 방조와 지도가 되게 해야 하겠습니다. '사서'를 익힌 다음에는 '육경'을 순차로 강론하고 해명하여 점차 학문에 깊이 들어가시게 하여야겠습니다. 그리하여 교만, 사치와 음란, 방탕과 풍류, 여색, 사냥 놀이 등을 가까이하시지 않게 하며 학업은 습성으로 되어 부지불식간에 도덕적 기초가 잡힐 것이오니 당면 문제로서 이보다 더 급한 것이 없습니다.

임금과 신하는 그 의리 관계에서 한몸과 같으니 머리와 팔다리가 친밀하지 않아서야 될 것입니까? 지금 재상들이 연회가 아니면 서로 접촉하지 않으며 특별 명령이 아니면 임금 앞에 나가지 못하니 이것이 도대체 무슨 이유이겠습니까? 마땅히 임금께 청하여 날마다 편전에 앉으시사 항상 대신과 더불어 정사를 논의하실 것이며, 혹은 일정을 나누어 주요 문제에 대한 진언과 대책이 나와야 할 것이니 비록 특별한 일이 없다 할지라도 이 제도는 폐하지 말아야 할 것입니다. 만일 그렇지 않다면 임금과 대신 사이가 날로 소원해질 것이며, 내시들은 임금과 친밀해질 것이니 백성들의 이해와 나라의 안위에 대한 옳은 발언으로 임금을 깨우쳐 드릴 기회를 얻을 수 없을까 걱정됩니다.

소위 '정방'이란 이름은 권신[4]들이 나라를 흔들 때부터 생긴 것으로서 옛날 제도가 아닙니다. 마땅히 정방을 혁파하여 전리[5]로 돌릴 것이며 군부에 고공사[6]를 두어 공적과 죄과를 표기하며 재능 여

---

4) 국왕도 제어할 수 없이 정치 실권을 쥐고 세도를 부리던 신하.
5) 정부.
6) 고공사考功司는 관리의 공적과 죄과를 밝히고 그 자격을 심사하던 정부의 부서 이름.

하를 논평케 할 것입니다. 매년 유월과 십이월에는 도목[7]을 받고 정안[8]을 상고하여 이에 기초하여 파면하거나 직위를 낮추거나 법에 어긋나게 등용함으로써 항구한 규정을 삼으면 권세 있는 자에게 부탁하거나 뇌물을 싸 가지고 다니는 무리들이 스스로 끊어지고 요행을 바라는 사람들이 스스로 없어질 것입니다. 지금 만일 어름거려 그대로 두고 옛 제도의 옳은 것을 다시 살리지 않는다면 장차 양장梁將, 조륜祖倫, 박인수朴仁壽, 고겸高謙 등과 같은 무리들이 다시 계속 일어나서 흑책의 비방을 막을 수 없을까 깊이 우려됩니다.

응방[9]과 내승[10]은 백성에게 더욱 심하게 해독을 끼치므로 전에 이미 영을 내려 혁파케 하였지만 후에 다시 밀죽밀죽 시일을 끌고 있어 정계와 백성들이 모두 실망하고 있습니다. 심지어 용보[11]로 하여금 말을 달려나갔다가 견책된 일까지 있으니 위정자의 자리에 앉아 어찌 마음에 부끄럽지 않사오리까?

덕녕, 보흥[12] 등 창고와 같은 무릇 옛 제도가 아닌 것은 일체 개혁해야만 길이 임금의 백성을 배려하는 뜻에 배치됨이 없기를 기대할 수 있습니다. 자사, 수령[13]을 배치하면서 만일 알맞은 사람을 얻으

---

7) '도목都目'은 매년 두 번씩 관리의 성적을 평정하여 그들을 들이고 내보내던 것을 가리킨다.

8) 정안政案은 도목을 기록한 책인데, 관리를 선발하여 근무 연한을 차례로 구분하고 노력의 정도를 분별하며 재질의 훌륭하고 못함을 기록하여 두었다.

9) 응방鷹坊은 꿩사냥 하는 매를 기르던 부서.

10) 내승內丞은 내사복시, 즉 왕이 타는 말과 수레, 활 등을 관리하는 부서.

11) 용보龍普는 성은 고가인데 원나라 조정에 가서 황제의 신임을 받아 권세를 부렸고 고려 조정에 돌아와서도 계속 악독한 행동을 하였다. 뒤에 공민왕의 손에 처단되었다.

12) 덕녕德寧, 보흥寶興은 충숙왕 이후 8년에 충혜왕이 사사로이 설치한 창고.

13) '자사刺史'는 도의 장관, '수령守令'은 군과 현의 장관.

면 백성이 그 행복을 받을 것이며 그렇지 못하면 백성이 그 해를 당할 것입니다. 높은 관직에 있는 자로서 지방에 내려가 지방 장관이 된 자는 우쭐거리고 방종하여 법을 좇지 않으며, 나이 늙어서야 구차히 벼슬을 구하여 한자리 얻은 자는 사업에 어둡고 뜻이 나약하여 자기 직책을 감당 못하며, 혹은 청편지와 뇌물로 갑자기 밭둑에서 일어나 금어[14]를 매달고 관리 차림을 한 자는 더군다나 말할 여지도 없습니다. 청컨대 옛날의 옳은 제도를 따를 것이니 서울 안의 선비라 해서 아직 경력도 없는 자를 갑자기 등용할 일이 아닙니다. 반드시 현령의 직무를 잘 치르고 벼슬이 오르는 순서를 따라 4품까지 승진된 후에야 목사나 수령이 되는 것을 예로 삼아야 하며, 감찰사, 안렴사는 반드시 지방관의 사업을 검열한 기초 위에서 그 업적을 정확히 평가하여 상벌을 분명히 해야 합니다.

위에서 말한 소위 벼슬이 높은 자, 나이 늙은 자, 청편지와 뇌물을 써서 밭둑에서 나온 자들은 만일 부득이 파면까지 시킬 수 없는 사정이라면 차라리 서울의 적당한 벼슬을 줄지언정 백성을 직접 상대하는 소임은 주지 말 것입니다. 이렇게 이십 년만 행하면 탐관오리 때문에 살 수 없어 떠나간 백성들이 돌아오지 않거나 공납과 부세가 부족해지는 일이 있을 수 없습니다.

금은과 무늬 놓은 비단은 우리 나라에서 생산되지 않습니다. 이전 고관들의 피복은 다만 우리 나라 산물인 무늬 없는 비단이나 가는 베를 썼으며 기명으로는 다만 유기그릇, 구리그릇, 사기그릇, 질그릇을 썼을 뿐입니다. 충선왕이 옷 한 벌을 지으려다가 값을 물어

---

14) 금어金魚는 옛날 관복의 띠에 차던 금붕어 모양으로 만든 패물.

보고 비싸다고 말았으며 충숙왕은 일찍이 전왕의 금실로 수놓은 옷과 새 깃을 꽂은 갓이 우리 선조의 옛 법이 아니라고 나무랐습니다. 이것만 보아도 국가 사백여 년 간 능히 사직을 보전해 온 것은 다만 검박한 미덕이 있었기 때문입니다. 그런데 근래에는 풍속이 온갖 사치를 다하고 있으니 백성들의 생활이 곤란하고 국가 용도가 궁핍함이 여기에 원인한다고 신은 단정합니다. 청컨대 재상들은 오늘부터 수놓은 비단으로 의복을 짓거나 금옥으로 그릇을 만들지 말 것이며, 또 화려한 옷을 차려입고 말 탄 사람으로 하여금 자기 뒤를 옹호하게도 말고 각각 검소와 절약을 힘껏 실천하여 위로는 왕가를 깨우치고 아래로는 백성들에게 어울리게 하면 풍속이 응당 순박한 데로 돌아갈 것입니다.

전자에 협박으로 받아 내고 폭력으로 거둬들인 세납은 곧 납세자에게 돌려주는 것이 합당하다고 생각합니다. 그러나 관리들이 짜고 들어 간사한 수단을 쓰게 되면 영세민들이 아마도 그 실지 혜택을 입지 못할까 염려됩니다. 그러므로 마땅히 모든 관청에 분부하여 그 세납을 오는 해의 잡세에 충당케 함으로써 빈궁한 백성에게 기한이 되기 전에 받아들이는 폐를 면할 수 있도록 할 것이며 성省에서 이미 공문이 내려간 뒤에는 응당 조속히 시행케 해야 합니다.

식읍[15]이 설정된 후부터는 백관들의 봉록이 부족합니다. 도대체 일국의 임금으로서 여러 신하들을 청렴하게 지낼 수 있게 하기 위하여 가봉[16]을 주던 양렴[17] 자원을 빼앗아 사사로운 창고를 채운다는

15) 식읍食邑은 봉록 대신에 일정한 지방에서 조세를 받게 하는 제도.
16) 봉급 밖에 더 주는 봉급.

것이 어찌 후세에 웃음거리로 남지 않겠습니까? 청컨대 (원문 넉 자 생략) 식읍을 파하고 그것을 광흥창18)에 도로 붙여 관리들의 봉록에 충당해야 하겠습니다.

경기도에 있는 토전19)은 조업전20)과 구분전21)을 제외하고는 다 녹과전22)으로 나누어 두었던 것입니다. 이것이 실시된 지 근 오십 년인데 근자에는 권세 부리는 일파에서 대부분 수탈하여 점유하고 말았습니다. 그동안 개혁론이 제기되었으나 그들은 그때마다 곧 불안한 말로 임금을 위협하기만 하여 마침내 개혁을 시행치 못하게 하였으니 이는 대신들이 고집하지 못한 때문입니다. 과연 능히 개혁한다면 기뻐하는 사람은 무척 많을 것이고 싫어하는 자는 오직 권세와 호강을 부리는 수십 명에 불과할 뿐입니다. 무엇을 꺼려 단행치 못하겠습니까? 주와 군에서 오래 전부터 밀린 세금을 관리가 백방으로 압력을 가하여 받으려 해도 십분의 일도 받지 못하였으며 다만 원망만을 살 뿐이니, 바라건대 영을 내려 지정 3년(충혜왕 4년) 이전에 있는 밀린 세금은 모두 면제하여 주는 것이 좋겠습니다.

그리고 이보다 수년 전에 궁한 백성들이 가혹한 가렴잡세 때문에 살 수 없어 사랑하는 아들딸들을 전당 잡혀 팔아먹은 처절한 일들이 곳곳에 있습니다. 청컨대 각 도로 하여금 그들을 위로케 하는 한편,

---

17) 양렴養廉은 기본 봉급 이외에 더 주는 녹, 즉 가급금. 이는 관리들의 생활을 안정시켜 청렴한 미덕을 장려하기 위한 것이다.
18) 광흥창廣興倉은 관리들의 봉록을 주는 양곡 창고.
19) 농경지.
20) 조업전祖業田은 조상 때부터 전하여 오는 땅.
21) 구분전口分田은 자손이 없는 관원, 또는 전사한 군인의 안해에게 등분을 따라 주던 밭.
22) 녹과전祿科田은 벼슬 등급에 따라 나누어 주던 밭.

안렴사를 파견하여 방을 내걸어 그들이 서울에 올라와서 스스로 진정함을 허락해 주고 그 실정을 들어 국가 재물을 적당히 돌려줌으로써 그들의 자녀를 속환케 해야 할 것입니다. 그리고 자녀를 산 자에게도 또한 자수하라는 영을 내려 만일 자수치 않는 자에게는 그 값을 돌려주지 말고 강제로 그 부모에게 돌려보내 줄 것이며 심한 자는 범죄자로 처벌해야 할 것입니다.

경성[1] 수축을 위한 상서

修築京城訪大臣時上書

　　우리 태조가 동으로 정벌하시고 서쪽으로 토멸하사 삼국을 통일한 후 7년 만에 돌아가셨습니다. 태조가 재위하실 당시에는 전란으로 상처를 받아 피폐한 백성을 동원하여 토목의 큰 공사를 일으키는 것은 차마 하지 못할 바이었습니다. 그러므로 송경[2]에 성을 쌓지 않은 것은 하지 않은 것이 아니요, 실로 사세가 허락지 아니하였기 때문이었습니다.

　　현왕顯王 초기에 이르러 거란이 경읍[3]을 유린하고 궁실을 불질렀거니와 당시에 만일 견고한 성곽이 있었다면 거란의 유린과 파괴가 반드시 이처럼 혹심하지 않았을 것입니다.

　　현왕 20년에 비로소 이가도李可道에게 명하여 송경에 성곽을 쌓았는바 그후 거란의 후손이라는 금산 왕자가 대병을 이끌고 우리 나라를 침범하여 서해와 충청도 사평진 이북은 아니 이른 데가 없었지

---

1) 개성을 둘러싼 성을 말한다.
2) 개성.
3) 개성.

만 송경성 안에는 들어오지 못하였습니다. 또 여고거라대余古車羅大가 황교에 주둔하고도 능히 송경성 안에 들어오지 못한 것이 모두 성곽이 있기 때문이었습니다.

지금 성곽을 응당 수축해야 함은 지식이 있건 없건 누구나 다 아는 것이오니 이미 이 논의가 작정된 이상 비록 음양가의 이러저러한 거리낌[4]이 있다 할지라도 확연히 변치 않아야만 성취될 수 있을 것이라고 생각합니다.

---

4) 개성의 판국이 성을 쌓으면 좋지 않다는 미신에 의거하여 성을 쌓을까 말까 하는 것을 말한 것이다.

근재를 상주목사로 보내며
送謹齋安大夫赴尙州牧序

동남 지방 고을 중에서 경주가 제일 크고 상주가 그 다음이다. 도의 이름을 경상이라고 한 것은 이 때문이다. 그러나 사명을 받들고 이 지방으로 오는 자는 먼저 상주에 들른 후에야 경주에 이르기 때문에 문화 풍습의 흐름은 상주에서 남으로 내려흐르지 경주에서 북으로 치흐르지는 않는다.

지정 3년(1343) 봄에 근재謹齋 안축安軸이 감찰대부우문관제학監察大夫右文館提學에서 상주목사로 나아갔다. 덕망 있는 선비와 따르는 제자들이 모두 축하하여 말하였다.

"근재는 외유내강하며 말이 적고 실행이 빠르다. 속이 강하고 말이 적기 때문에 사람들이 조심하여 함부로 범접치 못하는가 하면, 한편 또 태도가 부드럽고 행동이 민첩하기 때문에 사람들이 좋아하며 쉬이 따르는 일면도 있다. 저 사명을 받들고 오는 지방 수령들이 전에는 그의 이름을 사모하다가 이제 와서 그의 덕을 친히 본 다음에는 하도 사나워 호랑이라 했던 영성[1]이나 매라 했

---

1) 영성甯成은 한나라 무제 때 가혹하였던 관리 이름이다.

던 질도[2]와 같은 자들도 거의 그 포학성을 늦출 것이며 가렴잡세를 받아 내던 자들도 또한 그 사나운 짓을 그만두게 될 것이니 이로부터 상주 백성들은 차차 오금을 펴게 되지 않겠는가? 그리고 전부터 일러 오기를 '교화는 상주에서 남쪽으로 미친다.' 고 하니 이 행복은 바로 상주 한 고을만이 누릴 것이 아니라 또한 경상도 전체의 복으로도 될 것이다."

내가 생각건대 제군은 하나를 알되 둘은 알지 못한다. 대개 부귀와 영달은 인정상 원하는 바나 임금의 깊은 이해와 일반의 두터운 신망을 지고 있는 인물로서 능히 겸손하여 급류 중에서도 멎을 줄 아는 자는 고금을 통하여 보아도 백에 한 사람뿐이다. 일찍이 늙으신 부모를 어린 동생들에게 공양하도록 맡기고 멀리 천리 밖에 달려가서 요행히 높은 벼슬로 일세의 영광을 빛내는 것은 세상에 흔히 있는 일로, 그렇게 이상히 여길 바가 아니다. 근재는 일찍이 중국에서 문과에 급제하고 우리 나라에서 명성을 높이 떨쳤을 뿐만 아니라 중요한 관직을 역임하고 인재 선발 사업에도 참가하였다.

작년에 가족을 데리고 모친을 모시러 돌아가다가 중도에서 다시 불려와 교화와 법도에 관한 최고 직책을 맡게 되었다. 임금의 이해가 깊지 않은 바 아니며 일반의 신망이 중하지 않은 바 아니나, 근재는 힘써 외직으로 나아갈 것을 요청하였다. 그것은 어머니를 가까이 모시며 또한 형제들로 하여금 집을 떠나 벼슬할 수 있는 기회를 주기 위함이었다. 근재의 깨끗이 물러가는 덕과 효행과 우애의 두터움은 족히 당시 사람들을 감격하게 할 뿐 아니라, 후세에 모범이 되기

---

2) 질도酷都는 한나라 무제 때 가혹하였던 관리 이름이다.

에 넉넉하다. 이에 어찌 한 고을의 복이며 한 도를 교화하는 데만 멎는다고 할 것이랴!

임금의 이해는 더욱 깊어 가고 일반의 신망은 더욱 두터워질 터이니 점차 승진하여 정승에 올라 정숙貞肅 김인경金仁鏡의 자리를 이을 것은 발돋움을 하고 기다릴 만하다.

모든 사람들이 그렇다고 하기에 여기 이 글을 적는다.

신 원외를 원나라로 보내며

送辛員外北上序

선비의 한 생애란 마치 배타기와 같다 할까? 그의 재주는 노가 되고 그의 운명은 순풍이 되어 유유히 먼 바다를 건너는 것이다. 재주와 운명을 타고나서도 품은 뜻이 낮으면 마치 노가 성하고 풍세가 이로워도 배를 젓는 자가 서투른 것과 같이 능히 만 섬의 무게를 맡겨 머나먼 바다를 건너게 할 수 없다.

신 원외는 어릴 때부터 글을 읽어 민첩하고 학문을 좋아하여 능히 시문을 다투는 마당에 말고삐를 쥐고 달리며 수풀같이 쌓인 문서를 예리하게 처리하여 재주 있는 인물이라 할 만하다. 또한 벼슬을 시작한 지 몇 해 안 되어 제학提學, 대언代言을 지나 밀직첨의密直僉議에 이르고 곧이어 동성東省의 낭관이 되었으니 운수가 트였다고 할 만도 하다. 그리고 선배와 여러 동료와 더불어 원로들에게 물어가면서 정치를 정돈하며 낯빛을 바로 하여 임금을 도우며 정성으로 외국 손님을 대접하니 가히 그 뜻이 높다고도 할 만하다.

이제 원외는 원나라 정부의 고관으로 불려 행장을 차리며 연경을 향하여 웃음을 웃게 되니 그의 기특한 재주와 트인 운명과 고상한 뜻이 더욱 두드러질 것이다.

권 찬선權贊善 이하 스물여덟 명이, 우곡愚谷 정이오鄭以吾의 사연시[1]의 운을 따라 시를 지어 그의 언행을 찬양한 후 나에게 서문을 부탁하므로 나는 잔을 들고 앞에 나앉아 배와 관련된 이야기를 다음과 같이 하였다.

"대개 강과 하수를 바다에 비하면 크기는 다르나 배를 저어 가는 데는 다를 것이 없다. 돛대를 세우고 돛을 다는 것은 나아가기 위함이며 줄을 매고 닻을 내리는 것은 멎기 위함이며 또 반드시 헌 솜으로 배 바닥의 틈을 죄어 막음은 새지 않도록 하기 위함이다. (원문 열두 자 생략)

그러므로 지금 신 원외의 배는 강과 하수에서 바다로 나아가는 것이다. 진실로 능히 의리를 돛대로 하고 믿음을 돛으로 하고 예를 닻줄로 하고 지혜를 닻으로 하고 삼가 공경하며 부지런함을 솜으로 삼을 것이니, 어떤 중요한 일이라도 맡지 못할 것이 없으며, 아무리 먼 데라도 이르지 못할 곳이 없으며, 아무리 험난한 곳이라도 건너서 통하지 못할 수 없을 것이다."

옛날 전숙田叔과 한안국韓安國은 양나라와 조나라의 신하로서 한나라 조정에 복무하면서 당시에 이름을 날리고 후세에 영예를 남겼다. 이것이 내가 지금 신 원외에게 바라는 바다.

---

1) 사연시謝宴詩는 잔치를 축하하는 시다.

설곡의 시집에 부치노니[■]

雪谷詩序

    설곡 정중부[1]는 최춘헌[2]의 사위로 최졸옹에게서 글을 배웠다. 졸옹은 강직하여 별로 사람을 인정하지 않으며, 춘헌도 단정하여 자기가 좋아한다 하여 결코 두둔하지 않으나, 그들은 매양 나에게 중부가 어질다고 말하였다. 여기서 나는 그의 사람됨을 알게 되었다.

    중부가 벼슬을 시작한 후 얼마 안 되어 역사 문헌을 맡아 보았으며 십 년이 못 되어 간의대부로 되었고 울주(울산) 군수로 있을 때는 정치를 잘했기 때문에, 그가 떠날 때는 백성들 가운데 늙은이와 어린이들까지 나와 길을 막고 눈물을 흘렸다.

    국서를 가지고 연경으로 간 후에는 승상 별가보화공別哥普化公의 신임을 얻어 장차 천자에게 천거될 형편이었으나, 마침 병으로 누워 일어나지 못하고 말았다. 그의 아들 추樞가 관을 받들고 본국으로

■ 동문선에 실려 있다.

1) 설곡雪谷 정중부鄭仲孚는 충숙왕 때 사람. 벼슬이 좌사간대부에 이르렀으나 아깝게도 37
　세에 죽었다. 그의 시집 일부분인 '설곡시고雪谷詩稿'가 지금까지 전하고 있다.

2) 이름은 문도文度, 시호는 양경良敬, 춘헌春軒은 호다. 벼슬은 첨의참리에 이르렀고 성리
　학에 조예가 깊었다고 한다.

돌아오매 소식을 들은 자는 모두 놀라 애석히 여기지 않는 이가 없었다.

슬프다, 예로부터 재주 있고 단명한 자로는 당나라의 이장길李長吉과 송나라의 형돈부邢敦夫가 있으나 이들이 일찍이 백성의 사랑을 받고 고관의 신임을 얻은 것이 우리 정중부만 하였던가? 우리 나라 인사들이 중부의 불행에 대하여 놀라고 애석해하는 것은 극히 당연하다.

정중부는 적잖은 시문을 남겼는데 그의 아들 추가 이를 엮어 전후집 두 권으로 만들었다. 이 저작을 얻어 자세히 살핀 뒤 졸렬한 말을 그 끝에 써서 정씨에게 돌려보냈다. 추는 지금 도관낭중都官郎中으로 있는데 나의 문생이다.

변방을 지켜 낸 위열공 김취려

門下侍郞平章事判吏部事贈諡威烈公金公行軍記

공의 이름은 '취려就礪'인데 뒤에 '취려就呂'라 고쳤다. 계림의 언양군 사람이다. 젊었을 때에 아버지의 숨은 덕으로 정위正尉에 임명되었으며 얼마 안 가서 동궁위[1]라는 벼슬을 하였다. 다시 중랑장中郞將 영우림領羽林으로 옮겼으며 몇 해 뒤에는 다시 장군으로 발탁되어 동북 지방을 맡아 보았다. 공이 이 지방을 맡아볼 때에는 갈맥[2]이 감히 침범할 엄두를 내지 못했다. 공은 이렇게 공훈을 세웠기 때문에 천우위 대장군[3]에 임명되었다. 강종康宗 2년(1213) 국경 지대를 순무할 때에는 지방 백성들이 그를 존대하며 사랑하였다.

고종 3년(1216) 8월에 거란이 국경을 침범하므로 서북면 지병마사 독고정獨孤靖이 즉시 보고문을 띄웠는데 정부에서 이를 받은 것은 그달 12일이었다. 왕은 상장군 노원순[4]을 명하여 중군을 삼고,

---

1) 동궁시위東宮侍衛의 준말. 현재 왕의 뒤를 이을 왕자를 모시고 시중하면서 함께 글공부도 하는 지위.
2) 갈맥羯貃은 여진족의 일족.
3) 고려 군제의 최고 조직으로서 여섯 위衛가 있었는데 천우위千牛衛는 그중의 하나. 대장군은 종삼품 벼슬로서 이 위의 둘째 위계의 벼슬.
4) 노원순盧元純은 고종왕 때 상장군 벼슬을 했다.

오응부吳應夫로 우군을 삼고, 공에게 상장군을 겸하게 하여 후군을 삼았다. 13일에 순천관에서 장병을 검열하고 22일에 이르러 우군은 서보통西普通에 진을 치고 중군은 누교원樓橋院에, 후군은 과전苽田에 각각 진을 쳤다. 두 밤을 자고 비로소 행군을 시작하였다.

처음에 원나라 태조 성무 황제聖武皇帝가 군대를 일으켜 금나라의 서울 연도를 치매 금나라 선종宣宗이 변경5)으로 옮겨 갔다. 그러자 성무 황제는 본국으로 돌아오고 군대를 남겨 연도를 지키게 했는데 연도의 사람들이 원나라 군대에게 술을 먹이고 취한 틈을 타서 모두 죽여 버렸다.

거란의 유족인 금산 왕자와 금시 왕자金始王子는 자신의 도당인 아아걸노鵝兒乞奴로 장수를 삼아 황하 북쪽 지방의 백성을 협박하고 스스로 대요수국왕大遼收國王이라고 일컬었다. 원나라 성무 황제가 대군을 일으켜 공격하니 두 왕자는 멍석 말리듯이 그의 부하를 데리고 동쪽으로 도망쳐 와서 의지할 만한 땅과 양식을 우리 나라에 요청하였으나 이를 허락지 않았다.

두 왕자는 우리 나라를 침략할 기회를 노릴 뿐 아니라 우리에게 거절당한 원한이 있기 때문에, 아아걸노로 하여금 먼저 수만 군대를 거느리고 압록강을 건너게 하였으며 그 뒤로 처자들도 따라 건너왔다. 놈들은 진융鎭戎 영삭寧朔을 거쳐 아사천阿史川으로 침범해 왔다.

우리 군대는 조양진朝陽鎭에 이르러 중군은 성중에 진을 치고 우군과 후군은 성 밖에 주둔하였다. 조양진의 사람이 달려와 적이 가까이 이르렀음을 알리므로 삼군은 각각 정예군을 뽑아 적을 막았다. 군

---

5) 중국 하남성 개봉開封을 말한다.

후원[6] 오응유吳應儒와 신기장神騎將 정순우丁純祐는 혼자 적 팔십여 명의 목을 베고 이십여 명을 사로잡아 왔다. 마소 수백 필을 얻었을 뿐 아니라 수많은 부절符節과 각인刻印, 무기를 노획하였다.

오응유는 또 보병 삼천 오백 명을 거느리고 적과 구주[7] 직동촌直洞村에서 싸워 이백 명을 베고 스물다섯 사람을 사로잡고 소, 말, 무기, 은패, 동인 등을 수많이 노획하였다. 장군 이양승李陽升도 적을 장흥역長興驛에서 격파하였는데 모두 김공의 부하 장수들이었다. 우리 편에서는 또 신기장을 보내어 적의 뒤를 따르게 하였는데 신리新里라는 곳에서 적을 따라잡아 거기서 백구십 명을 베고 다시 연주延州로 나아갔다. 광유光裕, 연수延壽, 주씨周氏, 광세光世, 군제君悌, 조웅趙雄의 여섯 장수로 사자암을 지키게 하고 영린永麟, 적부迪夫, 문비文備의 세 장수로 양천을 지키게 하였다. 9월 25일에 이르러 아홉 장수는 적 칠백 명을 베고 또 말, 노새, 소, 관아의 도장, 병장기 등을 노획하였는데 이루 다 기록할 수 없다. 적은 다시 군대를 나누지 않고 개평역開平驛에 집결했다.

우리 군대가 개평역에 이르러서는 더 나아가지 못한 채 우군은 서산 기슭에 진을 치고 중군은 평야에서 적의 공격을 당해 조금 물러나서 독산에 결진하였다. 공이 검을 빼어들고 말을 채쳐 장군 기존정奇存靖과 함께 바로 적진을 뚫어 들락날락 자유자재로 공격하니 적이 모두 도망쳤다. 적을 따라 개평역을 지나는데 적들이 역의 북쪽에 숨었다가 우리 중군을 급히 치므로 공이 군사를 돌려 적을

---

6) 군후원軍候員은 척후.
7) 구주龜州는 지금의 구성을 말한다.

무찌르니 모두 흩어져 달아났다.

저녁에 상장군 노원순이 공에게 말하였다.

"적은 많고 우리 편은 적은 데다가 우군은 아직 도착하지 않고 처음에 사흘 양식을 가져왔을 뿐이었는데 벌써 다 먹었으니 차라리 연주성에 퇴진하여 후일을 기다림이 좋을 것 같소."

공이 대답하였다.

"아군이 여러 번 승리하여 지금 투지가 만만하니 이때를 타서 한 번 더 싸운 후에 의논합시다."

이때 적은 묵장벌에 진을 치고 있었는데 그 세력이 매우 성하였다. 노공이 말을 달리며 공을 불러 함께 진격할 것을 요청하였다. 그리하여 검은 깃발을 휘둘러 신표를 삼고 군사들이 적의 흰 칼날을 무릅쓰고 다투어 나아가니 능히 한 사람이 백 명의 적을 당해 낼 형세였다. 공이 문비로 더불어 적진을 가로 끊어 달려가는 곳마다 적을 패주케 하고 세 번 싸워 세 번 다 승리하였다. 공의 맏아들이 이 전투에서 전사하였다. 적을 추격하여 향산 남강에 이르니 빠져 죽은 적이 천 명은 되었고, 그 처자들이 우는 소리는 마치 소 수만 마리가 울부짖는 것 같았다.

적진에서 한 사람이 무기를 버리고 관원이라고 자칭하면서 공의 앞으로 나아와 청하기를,

"우리들이 귀국의 변강을 소란스럽게 한 것은 과연 잘못되었소이다. 그러나 처자들이야 무엇을 알겠소이까? 청컨대 미약한 그들을 다 죽이지 마시고 또 나를 박대하지 마소서. 나는 즉시 돌아갈 것을 다짐하나이다."

라고 하므로 공이 그를 향하여,

"네 말을 어찌 신용하겠느냐?"

라고 하며 더불어 술을 쾌히 마시고 가게 하였다.

이윽고 아아걸노가 글월을 보내어 애걸하므로 그의 말대로 우리 삼군에서 각각 이천 명을 보내어 그 뒤를 밟게 하였다. 적들이 버린 양식과 무기가 길에 너저분하고 또 혹은 허리를 자르고 궁둥이를 베어 버린 마소를 많이 보았는데 이것은 다시 쓰지 못하도록 하기 위함이다. 우리 나라 육천 명 군대는 청색진에서 싸워 수많은 적을 살상 포로하였다. 평로진의 도령 녹진도 또한 일흔여 명을 죽였다. 적은 드디어 청색진淸塞鎭을 넘어 창주昌州로 도망쳐 갔다.

분도장군分道將軍 김공석金公碩이, 뒤로 계속 침입해 오는 거란군이 지난달부터 수많이 경내로 들어오는데 곧 금산 왕자, 금시 왕자의 군대라고 보고하였다.

삼군이 연주에서 떠날 때에 지방 출신 군대만 남겨 스스로 지키게 하고 나머지는 모두 출발하였다. 후군이 혼자 양천楊川에서 적을 만나 수천 명을 죽이거나 포로로 잡았으며, 중군과 후군은 먼저 박주博州로 돌아갔다. 공은 군량, 무기 등을 보호하며 천천히 사현포沙現浦에 이른즉 적이 돌연히 공격해 오므로 급히 양군에게 알렸으나 양군이 수세를 취하고 출전하지 않았다. 공이 힘써 싸워 적을 물리치고 마침내 군량과 무기를 보호해 가지고 오니 노공이 서문 밖에 나와 맞으며,

"갑자기 만난 강적의 예봉을 겪어 중한 책임을 진 군사들이 조금도 손해를 당하지 않은 오직 공의 힘이외다."

라고 하면서 말 위에서 술을 부어 그를 축하하였다. 양군의 장병과 지방 늙은이들이 모두 머리를 조아리며 감사하였다.

"이번에 강적과 충돌하여 친히 그런 지대에서 전투한 것은 매우 어려운 것입니다. 그리고 개평, 묵장墨匠, 향산香山, 원림元林 등지의 싸움에서 장군이 거느린 후군은 항상 선봉이 되어 적은 군대로 많은 적들을 물리쳐 우리 장병과 늙은이들이 생명을 부지하게 하였습니다. 생각할수록 은혜를 갚을 길이 없어 다만 공을 위해 축수할 뿐입니다."

공은 군대의 규율을 엄정히 하여 군사들이 조금도 규율을 위반한 일이 없었으며 술을 마실 때는 곧 한 잔을 가지고 가장 낮은 직위에 있는 자와 고르게 마셨다. 그러므로 모두 죽을힘을 다해 그를 따랐다. 전투에서 공을 세웠을 때는 반드시 여러 장수와 의논해서 연명하여 보고하고 언제나 자기 재능을 자랑하지 않았다.

10월 20일에 삼군은 밤을 타서 적을 홍교역興郊驛에서 습격하였으며 이튿날 밤에는 홍법사洪法寺에서 싸웠고 또 그 이튿날은 연주 성문 밖에서 싸워 모두 승리하였다. 아군이 성안에 들어가 휴식하는 동안에 적은 밤중에 청천강을 건너 서경에 이르렀다. 적들은 얼음을 타고 대동강을 건너 서해도로 들어갔다.

나라에서는 다시 참지정사 정숙첨鄭叔瞻을 원수로 하고 추밀원 부사 조충[8]을 부원수로 임명하여 이전의 삼군과 아울러 오군을 만들었다. 또 승선 김중구金仲龜를 보내어 남도의 군대를 거느리고 와서 돕게 하였다. 정원수는 서울에 주저앉아서 규율을 어겼기 때문에 추밀원사 정방보鄭方甫가 대신하게 되었다.

---

8) 조충趙沖은 김취려 장군과 함께 고려의 뛰어난 애국자의 한 사람. 문치文治와 군략軍略에 탁월한 재질을 발휘하여 벼슬도 최고 자리에 올랐고 시호를 문정공文正公이라 했다.

1213년 2월에 공은 금오위金吾衛 상장군으로 임명되었다. 삼월에 이르러 오군은 안주군 대조탄大棗灘에 주둔하였는데 싸움이 불리하였다. 기세를 얻어 공격해 오는 적을 공이 문비, 인겸 등과 더불어 역습하였으나 인겸은 화살에 맞아 죽고 공이 검을 휘두르며 혼자 막아 싸우다가 창과 화살에 맞아 온몸에 상처를 입었다. 공은 마침내 앓다가 서울로 돌아오게 되었는데, 그의 충성과 의분에 넘치는 기운이 얼굴과 말에 나타나서 듣고 보는 자가 모두 공을 장하게 여겼다.

오월에 이르러 상장군 최원세崔元世로 중군을 거느리게 하고 공에게 전군을 거느리게 하는 한편 대장군 임보任甫에게는 새로 정한 다섯 영군을 거느려 '가발병加發兵'이라 이름하고 충주로 나아가게 하였다. 공은 상처가 아직 아물지 않았으나 병을 무릅쓰고 출전하였다. 칠월에 황려현 법천사 남쪽 하수 가에 이르러 오군이 다투어 배를 건너는데 공은 물러서서 모든 군사가 다 건넌 뒤에야 배에 올랐다. 충주성이 물에 파괴되어 나무와 돌이 무너져 내리는 바람에 공이 탄 배가 큰 바위에 부닥쳐 키와 노를 잃고 선판에는 물이 새어 들므로 그 배에 올랐던 삼백여 명 군사가 모두 황겁하여 얼굴이 잿빛처럼 되었으나 공은 의젓이 앉아 움직이지 않고 신색이 태연하였다. 이윽고 세 사람이 떼를 타고 강을 건너와 구해 주었는데 배의 사람들이 밧줄을 이어 던져 주니 그 세 사람은 배를 끌어 언덕에 닿게 하였다. 알아본즉 그들은 원주촌에 사는 종들이었다. 그중 가장 힘센 자를 데리고 가서 이틀 밤을 묵어 보냈다.

본군을 법천사에서 만나 독첩禿帖으로 진을 옮겼다. 최원세 장군이 공을 향하여 물었다.

"명일 행군은 두 갈래길이 있는데 어느 길로 가는 것이 좋겠소?"

공이 대답하였다.

"군대를 나누어 앞뒤 상응하는 것이 좋지 않겠소?"

최 장군은 공의 의견대로 하여 맥곡麥谷이란 곳에 가서 만났다. 거기서 적과 싸워 삼백여 명을 죽이거나 사로잡았다. 제주堤州 냇가에 이른즉 적의 시체가 강을 덮어 흐르는 광경이 보였다. 골짜기에 피난한 남녀노소를 찾아 충주로 보냈다. 적이 남긴 마소와 노획물을 가지고 박달고개에 이르러 최 장군은,

"영마루는 대군이 머물 곳이 아니다."

라고 하면서 산 아래 주둔하려 하였다. 공은 이를 반대하여,

"용병하는 법이 비록 인심의 화목을 첫째로 보나 지리의 이로움도 더욱 가볍게 여길 수 없다. 적이 만일 이 영마루를 먼저 점령하고 우리는 그 아래 있으면 원숭이의 날랜 재주로도 이를 넘을 수 없을 터이니 하물며 사람의 재주로써야 말해 무엇하겠는가?"

라고 하며 즉시 가발병과 더불어 영마루에 올라가 진을 쳤다. 이른 새벽에 적은 과연 대군을 영 남쪽에 나아가게 하고 먼저 수만 명을 좌우 봉우리에 오르게 하여 요해처를 차지하려 하였다. 장군 신덕위申德威, 이극인李克仁에게 좌익을 담당케 하고 최준문崔俊文, 주공경周公冏에게 우익을 담당하게 하고 공은 중앙에서 그들을 고무하였다. 군사들이 모두 결사적으로 싸울 뿐 아니라 삼군이 이를 바라보고 또한 크게 함성을 올리며 다투어 오르니 적이 모두 달아났다. 이로부터 적은 더 남쪽으로 진출하지 못하고 모두 동쪽으로 달아났다. 적을 따라 명주溟州에 이르러 영령㠉嶺, 대현大峴, 구산역丘山驛, 등대양燈臺壤, 악판惡坂, 등주登州의 동양東壤 등 다섯 곳에서 싸웠는데 적들은 능히 견디지 못하고 모두 여진땅으로 도망쳐 갔다.

9월에 공은 중군 직첩을 받들고 정주[9]로 군대를 옮겨 적을 정탐하게 하였다. 정탐군이 돌아와 적이 함주咸州에 있어 우리 나라 사람과 접경하여 있는데 닭, 개, 짐승 소리가 서로 들리는 형편이라고 보고하였다. 공은 들쑹날쑹한 사슴의 뿔 같은 모양의 담장으로 성터를 세 겹으로 둘러막은 후 극인, 순우, 덕위, 박유 등 네 장수로 성을 지키게 하고 자기는 흥원진興元鎭으로 옮아갔다.

10월에 이르러 적은 여진 군대를 얻어 다시 세력을 만회해 가지고 침략군을 몰아왔다. 공은 군대를 돌려 예주豫州의 계천桂川이란 곳에서 적과 만나 전투를 한 후 두 편이 다 퇴군하였다.

공이 문득 병을 얻어 차도가 없으므로 부장들이 집에 돌아가 약을 먹기를 권고하였으나 공은 이를 반대하였다.

"차라리 국경의 귀신이 될지언정 어찌 집에서 병을 안고 편안함을 구하랴."

병은 차츰 더치어 물 한 모금을 넘기지 못하고 사람을 보고도 분간을 못하였다. 어서 서울로 돌아와 병을 치료하라는 왕의 명령을 받들고 병마록사兵馬錄事 홍창연洪昌衍과 장군 이중립李中立 등이 공을 승교에 모셔 메고 상경하였다. 몇 달 후에 병이 나았다.

이때 적은 우리 나라의 수십 성을 깨뜨리고 무인지경같이 침범해왔다. 이달 29일에 우리 주둔병과 적이 위주에서 싸워 패전하였는데 이양승李陽升이 전사하였다.

1218년 7월 수사공守司空 조충을 원수로 삼고 공을 병마사兵馬使로 삼고 차상장군借上將軍 정통보鄭通寶를 전군前軍으로 삼고, 오수

---

9) 정주定州는 지금의 함경도 정평을 말한다.

기吳壽祺는 좌군을 삼고, 신선주申宣胄는 우군을 삼고, 이림李霖은 후군을 삼고, 이적유李迪儒는 지병마사知兵馬使로 삼았다. 9월 6일 원수는 조복을 갖추고 왕명을 받은 후 물러나와 다시 갑옷과 투구를 떨치고 대관전에서 왕을 뵙고 통솔권의 상징인 도끼를 받았다.

장단長湍으로 가서 동주洞州로 향하다가 동곡東谷에서 적을 만나 모극[10] 고연高延 천호千戶 아로阿老를 사로잡았다. 성주成州에 주둔하고 여러 도의 군대를 기다리는데 경상도 안찰사 이적李勣이 군대를 인솔하고 왔으나 적을 만나 전진하지 못하므로 장군 이돈수李敦守와 김계봉金季鳳을 보내어 적을 부수고 이적의 군대를 맞이했다. 적들이 큰길을 따라 모두 중군이 주둔한 곳으로 향하므로 아군은 좌우익을 벌려 북을 치며 전진하였다.

두 편대로 된 적군은 우리 군대의 위세에 눌려 싸우지도 못하고 도망쳤다. 이돈수 등이 이적과 더불어 모여들자 녹사 신중해申仲諧는 군수품과 식량을 나누어 주었다. 적이 다시 쳐 오므로 장군 박의린朴義隣이 독산에서 격파하였다. 적은 헤어졌다가 다시 집결하여 정예 기병 수만 명으로 공격해 왔으나 아군은 다시 물리쳤다. 아장亞將 탈라脫刺는 도주하고 적의 괴수도 돌아가고자 하였으나 돌아가는 길에 요격당할까 염려하여 강동성江東城으로 돌아갔다.

12월에 이르러 원나라 합진哈眞과 찰라札刺의 두 원수는 일만 군사를 거느리고 동진의 완안자연完顔子淵의 군사 이만 명과 더불어 거란족을 토벌한다고 떠벌이며 강동성으로 향해 왔다. 마침 큰눈이 내리고 군량을 나를 수 없는 데다가 적은 성문을 굳게 닫고 그들을

---

10) 모극毛克은 여진의 벼슬 이름이다.

피로하게 하였다. 합진이 이를 걱정하여 사자 열두 명에게 우리 덕
주 사람 진사 임경화任慶和를 데리고 와서 군대와 양식을 요청하며
또 황제의 명령이라고 하면서 장차 적을 파한 후에는 형제의 나라로
될 것을 약속했다. 우리 원수는 이를 정부에 보고하고 그렇게 하기
로 허락하였다. 김양경金良鏡, 진석晉錫에게 군사 천 명을 데리고 가
서 돕게 하였는데 합진은 자주 증병을 강요하므로 모든 장수들이 합
진에게 가는 것을 꺼렸다.

이때 공이 말하되,

"나라의 이해가 바로 오늘에 달렸으니 만일 저의 뜻을 어기면 후
회막급일 것이오."

라고 하니 조 장군이 그 말을 받아,

"내 생각도 그렇소. 그러나 이는 중대한 일이라 적당한 인물이 아
니면 보낼 수 없소."

라고 하였다.

"사람은 일에 부딪칠 때에 어려움을 사양하지 않아야 하나니 나
는 한낱 신하의 신분으로 비록 불민하나 장군을 위하여 한번 가
고자 하오."

공이 이렇게 결심을 보이므로 조 장군이 말하였다.

"군중의 제반 일이 공에 의탁해야 할 것이 허다한데 공이 가서야
되겠소?"

이듬해 2월에 공은 지병마사 한광연韓光衍과 함께 열 사람의 장
군이 거느린 군사와 신기神騎, 대각大角, 내상內廂의 정병을 거느리
고 가니 합진이 통역관 조중상趙仲祥을 시켜 공에게 이르기를,

"과연 우리와 좋게 지내려거든 우선 몽고 황제에게 요배하고 다

음으로 만노萬奴 황제에게 멀리 배례해야 한다."

라고 하였다. 만노란 동진의 임금을 말한다. 공이 말하되,

　"하늘에는 두 해가 없고 백성에게는 두 임금이 없거니 천하에 어
　찌 두 황제가 있겠느냐?"

라고 하면서 다만 성무 황제에게만 멀리 절하고 만노에게는 절하지
않았다.

　공은 키가 6척 5촌이나 되고 수염이 배를 지나도록 길게 자랐기
때문에 매양 조복을 입을 때마다 반드시 두 시비로 하여금 수염을
갈라 쳐들게 한 후에야 띠를 매었다. 이때 합진이 공의 모습을 보고
또 그의 말을 듣고 매우 감탄하여 공의 손을 당겨 한자리에 앉은 후
나이를 물었다. 공은,

　"예순이 가까웠노라."

고 하니 합진이 말하기를,

　"나는 쉰 살도 못 되었소. 이미 한집안이 되었으니 공은 형이요,
　나는 아우요."

라고 하며 공을 동쪽을 향하여 앉게 하였다. 이튿날 공이 다시 군영
을 찾으니 합진이 이르기를,

　"내 일찍이 육국을 정벌하며 만나 본 귀인도 수다하오. 이제 형의
　얼굴을 보매 어찌 그리 거룩하오? 나는 형을 중히 여기기 때문에
　휘하의 장병도 또한 한집안처럼 보오."

라고 하며 작별할 때에는 손을 잡고 문을 나와 공을 부축하여 말을
타게 하였다. 며칠 후에 조 장군도 오니 합진이 물었다.

　"원수의 나이는 형과 비겨 뉘가 맏이요?"

　공이 대답하였다.

"나보다 위요."

합진은 조 장군을 끌어 상좌에 앉히고 물었다.

"내 한마디 말을 하고자 하나 혹시 실례가 될는지 모르겠소. 그러나 친한 정분에 나와 남을 가르는 것은 좋지 않으니 내가 두 형의 사이에 앉는 것이 어떠하겠소?"

공이 대답하였다.

"이는 진실로 우리도 바라는 바요. 다만 먼저 말을 내진 않았을 뿐이오."

자리를 정한 후 술과 안주를 차리고 풍악을 잡혀 즐겼다. 몽고의 풍속은 날카로운 칼끝에 고기를 찍어 주면 입으로 주객이 서로 받아 먹는데 재빨리 주고받고 해야 하는 것이므로 우리 군사들이 본래 용맹으로 이름난 자라도 거북해하는 자가 적지 않았다. 공과 조 장군은 기거 동작이 매우 익숙하여 합진 등이 극히 환대할 뿐 아니라 이튿날 아침에는 강동성 밑으로 모일 것을 약속하였다.

성에서 3백 보 되는 지점에 이르러 합진은 성의 남문에서 동남문에 이르기까지 땅의 넓이와 깊이를 각각 열 척 되게 파고 서문 이북은 완안자연에게 맡기고 동문 이북은 공에게 맡겨 모두 못을 파게 하여 적이 도망치지 못하게 하였다.

이달 14일에 이르러 적은 힘이 다하여 성문을 열고 나와 항복하였다. 왕자는 자살하였고 소위 '승상' 이하는 모두 베었다. 합진이 말하였다.

"우리가 머나먼 길을 와서 귀국과 함께 힘을 합해 적을 파한 것은 길이 잊지 못할 다행한 일이외다. 귀국 왕을 가서 뵙는 것이 예의에 합당한 일이건만 우리 군사가 너무 많아 멀리 가기 어려우므로 다만 사자를 보내어 사례할 뿐이외다."

20일에 합진과 찰라는 조 원수와 공을 청하여 같이 맹세하여 말하였다.

"두 나라는 영원히 형제가 되어 후세 자손은 오늘을 잊지 않을 것이외다."

우리 편은 군사를 위로하는 잔치를 베풀었다. 합진은 부녀자와 사내아이 칠백 명과 우리 나라 백성 가운데 적에게 사로잡혔던 자 이백 명을 우리에게 돌려보냈다. 또 원수와 공에게 준마도 각각 아홉 마리를 보냈다. 원수는 합진을 환송하여 의주까지 이르고 공과 찰라는 조양까지 갔다. 마침 서경 재제사齋祭使의 임명이 있기 때문에 오수기가 공을 대신하여 그를 전송하였다.

9월에 의주 낭장 다지多知와 별장 한순韓珣이 수장을 죽이고 여러 성과 연락하여 반하려 하였다. 추밀원사 이극수李克修는 중군을 거느리고 이적유는 후군을 거느리고 공은 우군을 거느려 이를 토벌하였다.

1220년 정월에 공으로 추밀원 부사를 삼아 극수를 대신하여 중군을 거느리게 하였다. 다지 등이 요양의 온지한溫知罕에게 청병하니 온지한이 두 사람을 꾀어 목을 벤 후 그 머리를 우리에게 보냈다. 삼군이 여러 성에서 모역에 참가한 죄를 다스릴 것을 요청하니 공이 말하였다.

"《서경》에 이르기를 '적을 쳐 멸하였거든 그를 추종한 자는 벌을 주지 말라. 대군이 요원의 불길처럼 이르는 곳에 죄 없는 수다한 병졸이 참화를 당하는도다.' 하였다. 하물며 거란의 침범으로 인하여 관동 지방이 폐허가 되고 이제 또 이곳에 전란을 벌이어 국경 지방이 결딴나도록 하는 것이 옳겠는가?"

그리하여 공은 다만 다지와 한순의 무리를 벨 뿐, 나머지는 전혀 문죄하지도 않았다.

거란족 중에서 빠져 도망한 자들이 영원산寧遠山 속에 숨어 있으며 때때로 나타나 도적질을 하므로 백성의 걱정거리가 되었다. 그리고 의주 사람 창명昌名이 수보공리秀甫公理와 더불어 또 반역을 모의하였다. 공은 이경순李景純, 이문언李文彦을 보내어 영원의 적을 치게 하고 문비, 최기로 창명을 치게 하였다. 창명은 그때 철주를 공격하다가 관군이 이르자 곧 와해되었다. 드디어 창명과 수보공리를 베었다. 그리고 경순과 문언도 또한 영원성에서 적을 파하여 북쪽 지방이 비로소 안정되었다. 5월에 군사를 거두어 개선하였다. 그후 공은 서거하였는데 고종 시대의 재상으로 총재의 위에 팔 년 동안 있었다. 그의 공덕은 여러 사적에 실려 있다. 여기서는 다만 오 년 동안 군대에서 이룬 사적만을 기록했을 뿐이다.

생각건대 국가의 덕이 아직 쇠하기 전에라도 어지러운 재난의 싹이 트는 경우가 있을 때는 반드시 영걸스럽고 재지 있는 신하가 일어나 임금의 신임을 얻어 능히 국난을 건져 낸다. 아마도 이것은 국가를 수호하는 정령의 그윽한 도움이 있기 때문인가 싶다. 고려 태조 건국 이후 고왕에 이르기까지는 3백 년이 넘는다. 최충헌 부자가 대를 이어 정권을 잡고 안으로 무력을 끼고 저 혼자 위엄과 영화를 누리면서 간절하게 국가의 운명을 생각하는 자는 배척할 뿐 아니라 밖으로는 나약한 군대만을 뽑아 외적을 치라고 꾸중하였는데 큰 공을 세우는 자는 도리어 의심을 받았다. 이러한 때에 보람 있는 일을 하기는 결코 쉬운 일이 아니다.

여진족 금이 멸망하자 거란족 요가 화근을 만들었다. 우리 강토를 엿보면서 적의 소굴을 만들려고 몰려온 궁한 도적들의 칼날을 당해 내기는 극히 곤란하였다. 이때에 원나라가 일어나 멀리 장병을 보내어 국경 지대를 제압하고 우리와 합력하여 적을 토벌할 것을 제의해 왔다. 이 제의를 받아들이면 정리에 어긋남이 없을 것이나 이를 거역하면 반드시 다른 사변이 일어날 것이므로 이야말로 나라의 안위를 결정하는 가장 중대한 순간이었다. 여기서 공은 단연히 서로 도우며 먼 나라와 친교를 맺고 가까운 나라를 공격하는 정책으로 원나라와 동맹 맺는 것을 정치의 첫째 조건으로 정했기 때문에 짧은 기간에 나라의 기초를 안정시킬 수 있었다. 그러니 이 어찌 영걸하고 재지 있는 신하가 아니겠으며 나라의 수호신이 그윽히 도와 준 것이 아니겠는가? 공은 또한 맛난 것은 자기는 먹지 않고 부하 장병에게 나누어 주어 그들의 희생 정신을 북돋아 주는 한편 군령으로 금지한 것은 추호라도 범접치 못하게 했으니 실로 옛날 명장의 기상이 있다고 할 만하다.

　개평 전투에서 공은 노원순이 거느린 중군을 두 번이나 구해 주었는데 사현 전투에서 노공은 공을 돕지 않았다. 그러나 공은 정분을 상할 만한 한마디 말도 하지 않았으며, 항상 자기 공로를 자랑하지 않고 공적을 군중에게 돌린 일은 바로 대인군자의 도량이라고 할 것이다.

　공이 먼저 합진을 찾은 것은 동맹자의 의리거니와 또한 만노에게 허리를 굽히지 않은 것은 왕실을 받드는 의리이다. 이미 다지와 한순을 처단한 이후 즉시 군사를 거두어 변방의 백성을 안정시킨 것은 그의 원대한 계획과 방략을 보여 주는 일로서 더욱 존경할 만하다.

역사는 그의 충의를 일컫고 정부에서는 그에게 위열威烈이라는 시호를 주었다. 이 어찌 마땅한 처사가 아니겠는가?

푸른 그늘이 좋은 운금루
雲錦樓記

　　오르거나 거닐 만한 아름다운 산수가 반드시 먼 벽지에 있는 것은 아니다. 한 나라의 수도거나 수만 대중이 모여 사는 도회지에도 경치 좋은 산천이 없는 바 아니다. 조정에서 이름을 다투며 저자에서 이를 다투기에 급급한 자는 비록 형산과 여산[1], 동정호와 상수[2] 같은 명승을 눈앞에 벌려 놓아도 알아보지 못한다. 왜냐하면 사슴을 쫓아가느라고 산을 보지 못하며, 돈을 움켜쥐느라고 사람을 보지 못하며, 터럭 끝은 살피되 섶을 실은 수레를 보지 못하는 이는 오직 한 가지만을 생각하므로 눈이 다른 데 미칠 겨를이 없기 때문이다.

　　세력 있고 의롭지 않은 일을 좋아하는 자들은 산과 물을 넘고 건너서 토지를 점령하고 언덕과 골짜기로 어릿거려 노닐면서 스스로 고상한 체한다. 이렇게 놀음의 길을 터놓은 것은 백성들이 놀라워하는 바며 강호에서 어릿거림은 용감한 선비들이 꺼리는 바니 조금도

---

1) 형산衡山은 중국 호남성에 있는 산 이름이고, 여산廬山은 강서성에 있는 산 이름인데, 두 산이 다 경치 좋기로 유명하다.
2) 동정호洞庭湖는 중국 호남성에 있는 호수 이름이고, 상수湘水는 광서성에서 흘러내려 동정호로 들어오는 강 이름인데 모두 경치 좋기로 유명하다.

고상한 것이 되지 못한다.

서울[3] 남쪽에 못이 하나 있어 사방이 백 묘[4]쯤 되는데 그 둘레에는 민가가 비늘 박히듯이 즐비하고 이고 지고 타고 걸어 그 옆의 길로 오가는 사람들은 끊이지 않건만 그 누구도 거기에 그윽하고 기이하고 한적하고 넓은 경치가 있으리라고는 생각지 못하였다.

그후 1337년 여름에 이르러 거기 연꽃이 만발하매 현복군玄福君 권후權侯가 이를 보고 사랑하여 바로 못의 동쪽에 땅을 사고 다락집을 세웠다. 두어 길 되는 높이에 길이는 서너 발 되는데 초석 없이 세운 기둥은 썩지 않게 하였으며 기와 없이 이은 띠풀은 새지 않게 마련했다. 서까래는 굵지 않은 것으로 깎지도 않았으나 굽지도 않으며 벽은 붉지도 곱지도 않으나 누추하지도 않다. 대략 이만하나 다락집은 능히 한 못의 연꽃을 모두 안고 있다.

이에 현복군은 부친 길창공吉昌公을 모시고 형제 친척과 더불어 다락집 위에서 유쾌히 놀며 날이 저물어도 돌아갈 줄을 몰랐다. 아들 중에 큰 글씨 쓰는 자를 시켜 '운금雲錦' 두 자를 써서 붙여 다락집의 이름을 삼았다.

내 시험 삼아 그 다락집에 가 본즉 꽃향기와 푸른 그늘이 널리 못 기슭에 연하였으며 낭자하게 떨어지는 이슬과 나부껴 흔들리는 물결이 한없이 아름다워 과연 그 소문에 어긋나지 않았다. 용산龍山의 여러 봉우리가 청록색을 띠어 처마 아래 모여 와서 아침저녁으로 다른 모양을 보여 줄 뿐 아니라, 건너편 여염집들의 이모저모를 앉아

---

3) 개성.
4) 100평방 척을 한 묘라고 한다.

서 헬 수 있고 이고 지고 타고 걸어 왕래하는 자, 달리며 쉬며 돌아 보며 손 저어 부르는 자, 동무를 만나 이야기하는 자, 어른을 만나 인사하는 자, 이 모든 것들을 똑똑히 바라보는 즐거움이 있다.

저들은 한갓 못을 바라볼 뿐으로 다락이 있음을 알지 못하거니 어찌 다락집 위에 사람이 있음을 알 수 있으랴? 과연 오르고 거닐 만한 승지는 반드시 먼 벽지에 있는 것이 아니며, 관료나 장사치의 마음과 눈으로는 보고도 알지 못한다는 것이 참말이다. 더구나 이런 경치는 천지가 함께 감추어 두고 경솔히 사람에게 보이지 아니함일까?

현복군 권후는 만호의 부절과 각인을 차고 외적을 치는 싸움에도 참예하였으며 나이는 아직 마흔에 미치지 못하였다. 부귀공명을 탐하여 한생을 향락으로 지낼 처지이건만 그는 능히 산과 물을 즐길 줄 알며, 백성을 놀래거나 선비의 미움을 살 행동을 하지 않을 뿐 아니라, 그윽하고 기이하고 한적하고 넓은 경치를 관료 장사치들의 눈이 미치지 못하는 곳에 두고, 어버이를 즐겁게 함으로써 손님에게 미치며, 자신을 즐겁게 함으로써 남에게 미치니 이야말로 칭찬할 일이다.

익재 거사 모는 쓴다.

물건과 사람이 서로 더불어 만나야
妙蓮寺石池竈記

삼장순암법사三藏順菴法師가 원나라 황제의 명을 받아 풍악[1]의 절에 재를 올릴 때의 일이었다. 법사는 기회를 이용하여 한송정[2]에 놀러 갔는데 정자 위에 '석지조'[3]라는 것이 있었다. 주민에게 유래를 물었더니 대개 옛날 사람이 차를 달이던 것이라 할 뿐 어느 시대에 만든 것인지는 모른다고 하였다.

법사는 문득 스스로 연상된 바가 있어 이런 말을 하였다.

"내가 어렸을 때 일찍이 묘련사에서 풀 속에 묻혀 있는 돌 두 개를 본 일이 있었는데 지금 다시 회상컨대 그 형태와 수법이 어찌 이에 댈 것이겠는가?"

법사는 묘련사에 돌아오는 길에 옛날의 그 돌을 여기저기 탐색하더니 과연 그것을 찾아냈다. 하나는 모말 모양으로 네모지게 파 들어가다가 그 속을 둥글게 후벼 절구의 확처럼 만들었으니 이것은 샘

---

1) 풍악楓岳은 금강산이다.
2) 한송정寒松亭은 강릉에 있는 정자다.
3) 석지조石池竈는 차 달이는 도구로 저수지와 아궁이를 돌로 파서 만든 것이다.

물을 길어 부어 두는 저수용이었다. 밑에는 입 같은 구멍이 있어 그 것을 터놓으면 흐린 물을 뽑아 내고, 막으면 맑은 샘물이 고이도록 한 것이었다. 다른 하나는 오묵오묵 두 군데를 팠는데 아주 원형인 것은 불을 피우는 데고, 타원형인 것은 그릇을 씻는 데로 되었다. 여 기도 아래 옆으로 구멍을 냈는데 둥근 데에 뚫린 것은 좀 크니 이는 불에 바람을 통하게 하자는 것이다. 이 한 쌍의 돌이 이른바 '석지 조'다.

이것을 열 명의 장정에게 명하여 묘련사 뜰에 옮겨다 놓고 손님 들을 청하여 그 앞에 벌려 앉은 다음 백설 같은 샘물을 길어다가 황 금 같은 차[4]를 달였다.

이때 법사는 익재를 향하여 말하였다.

"옛날 정안공靖安公 최당[5]은 일찍이 쌍명기로회[6]를 열었는데 그 처소가 바로 지금 이 절의 북쪽 등성이며 절에서 수백 보에 불과 하여 가까웠다 하니 이것이 그 당시의 물건이 아닐까요? 목암무 외牧菴無畏 국사가 이 절에서 석장[7]을 짚고 있을 때 삼암三菴 같 은 이가 일상 내왕하고 있었으며 그가 한번 무슨 물건을 제작하 면 그 가치가 반드시 세 배나 올랐다 하였지만 거친 덤불 속에 묻 혀 있는 이 '석지조'를 삼암 그도 아마 못 보았던 게지요! 쌍명부

---

4) 찻잎이 아직 무성하기 전 움 돋는 연한 것을 말려 노랗게 금빛이 도는 귀한 차.
5) 신종 때 사람. 벼슬이 평장사에까지 올랐다. 그가 거처하는 서재를 '쌍명재雙明齋'로 이 름하고 '쌍명'으로 불렀다.
6) 기로회耆老會는 늙은이의 모임이란 뜻인데 정안공이 말년에 벼슬을 그만두고 퇴관한 노 인들과 쌍명재에 모여 시 짓고 글을 의논한 모임이다.
7) 늙은 승려가 짚는 지팡이.

터 지금까지 거의 이백 년이 되어서야 비로소 내가 발견하여 이 앞에 보람 있게 쓰고 있으니 청컨대 선생은 기기記를 지어 불우하였 던 '석지조'를 위로하며 이것을 얻은 나의 기쁨을 경사로 삼아 주 시기 바랍니다."

나는 그윽히 생각건대 쌍명의 회합에는 학사 이인로[8]도 있었는데 무릇 일초일목의 미미한 것이라도 진실로 그것이 담소의 자료가 될 수 있는 것이라면 모두 다 시문에 실었다. 그런데 지금 상고해 보아 도 그의 문집 속에 한 마디도 이 '석지조'를 언급한 것이 없으며 그 후에도 세상에 알려진 것이 없다. 일거리 좋아하는 최태위 형제 같 은 이가 여기 와서 살았으니 돌이 지조가 된 것이 아마도 쌍명 이전 의 일이 아닐까? 그러나 한송정의 것과는 그 선후차를 모르리로다.

대개 그의 불편하고 불우했던 세월이 오래 흘렀다. 어찌 삼암뿐 이랴! 미수도 또한 이를 발견하지 못하였다. 그리하여 거의 삼백 년 동안이나 묻혔다가 하루아침에 나타나 비록 과거의 미수, 삼암도 발 견하지 못하였으나 지금 법사가 이를 알아냈으니 이른바 운수가 거 기에 있는 것이라고 할까?

물건과 사람이 서로 더불어 만나야만 항상 그 이름이 나게 되나 니 가정[9]의 피리와 풍성의 검[10]이 채옹과 뇌환을 기다려 비로소 이

---

8) 이름은 인로仁老이고 자는 미수, 호는 쌍명재다. 벼슬은 비서감 우간의대부秘書監右諫 議大夫에 이르렀고 시와 문학에 조예가 깊어 《은대집銀臺集》, 《쌍명재집雙明齋集》, 《파 한집破閒集》 등 저작이 많다.

9) 옛날 중국의 채옹이라는 사람이 회계會稽의 가정柯亭에서 기이한 참대를 보고 피리를 만들어 특이한 음을 내었다.

10) 옛날 중국의 뇌환이라는 사람이 공중에 이상한 서기가 뻗친 것을 보고 방위를 짚어 풍성 豊城의 감옥 뜰을 발굴하여 유명한 용천龍泉, 태아太阿 두 개의 보검을 얻었다 한다.

름을 떨치게 된 것은 물론이지만 옹과 환 두 사람의 감식이 천고에 잊을 수 없는 교훈으로 된 것도 또한 저와 검 두 물건이 있었기 때문이었다.

법사는 화족[11]의 후예로서 비록 머리는 깎았으나 본래 부귀한 사람이었다. 지금 원나라 왕의 특사로 되어 일국의 임금이 경애하기를 스승과 같이 한다. 그러나 도리어 시인 묵객과 더불어 풍월을 읊조리는 자리를 같이 즐기니 그의 금도[12]를 가히 알 수 있도다. 장차 후일 그를 미처 보지 못한 사람으로 하여금 그 이름을 듣고 그 마음을 알게 할 이 두 개의 돌이 이 또한 채옹과 뇌환의 피리와 검이 되리로다.

지원至元 3년 정축丁丑 추석에 익재 이 모는 쓰노라.

---

11) 화족華族은 왕이나 황제의 친척의 후손이란 뜻.
12) 금도襟度는 흉금, 도량을 말한다.

그대들이 관중과 호언이라면 어찌 하겠는가

策問 一

    묻노니 《논어》를 읽을 때, 스승은 매양 여러 제자들이 묻는 바를 자기가 묻는 것으로 치고 부자夫子의 말씀을 오늘 친히 듣는 것으로 여기며 역사를 읽을 적에도 역시 임금과 신하가 서로 만나는 경우라든가 어떤 중요한 사건에 부닥치는 경우에 자기는 어떻게 처신하면 옳고 그른지를 생각하여야 비로소 유익한 바가 있나니 옛 선비들도 이런 논의를 한 바 있었다. 예를 들어 《논어》를 읽는 경우에 번지[1]라는 선비는 공자에게 농사일을, 자장이라는 선비는 벼슬길을 배우기를 각각 청하였고, 계로라는 선비는 귀신을 섬기는 일을, 안연이란 선비는 나라 다스리는 길을 각각 물었는데 역시 각자의 지향을 말한 것이다. 이런 경우에 여러분들이 만일 공자의 제자였다면 무엇을 물었을 것이며 무엇을 배우기를 원하였을 것인가?

    다음으로 관중[2]은 소백[3]을 섬기고 호언[4]은 중이[5]를 섬겼는데 비

---

1) 번지樊遲는 공자의 제자. 뒤에 나오는 자장子張, 계로季路, 안연顏淵도 모두 공자의 제자.

2) 관중管仲은 중국 춘추 때 제나라 사람이다. 제 환공을 도와 정치를 잘하여 나라를 부강하게 하였다. 그런데 제 환공과 진 문공의 시대에 와서는 어진 덕의 정치인 왕도정치王道政治가 끝나고 군사력과 권력을 중심으로 하는 패도정치覇道政治의 전성기였다.

록 그들이 힘으로 어짊을 가장하고 음모로 권세를 잡기는 하였으나 그들은 누구나 다 오랑캐를 물리치고 왕실을 보호하였다. 그런데 관중이 세운 공로가 큼에도 불구하고 그것을 변변찮게 여기고 호언은 흉물스럽고 바르지 못하다는 비방들을 후세에 남겼으니 이는 또한 적중하지 못한 것이다. 그후 한나라 때 숙손통[6]이 고조를 위하여 옛날 예절과 진나라 의식을 본떠서 예의를 제정하지 않았다면 취호격주[7]하는 도배들이 반역까지 아니 했으리라고 누가 말하리오? 그럼에도 전래의 예의가 상실된 것은 숙손통이 그렇게 한 것이라고 한다. 조조[8]가 경제를 위하여 제후들의 세력을 덜지 않았더라면 예의와 제도가 짓밟혀 나라가 어지럽게 된 것은 틀림없건만 칠국 제후들이 병란을 일으킨 것은 조조가 촉진시킨 것이라고 한다.

만일 여러분들이 관중과 호언의 임무를 담당하였다면 그만한 공로를 세우는데 그러한 과실이 없었겠는가? 숙손통과 조조의 시기를 여러분들이 만났다면 그러한 폐단을 바로잡아서 책망을 면할 수 있겠는가? 과장할 것도 없고 주저할 것도 없이 사실대로 말하여 주기를 바라노라.

---

3) 소백小白은 제 환공의 이름이다.
4) 호언狐偃은 춘추 때 진 문공의 외삼촌이다. 진 문공을 도와 나라를 부강하게 하였다.
5) 중이重耳는 진 문공의 이름이다.
6) 숙손통叔孫通은 한나라 고조 때 신하. 건국 초기의 한나라 예의 법도를 바로 세웠다.
7) 취호격주醉號擊柱는 술에 취하여 기둥을 친다는 뜻. 한 패공이 항우를 격퇴하고 시국을 안정시킨 후에 한 패공의 부하 장수들이 혼란을 일으킨 일이 있는데 이를 말한다.
8) 조조朝錯는 한나라 경제 때 신하. 제후들이 가진 토지를 줄여서 중앙을 강화할 것을 청하였는데 오초吳楚 등 7국의 제후들이 들고 일어나므로 조조를 동시東市에서 죽였다 한다.

시대를 구할 방도는 없는가

策問二

묻노니 맹자가 말하기를,

"하후씨는 농지 오십 묘를 기준으로 공법을 실시하고 은나라 사람들은 칠십 묘를 기준으로 조법을 실시하고 주나라 사람들은 백 묘를 기준으로 철법을 실시하였는데 실지는 다 십분의 일의 세법이다."

라고 하였고 또 말하기를,

"어진 정사란 농지의 경계를 바로 하는 데로부터 시작되는 것인데 경계가 바르지 않으면 정전[1]이 고르지 못하고 조세가 공평치 못하다. 경계가 바르면 농지를 균등하게 나누고 조세를 매기는 일은 앉아서 할 수 있다."

고 하였다. 경계를 바로 하는 것과 정전법에 의한 십분의 일의 조세법은 천하 국가를 다스리는 데 급선무로 되는 것이다. 그런데 상앙[2]

---

1) 정전井田은 중국 상고 때 황제 헌원씨가 처음으로 창설하였다는 농지 분할법. 국가 세금 납부할 전토를 중앙에 설치하고 그 주위에 8세대가 수여받은 자기 농토를 각자 경작하면서 중앙에 세납할 농토를 공동으로 경작하는 제도다.

2) 전국 때 위衛나라 사람. 진秦나라 효공孝公의 신하로서 진나라를 부강하게 하였으나 법을

이 정전을 폐지하고 농지를 세분한 뒤로 진나라는 날로 부강하게 되어 드디어 천하를 통일하게 되었으니 농지 세분화의 이익이 정전보다 한층 나은 것 같아 보인다.

맹자의 말이 과연 옳을 것 같으면 왜 한나라 고조[3]가 관중[4]에 들어가 진나라를 대신하여 가혹한 법을 없애고 민심을 수습하는 데 정전법을 부활하자고 의논하지 않았는가? 그후 효 문제가 백성을 사랑하고 효 무제가 옛날 법제를 좋아하던 때에 가의[5]와 동중서[6]도 역시 한마디도 이 일을 말하지 아니한 것은 무슨 까닭인가?

우리 나라는 창건 이래 법통을 면면히 계승하고 수호하여 온 지 지금 사백 년이나 되는데 국가 백 년의 대계라든가 조세 제도가 다 옛 법에 합치되고 후세에 전할 만하다. 그러면 소위 내외족반內外足 半의 정丁이라든가 전록轉祿의 위位라든가 역분役分, 구분[7], 가급加給, 보급補給의 명名, 조세의 수라든가 기름진가 메마른지에 따라서 토지의 품위를 9등분한다든지 곡식을 심을 수 있는 토지를 다섯 종목으로 나눈다든지 토지 측량에 부負니 결結이니 하는 것이라든지 곡물을 될 때 사용하는 말[斗]이니 섬[石]이니 하는 것이 과연 그 경

지나치게 엄하게 실시한 결과 많은 벼슬아치들에게 미움을 받아 효공이 죽은 후에 사형되었다 한다. 정전법을 폐지하고 천맥법阡陌法을 새로 적용한 사람이다.
3) 한漢나라를 새로 세운 유방劉邦.
4) 관중關中은 섬서성에 있다. 진秦나라 효공孝公이 이곳에 서울을 옮겼는데 그후 한 고조가 진나라를 격파하였다.
5) 가의賈誼는 한漢나라 사람. 재주 있고 글을 잘하여 효 문제의 신임을 받아 당시의 문물 제도를 개정하려다가 다른 신하들에게 미움을 받아서 장사 지방으로 내쫓겨 서른세 살로 죽었다.
6) 동중서董仲舒는 가의와 같은 때 사람이다. 어진 재상으로서 정치를 잘하였다.
7) 전장에 나가 죽은 병사의 안해에게 주는 논밭.

계가 정전이나 십분의 일의 옛 법과 같은 것인가, 같지 않은 것인가? 이들 법제가 시행된 지 이미 사백 년이나 되었다. 그래서 폐단이 생기지 않을 수 없으니 혹은 그냥 두고 혹은 개혁하는 것이 옳은가, 옳지 않은가?

근래에 공신들의 녹지와 사패지, 사찰이 판정하고 조세를 부과하는 토지, 행성[8]의 이문소理問所, 순군巡軍, 홀적忽赤, 내승內乘, 응방에게 주는 전지, 토호들이 겸병하는 전지, 간악하고 교활한 무리들이 감추고 협잡하는 토지가 백성들에게 해독을 끼치고 나라를 병들게 하는 것이 무척 늘어서 국고의 수입은 강화도에 도읍을 옮기고 공방전이 벌어져 나라가 위급하던 때에 비하여 십 분의 이삼도 못되니 만일의 경우 삼 년 혹은 오 년 동안 수재나 한재가 있게 되면 어떻게 그 위기를 타개하고 천만의 군사비를 충당하겠는가? 지난해 정승 왕탈환王脫歡과 좌정승 김나해金那海가 원나라에 갔는데 돌아와 이것을 정리하게 하였다.

두 정승이 이미 돌아와 도감都監을 두고 정리한다 하는데 송사와 분쟁은 삼대, 좁쌀알같이 많아지기만 하고 체포하고 심문하는 것이 풍우보다 다급하며 토호들과 교활한 무리들도 또한 두려움을 알고 비방하며 원망하는 소리는 막을 도리가 없게 되었으며 기삼만[9] 한 사람 죽은 사건에 원나라의 힐문을 받게 되었으니 이와 같은 형편에 더는 진행하지 못하게 되었다. 이리하여 전부터 소위 백성에게 해독을 끼

8) 정동행성征東行省의 준말. 원나라가 고려에 관계되는 정무를 취급하던 관청이고 이문소는 행성에 속한 기관으로서 주로 법적 문제를 취급하였다.

9) 기삼만奇三萬은 권세를 믿고 악덕 행위를 많이 했는데 특히 백성의 토지를 많이 약탈하다가 감옥에서 맞아 죽었다.

치고 나라를 병들게 한 무리들이 더욱 방자해지고 거리낌 없이 횡포를 부리게 되었다. 대개 원나라 황제의 명령을 받들고 일국의 정치를 바로잡는다고 하다가 소위 '세상에 드문 혜택'을 아래 백성에게 미치지 못하게 되었으니 조정의 의론과 천하의 공론을 무슨 면목으로 대하겠는가?

일찍이 남북의 일 좋아하는 선비들이 도당에 글을 올리어 우리 나라를 원나라의 한 성省으로 해 달라 청하고 풍속을 크게 바꾸려 하였으나 요행히도 원나라가 우리가 왕실을 위해 충성을 다한 공로를 인정하고 원나라 황제 홀필렬도 분부하여 시행할 수 없게 된 것이 여러 차례였다. 이제 와서 이런 기회를 또 타서 우리 나라를 원나라의 한 성으로 해 달라는 그전의 말이 다시 퍼지지 않는다 장담하겠는가?

대개 무슨 일이건 할 수 없는 때에 그것을 할 수 있어야 능란한 사람이 될 것이다. 여러분은 다 나라에 뜻을 두고 있으니 폐단을 정리할 수 있는 계책을 말해 줄 것을 청한다.

도덕이 무너진 폐단은 어디서 나왔겠는가
策問四

묻노니 《논어》에,

"백성이 이미 번성했거든 그를 부하게 하고 이미 부해졌거든 그
를 가르치라."

하였으며 또,

"어진 자가 있어 백성을 가르친 지 칠 년이면 만일의 경우에 그들
을 무장시켜 충의를 다하게 할 수 있다."

하였으며 또,

"어진 이가 있어 나라를 다스린 지 백 년이면 또한 잔폭한 자도
감화되어 살육이 없어진다."

고 하였으며 또,

"인도하기를 정치로써 하고 단속하기를 형벌로써 하면 백성이 법
의 그물은 면할 수도 있으나 아직 염치까지는 챙기지 못할 것이
며, 인도하기를 덕으로써 하고 단속하기를 예로써 하면 염치도
있게 되고 또 마음을 바르게 가질 것이다."

라고 하였다. 이는 다 성인의 말이니 배우는 사람들이 마땅히 가슴
에 새겨 두어야 할 것이다. 지금 우리 나라는 원나라와 외교 관계가

설정된 후 내외에 걱정이 없으며 마을에는 집들이 즐비하고 행길에는 사람들의 내왕이 베 짜는 북이 드나들듯이 빈번하다. 인구는 날로 늘고 들은 날로 개척되어 간석지이던 데서 논갈이를 하게 되고 초목이 무성한 데서 밭김을 매게 되었으니 어찌 번성해짐이 아니겠는가? 그러나 자기 이름으로 밭을 받아가지고 부역을 바치는 자가 백에 두어서넛도 없구나.

세도하는 집에는 그릇만 보아도 금옥을 늘어놓았고 장사치의 처는 의상만 보아도 능라를 끌고 있으니 어찌 부한 것이 아니겠는가? 그러나 입을 옷, 먹을 양식을 몽땅 털어 빚을 갚는 자가 열에서 여덟 아홉 명은 보통이구나.

다행히 문명한 때를 만나 천하가 같은 글을 쓰며 집마다 정자, 주자[1]의 저서가 있어 사람마다 성리학을 아노라고 하니 가르치는 방도가 또한 거의 보급되었다 하리로다. 그러나 베옷 입은 선비 중에서 학문이 해박하고 행실이 독실한 자 과연 누구이며 띠를 띤 양반 중에서 도덕이 높고 재능이 훌륭한 자 능히 몇이나 될 것인가? 선비라는 사람들도 오히려 이러하거든 백성에게 무엇을 바라랴?

기왕에 권신을 숙청하고 신읍[2]에 환도하였다. 충경왕忠敬王, 충렬왕忠烈王은 앞을 떨치셨고 충선왕, 충숙왕은 그 뒤를 계승하였으며 중임을 진 신하, 난국을 담당한 재상, 실로 이른바 어진 이들이 있었다. 나쁜 것은 바로잡고 좋은 것은 좇아 오늘 같은 좋은 세상에

---

1) '정자程子'는 정호程顥이며 '주자朱子'는 주희朱熹를 말한다. 모두 중국 송나라 시대의 성리학자이다.
2) 개성을 가리킨다. 원나라의 침범을 피하여 강화에 도읍을 옮겼다가 개성으로 다시 돌아왔다.

이르렀으니 대개 백성을 가르치고 나라를 다스린 것이 이미 오래이어서라. 그러나 땅벌 같은 왜적의 떼가 배를 몰아 강토를 침범하니 이를 구축하거나 사로잡을 방책을 강구한 끝에 민가를 털어 군수와 군량에 충당하고 농부를 내몰아 군대와 차승[3]에 편입할 수밖에 없었다. 그러나 하라는 대로 행해지고 말라는 대로 그쳐지는 것은 볼 수가 없고, 한갓 기대와는 달리 유언비어만 듣게 되니 어찌 이른바 군사 행동을 법대로 수행할 수 있겠는가?

또 자기의 벼슬을 잃을까 걱정하는 자들과 뜻을 얻지 못한 무리들이 서로 어울려 감히 내부로부터 불의의 우환을 빚어내다가 스스로 군중 앞에서 더러운 죽음을 보이는 일까지 있으니 어찌 이른바 잔인무도한 자도 감화되어 살육의 불행이 없어졌다고 하겠는가?

합좌 제도가 이미 있어 정책과 계획을 세우고 정방 제도가 이미 있어 철직과 등용을 행하며 감찰하는 기관은 허물을 따져 그름을 지적하고 법 맡은 관리는 범죄자를 심의하여 죄행을 판단한다. 그리고 우리 주상 전하께서는 어지시고 관후하시며 자비하시고 검박하셔서 사냥도 좋아하지 않으시며 음률, 여색도 가까이하지 않으실 뿐 아니라, 나이 든 이를 찾아보시고 대신들을 우대하시며 또는 역대에 드문 예의와 문물을 닦으시고 몸소 종묘에 큰 제사를 행하시니 정치, 형벌, 덕화, 예의, 이 모든 것으로 인도하시고 단속하시는 것이 과연 훌륭하시도다.

그러나 조정에는 도덕으로 사양하는 미풍이 없고 민간에는 마음으로 화목하는 아름다운 풍속이 없어 분쟁이 섞여 일고 도적이 자주

---

3) 군용품 운반.

생기니 이러고서야 요행으로도 오히려 죄를 면치 못할 지경이어든 하물며 염치를 알고 또 마음을 바로잡기야 바랄 수 있으랴?

무릇 이상의 원인이 어데 있는가? 여러분들은 꺼릴 것 없는 이 시대에 살며 어진 정치를 원하는 이 임금을 만났으니 마땅히 뜻을 다하고 생각을 깊게 하여 이러한 폐단이 생긴 유래를 속속들이 파들어가면서 찾아내고 들춰내어 이 백성들을 새롭게 바꿀 수 있는 대책을 꼭꼭 집어 들어 진술할지어다. 그리하여 해당 관리가 장차 그것을 우리 임금께 드려 국가에 베풀게 되면 그 어찌 적은 도움뿐이겠는가?

범증을 상걸에 비할 수는 없나니
范增論

어떤 사람이 묻되 한漢나라는 삼걸[1]을 써서 승리하였고 초楚나라는 범증[2]을 쓰지 않아 망하였다고 하나 그러면 범증과 삼걸을 비하면 누가 현명하냐고 한다. 내 이에 대답하노니 범증은 진평[3]에 비하여도 오히려 부족하거늘 하물며 삼걸에다 비하랴? 고조의 너그럽고 어짐과 항우의 교활하고 사나움은 범증이 아는 바이다. 신의롭지 못한 것으로는 약속을 배반하는 일보다 더한 것이 없는데 관중에 들어가는 약속을 항우는 배반하였으며, 어질지 못한 것으로는 무죄한 사람을 죽이는 일보다 더한 것이 없는데 항우는 항복한 병졸을 생매장하였고, 의롭지 못한 것으로는 임금을 죽이는 일보다 더한 것이 없는데 항우는 회왕을 죽이고도 오 년이 지나서야 망하였으니 그로서는 다행한 노릇이다.

---

1) 장량, 소하, 한신 세 사람. 초楚와 한漢의 8년 전쟁에 한 고조 유방을 도와 승리했는데 삼걸은 세 걸출한 인물이란 뜻이다.
2) 초왕 항우를 도와 성공하게 하려 했으나 항우가 그를 의심하므로 그는 항우에게서 떠났고 항우는 유방에게 패망했다.
3) 한 고조를 도와 항우를 쳐부수는 데 기묘한 계책을 많이 창발하여 큰 공을 세운 사람.

고조는 처음 관중에 들어갈 때 다섯 별이 동쪽 우물에 모였으니 이것은 하늘이 향응한 것이요, 한중漢中에서 왕 노릇 할 때에 초나라 백성과 제후 등 여러 사람이 사모하여 따라온 수가 수만 명이나 되는데 그중에는 항우의 손톱, 어금니와 같이 떼려야 뗄 수 없는 신하도 또한 많이 한나라에 귀속하였으니 이것은 인심이 향응한 것이다. 왕릉4)의 어머니는 차라리 자살할망정 아들이 한나라를 배반하고 초나라에 돌아가는 것은 참지 못하였다. 고조가 반드시 왕이 되고 항우가 반드시 망할 것은 부녀자도 뻔히 아는 바인데 범증은 반드시 망할 사람을 따르고 반드시 왕 될 주인을 좇지 아니하였으니 지혜롭지 못함이 분명하다. 그 당시 설사 항우가 범증의 계책을 썼을지라도 필경 패망을 면치 못하였을 것이다.

또 묻되 범증이 이미 항우에게 신하 되기를 허락하였으니 비록 반드시 망할 것을 안다 한들 어찌 배반하겠느냐고 한다. 내 이에 대답하노니 그렇지 않다. 처음 회왕이 송의를 상장으로 하고 항우를 차장으로 하고 범증을 말장으로 하여 이들에게 북방의 조나라를 구원하게 하였으니 이 당시에 범증이 어찌 항우의 신하였겠는가? 항우가 함부로 상장을 죽이고 임금에게 거짓으로 보고하였으니 무지막지한 죄행이라 할 것이고, 또 기왕에 양성襄城을 공략하였는데 산 사람이라곤 하나도 없으므로 여러 장수들이 이구동성으로 항우를 먼저 관중에 들어가게 하여서는 안 된다고 말하였다. 항우의 행동과 그에 대한 비평이 이러함에도 범증은 끝끝내 항우를 따르다가 의심

---

4) 왕릉은 한 고조의 충실한 부하인데 항우가 어머니를 잡고 왕릉을 데려오려 했다. 왕릉의 어머니는 백성의 마음을 알아주는 한 패공을 잘 섬기라고 아들에게 전하고 칼을 물고 죽었다.

을 받아 죽었고, 진평은 일찍이 항우와 더불어 천하를 도모하지 못할 것을 알고 무기를 가지고 한나라로 돌아와 모신이 되었다.

그러므로 진평에 비하여도 오히려 부족하거늘 하물며 삼걸에다 비할 수 있느냐고 나는 생각한다.

오원[1]과 소불위를 논한다
伍員蘇不韋論

  동한[2]의 소겸蘇謙이 사예교위司隸校尉 이고李暠와 사이가 좋지 못하였다. 어느 사건을 기화로 이고가 소겸을 수감하여 옥중에서 죽이고도 시체까지 참형을 하였으므로 그의 아들인 불위가 원수를 갚기 위하여 이름을 고치고 자기 재산을 다 털어 검객을 모아 가지고 이고를 제릉諸陵 사이에서 맞아 싸웠으나 이기지 못하였다. 그래서 불위는 다시 그의 형제와 합심하여 대농땅의 여물 곳간 속에 숨어들어 이고의 침실까지 땅굴을 파 들어가서 그의 처와 아들을 죽였다. 이에 놀라서 이고는 방비를 튼튼히 하였다.

  불위는 다시 위군魏郡으로 달려가 이고의 아비 무덤을 파고 그

---

1) 오원은 춘추 때 초나라 사람으로 자는 자서子胥다. 오나라 왕 합려를 도와 월나라를 정복했는데 합려가 죽고 그 아들 부차가 왕이 된 후 월나라 왕 구천이 화친을 제기해 왔다. 부차가 허락했는데 오원이 반대하다가 부차에게 죽었다. 오원이 죽으면서 자기 말을 안 듣는다가는 오나라가 반드시 월나라에게 망한다고 하였는데 과연 그후에 월나라에게 패망하였다.

2) 즉 후한後漢인데 광무제가 창건한 나라. 한 고조가 세운 전한前漢을 상대하여 말한 것이다. 전한은 장안에 도읍하고 후한은 낙양에 도읍했는데 장안은 서쪽에 있으므로 서한, 낙양은 동쪽이므로 동한이라고 각각 부르게 된 것이다.

머리를 잘라 그의 아버지 소겸의 무덤 앞에 제사를 지냈다. 이 변고를 당한 이고는 분통이 터져 피를 토하고 죽어 버렸다.

당시 사대부들이 불위의 복수가 죽은 해골에 미친 것을 죄행으로 비방하는 사람이 많았다. 그런데 오직 임성任城 하휴[3]가 소불위를 오원에다 비교하였다. 곽임종[4]이 이를 듣고 말하였다.

"자서는 오吳나라 왕 합려의 위력을 빌려 원한을 초나라의 도읍에 씻었는데 다만 전왕의 무덤을 치고 시체를 베었을 뿐, 그의 뒤를 이은 임금을 손수 베는 보복은 없었으니 어찌 소불위의 경우와 같다고 하겠는가? 소불위는 아무 의세할 곳도 없이 경계가 삼엄한 무덤을 파고 그 시체의 목을 베어 산 사람까지 생명을 끊게 하였으니 소불위의 경우를 오원에다 비한다면 아주 월등하지 않은가?"

나는 불위가 오원보다 월등하다고 한 것을 옳다고는 생각하나 대의를 가지고 논한다면 두 사람의 우열은 더 명백하게 분열된다. 왜냐하면 임금과 어버이는 인륜의 큰 근본이요, 충효는 자식과 신하로서 지켜야 할 큰 예절이기 때문이다. 그런데 오원은 두 예절에 다 어긋났다. 처음에 초나라 왕이 오원의 아버지 오사를 잡아 두고 오원을 부르면서, "네가 오면 너의 아비를 방면하겠다."고 하였다. 그러나 오원은 오지 아니하였다. 대체 아비가 임금에게 죄를 지었으면 자진하여 와서 한번 그 임금을 감동시키고 깨우치는 것이 옳거늘 하

---

3) 하휴何休는 동한 때 사람이다. 육경에 정통하고 역산曆算에 능숙하였으며 저작이 많다.
4) 곽임종郭林宗은 동한 때 사람이다. 훌륭한 식견이 있었으나 벼슬을 하지 않고 천여 명의 제자를 공부시켜 양성했다는 인물.

물며 아비를 방면하겠다고 하면서 부르는데 설사 그것이 진실이 아닌 줄 알더라도 급히 달려오는 것이 본래 인정이다. 그렇거늘 오원이 후일에 보복한다고 칭탁만 하고 오지 아니하였으니 이는 아비가 죽기를 재촉함이다.

군자는 자기 나라에서 설혹 비위의 거슬림을 받는 경우가 있더라도 적국에 가지 아니하고 사대부가 어떤 혐의로 벼슬을 그만둘 때에는 스스로 죄가 없노라고 말하지 아니하는 것인데, 오원은 뱀과 돼지와 같은 오나라를 달래어 자기의 조상 나라를 짓밟고 능묘를 파헤치고 그 임금의 시체를 채찍질하였으니 불효와 불충이 이보다 더한 것이 없다.

그런데 불위가 이고에게 한 것은 바로 불구대천의 의리에 부합되는바 충효의 큰 예절에 거슬리고 어긋나는 죄가 없었다. 임종이 이 점을 논평하려 하지 않고 구구하게 그 복수하는 데 어렵고 쉬운 것을 가지고 우열을 논하였으니 어찌 그릇된 것이 아니냐!

부록

이제현 연보

1288년 1월 8일

오늘의 개성시에서 당시의 유명한 풍자 시인이던 이진李瑱의 둘째아들로 태어
났다. 이름은 제현齊賢, 자는 중사仲思, 호는 익재益齋.

이 시기에 고려는 13세기 전반기부터 여섯 차례에 걸친 원나라의 침략으로 인
하여 간섭을 받았다.

1301년(14세)

성균관 시험에 합격하고 병과에 장원 급제하였다.

같은 해 여름에 대학자이자 시인인 권보權溥의 딸과 결혼했다.

1303년(16세)

권무봉선고판관權務奉先庫判官을 거쳐 연경궁녹사延慶宮錄事 벼슬에 올랐다.

1308년(21세)

예문춘추관藝文春秋館에 선발되었다. 이 시기에 시가 창작에서 출중한 두각을
나타내었다. 가을에는 제안부직강齊安府直講으로 승진하였다.

1309년(22세)

사헌규정司憲糾正에 등용되었다.

1310년(23세)
선부산랑選部散郎으로 승진하였다.

1311년(24세)
전교시승典校寺丞과 삼사판관三司判官에 등용되었다.

1312년(25세)
서해도안렴사西海道按廉使가 되었다. 중앙 관리로 있다가 황해도 지방 관리가 되면서 농민들의 생활을 직접 체험하게 되었는데, 그의 세계관 형성이나 창작 분야에서 새로운 변화를 가져온 시기다.

1315년(28세)
정주학程朱學이 중국에 유행하기 시작했다. 백이정白頤正이 원나라에게 가서 정주학을 배워 오자 이제현이 가장 먼저 사사하였다.

충선왕의 부름을 받고 연경으로 가서 만권당萬卷堂에 머물렀다. 충선왕은 왕위에서 물러난 뒤 만권당을 짓고 원나라의 학자와 문인들을 드나들게 했는데, 이제현에게 그들을 상대하도록 했던 것이다.

만권당에서 조맹부趙孟頫, 요수姚燧, 염복閻復, 원명선元明善, 장양호張養浩 같은 문인들과 널리 교제하면서 학문과 식견을 넓힐 수 있었다.

'봉주의 용추〔鳳州龍湫〕'를 썼다.

성균좨주를 겸직하게 되었다.

1316년(29세)
판전교시사가 되었다.

충선왕을 대신하여 서촉西蜀에 있는 아미산峨眉山 치제에 참가했다. 꼬박 석 달이 걸렸다. 이르는 곳마다 시를 지어 사람들이 이제현의 시를 곧잘 읊었다.

《서정록》을 간행하였다. (이 책은 전해지지 않는다.)

'칠석〔七夕〕', '칠월 칠석에 비를 맞으며 구점에 이르러〔七夕冒雨到九店〕', '팔월 십칠일 배를 저어 아미산으로 향할 제〔八月七日放舟蛾眉山〕', '아미산에 올라〔登蛾眉山〕', '새벽에 이릉을 떠나며〔二陵早發〕' 등을 썼다.

1317년(30세)

선부전서選部典書로 임명되었다. 왕의 명령으로 원나라에 가서 충선 탄일 하례에 참가했다.

1319년(32세)

충선왕이 절강에 있는 보타사寶陀寺에 강향하기 위해 가는 길에 따라갔다. 왕이 고향 오수산을 불러 이제현의 초상을 그리게 했고, 북촌 탕 선생이 여기에 찬을 썼다.

'다경루에 눈이 온 뒤〔多景樓雪後〕'를 썼다.

1320년(33세)

만권당에 머무는 동안에도 고려에 때때로 들어와 성균좨주, 판전교시사, 선부전서를 역임했다.

송도에서 연경으로 여행하면서 '눈을 두고〔雪〕', '느낀 바 있어〔感懷〕', '동지〔冬至〕' 등 많은 시를 남겼다.

1321년(34세)

지밀직사知密直事가 되었고 단성익찬공신端誠翊贊功臣의 호를 받았으며 지공거知貢擧가 되어 과거를 주재하였다.

충선왕이 참소를 받고 유배되었다. 이 소식을 듣고 시 '황토점에서〔黃土店〕'와 '명이의 노래〔明夷行〕'을 썼다. 충선왕의 유배지에 따라갔고 충선왕의 석방을 위해 중국 인사들을 만났다.

아버지가 돌아가셨다.

1323년(36세)

세 번째로 중국 여행을 떠났다. 충선왕이 유배를 가자 감숙성에 있는 타사마朶思麻에 가서 왕을 위로하고 왔다. 1315년과 1321년, 1323년 세 차례에 걸친 중국 대륙 여행은 이제현이 견문을 넓히는 데 큰 도움이 되었다. 고국을 그리워하는 마음을 담아 '송도팔경' 시를 썼다.

원나라와 같은 성을 세울 것을 주장한 '입성책동'에 대해 반대 상소를 올렸고,

유배된 충선왕이 돌아오도록 여러 가지 활동도 했다. '백주 승상에게 드리는 글〔上伯住丞相書〕'과 '최송파와 함께 원 낭중에게 보내는 글〔同崔松坡贈元郎中書〕'을 써서 상왕의 귀환을 청탁하였다.

《후서정록》을 펴냈다. '계해년 사월에 연경을 떠나며〔至治癸亥四月二十日發京師〕', '밤에 상주를 떠나며〔相州夜發〕', '단오〔端午〕', '담회에서〔覃懷〕' 들을 썼다.

1325년(38세)

첨의평리, 정당문학에 올라 재상이 되었다.

1339년(52세)

'조적의 난'이 일어나고 충혜왕이 원나라에 잡혀가자 원나라에 가서 왕이 복위하도록 도왔다. 돌아와서는 소인들에게 모함을 받고 은퇴했다. 이 해부터 정치 활동을 접고 《역옹패설》 집필에 몰두했다.

1340년(53세)

4월에 조국으로 귀국하였다. 이국땅에서 30년이란 긴 세월을 동분서주하며 복잡다단한 정치적 활동 속에서 반생을 보낸 이 시기에 많은 시와 정론적 산문 작품을 창작하였다.

둘째아들 달존이 여행길에서 죽었다.

1342년(55세)

여름에 《역옹패설》을 완성했다.

1344년(57세)

충목왕이 즉위하고 판삼사사〔判三司事〕에 임명되었다. 문란해진 정치 기강을 바로잡을 여러 개혁안을 제시하였다.

1346년(59세)

충렬왕, 충선왕, 충숙왕의 《삼조실록》을 비롯하여 《국사》, 《금경록》, 《기년전지紀年傳志》 등 방대한 저작들을 찬술하였다.(홍건적의 난이 일어났을 때 다 사라진 작품들이다.)

11월에 왕에게 《본조편년강목》을 다시 편찬하라는 명을 받았다.

1348년(61세)

충목왕이 죽자 원나라에 가서 공민왕을 추대하도록 청하였다.

1351년(64세)

공민왕이 즉위하고 정승에 임명되었다. 이때부터 우정승, 권단정동성사를 거쳐 도첨의정승을 지내는 등 네 번에 걸쳐 정승 자리에 앉게 되었다.

1353년(66세)

두 번째로 지공거가 되었다. 목은 이색李穡을 포함한 35명을 뽑았다.

1355년(68세)

우정승 자리에서 물러났다.

1356년(69세)

반원운동이 일어나자, 문하시중이 되어 사태 수습에 나섰다.

1357년(70세)

문하시중에서 물러났다. 관직에서 완전히 물러나 여러 중대사에 자문만 했다.

1362년(75세)

왕의 명을 받고 《서경》 '무일無逸' 편을 강의했다.

계림부원군谿林府院君에 봉해졌다.

1363년(76세)

홍건적이 개성을 강점하자 사태 수습에 직접 나섰다.

1366년(79세)

왕이 신돈을 총애하자 후환을 끼칠 인물이라고 직언했다.

1368년(81세)

7월에 생애를 마쳤다.

경주의 구강서원과 금천의 도산서원에 제향되었고 공민왕 묘정에 배향되었다.

시호는 문충文忠이다.

* 이 연보는 북의 문예 출판사에서 정리한 것을 바탕으로 《민족문화백과사전》
  (한국정신문화연구원)과 《고려조 한문학론》(민속원) 들을 참고해 정리했습
  니다.

이제현 작품에 대하여

신구현

　이제현(1287~1367)은 고려 시대를 대표하는 진보적 작가의 한 사람으로서 호를 익재益齋 혹은 역옹櫟翁이라고 했다.

　이제현이 작가로 활동한 시기는 고려 후반기에 해당한다. 그는 개성의 봉건 문인 가정 출신으로서 '후기로회後耆老會'의 이름 있는 시인 동암東菴 이진李瑱의 아들로 태어나 그에게서 체계적인 유교 교육을 받으며 성장했다. 열다섯 살이 되던 해에 권세 있는 봉건 문인이었던 국재菊齋 권보權溥의 딸과 결혼하게 되면서부터는 장인의 영향을 받게 되었고 열일곱 살에 그의 부추김으로 벼슬길에 오르게 되었으며 충선왕에서 공민왕까지 여섯 왕들을 섬겼고 정승의 높은 벼슬에 올랐다. 그러나 벼슬길은 평탄하지 않았으며 연암 박지원의 말 그대로 충성과 의분으로 끓어넘치는 애국, 애민의 길을 걸었다.

　이제현이 활동하던 고려 후반기는 원나라를 비롯한 외적들의 침략과 간섭으로 나라와 민족의 자주성이 짓눌리던 시기였으며, 안팎의 탄압으로 백성들의 자주성이 여지없이 짓밟히던 시기였다. 이런 시기에 성장하고 활동한 이제현의 문학은 당시 백성들의 사상과 감정, 지향과 염원, 요구를 반영하면서 당대 현실을 비판하는 데 초점이 맞춰지지 않을 수 없었다. 그의 문학은 지배층에 대한 냉혹한 증오심과 백성들에 대한 뜨거운 동정심으로 일관되고 있으며 고상한 애국주의와 인도주의 감정으로 가득 차 있다.

　이제현은 오랫동안 벼슬을 하면서 나라와 민족의 이익을 침해하고 짓밟는 자들과 맞부딪쳤으며 도탄에 빠져 신음하는 백성들의 참상을 보았다. 분노한 이제현은 진보적인 사회 정치적 견해들과 미학 견해를 제기했으며, 다양한 산문과 운문으로 진보 문학을 수많이 창작함으로써 자기 시대를 대표하는 작가로 이름을 떨쳤다.

이제현의 문집은 그가 죽은 지 3년 후인 1370년에 목은 이색李穡이 서문을 달아서 처음으로《익재난고益齋亂藁》라는 이름으로 간행되었다. 이 문집은 전하지 않아 그 내용과 체계를 알 수 없으나 여기저기 흩어져 이 사람 저 사람 손에 간수되어 있는 시편들과 서문들의 일부를 수집하여 4권으로 엮은 시문집인 것 같다. 1342년 이제현이 56살 되던 해의 저작으로서《익재집益齋集》의 주요한 구성 부분의 하나가 되는 '역옹패설櫟翁稗說'은 들어 있지 않은 것 같다.

이제현의 문집이 판각으로 다시 출판된 때는 1432년(세종 14년)이다. 1432년 판은 직접 세종이 지시하여 간행한 것이다. 1342년판은 판목이 이미 오래라 결자와 오자가 많은 데다 내용을 충분히 갖추지 못하여 1341년에 김빈이 왕명을 받고《익재난고》와 함께《역옹패설》도 정리, 수정하고 필사한 것을 1342년에 강원도 원주에서 판각하여 출판한 것이다. 그후 이제현의 문집은 1601년(선조 34년)에 경상도 경주에서《익재선생문집》이란 이름으로 출간되었는데, 1342년판의 증보판으로 보인다.

1600년에 유성룡柳成龍이 쓴 발문을 보면, 그 내용과 구성은《익재난고》10권, '역옹패설' 4권, '효행록孝行錄' 1권이 분명하다. 그런데 1601년판도 얼마 못 가서 판각이 마모되어 읽을 수가 없게 되었다. 그후 연보, 습유, 목은 이색이 쓴 묘지명 등을 추가하여 1693년(숙종 19년) 초에 증간했다. 이 증간본도 세월이 지나면서 판각이 심하게 닳아 1814년(순조 14년)에 증보판을 간행했다. 이 증보판은 내용이 가장 충실해 이제현의 그 이후 문집들의 대본이 되고 있다.

이제현의 작품들 가운데는 진보적인 것도 있지만, 시대 및 계급의 제한성으로 그렇지 못한 것도 있으며 심지어는 왜곡된 것도 있다.

이 책에서 중요한 것은 책문과 편지 등 애국, 애민 정신으로 일관되어 있는 일련의 진보적인 사회 정치적 견해들을 보여 주는 정론 형식의 산문이다.

이 책의 여러 '책문'에서는 토호들의 무제한한 토지 수탈이 백성들에게 헤아릴 수 없는 불행과 고통을 끼치고 나라의 수입을 감소시킨다고 하였으며, '도당에 올리는 글〔上都堂書〕'에서는 토호들의 토지 수탈로 인한 문란한 토지 제도를 고친다면 기뻐할 사람은 많고 싫어할 사람은 수십 명에 지나지 않을 것인데 무엇을 꺼려서 고치지 않는지 따져 물었다. '백주 승상에게 보내는 편지〔上伯住丞相書〕'에서는 다음과 같이 썼다.

"하늘이 당신에게 준 임무는 바로 백성들을 구원하는 데 있다. 곤궁하여 하소연할 데가 없는 백성들을 너그러이 대하고 구원하지 않는다면 어찌 하늘이 당신에게 준 임무를 다했다고 보겠는가? 이야말로 백성들의 수고를 망각한 것이며 그들이 열심히 일하는 것을 막는 것이다."

이러한 사회 정치적 견해들은 진보적인 측면이라고 볼 수 있다. 대토지 소유자들을 반대하고 그들의 토지 수탈로 문란해진 당시 고려의 정치 경제적 혼란을 폭로하면서 민력과 국력을 높여 국방력을 강화하기 위해서는 대토지 소유제도를 개편해야 한다고 주장한 것은 당시에 있어서는 진보적인 견해이다.

이 책에서 중요한 것은 다음으로 '역옹패설'의 시화와 '익재난고 서문' 등에서 볼 수 있는 일련의 사실주의적인 미학적 견해들을 보여 주는 잡문 형식의 산문이다. 이 책의 여러 시화들에서는 작품 평가에서의 사실주의적인 태도와 입장을 볼 수 있다. 시화는 당시 과거 시험에서 시를 평가할 때 작품을 놓고 하는 것이 아니라, 응시자의 신분을 놓고 그의 지체가 높은지 낮은지를 가지고 권세 있고 지체가 높은 자식들의 시는 나빠도 덮어놓고 좋다고 아첨하고, 지체가 낮은 사람의 시는 좋아도 덮어놓고 나쁘다고 하는 악폐를 규탄하고 있다.

"무엇이든지 덮어놓고 다 좋다고만 하는 것도 옳지 않으며 다 나쁘다고 하는 것도 옳지 않다. 좋은 것은 좋다 하고 나쁜 것은 나쁘다고 하는 것이 옳은 것이다. 시 평가에서도 무엇이 다르겠는가?"

실지 이제현은 사실주의적인 입장과 태도를 가지고 작품을 대했으며 숨은 인재들을 많이 키워 내고 찾아냈다. 실례로 이곡李穀은 아전 출신이어서 멸시당했는데, 이제현이 시험관이었을 때 과거에 응시하여 급제했고, 시인으로 이름을 내외에 떨칠 수 있었다.

이제현은 또한 양반 지배층에게 박해를 받던 재능 있는 시인들을 옹호하고 작품들에 대해 정당한 평가를 주고 내세워 주었다. 정지상鄭知常이 그런 시인이었고 '해좌칠현海左七賢'의 진화陳澕, 오세재吳世才, 이담지李湛之가 그러한 시인들이었다. 대표적인 예로 이제현은 이담지의 시에 대해 이렇게 쓰고 있다.

"이담지의 시에서 말은 엄하고 뜻은 새롭다. 주로 사실을 소재로 하여 그 악폐를 냉혹하게 폭로하였기 때문에 용납될 수 없었고, 뜻을 이루지 못하고 영영 매장되어 이름도 알 수 없게 되었으니 참으로 애석한 일이 아닐 수 없다."

이제현은 '대선사 호공이 정혜사로 가는 것을 바래다주면서 지은 시의 서문〔送大禪師瑚公之定慧社詩序〕'에서 시는 뜻이 중요하다면서 생활 체험이 가지는 의의에 대해 다음과 같이 쓰고 있다.

"보는 바가 높으면 서 있는 바도 높다. 체험하는 바가 따가우면 지키는 바도 확고하다."

이와 같이 이제현의 미학적 견해는 생활과 문학 예술, 그 내용과 형식의 관계에서 사실주의적 입장과 태도를 취한 것으로서 진보적 의의를 가진다. 이제현의 진보적인 사회 정치적 견해와 미학적 견해는 그의 창작 생활에 그대로 구현되어 사상 예술적으로 가치 있는 예술적 산문과 다양하고 새로운 형식의 시

작품들을 낳게 했다.

이제현의 창작에서 가장 중요한 것은 시다. 그의 시 작품은 자신이 직접 체험한 복잡한 현실을 사실주의적으로 악부시, 율시, 절구, 사 등 다양한 형식으로 반영하고 있다.

이제현의 시 창작에서 정수는 11편의 악부시다. 악부시는 '서경별곡西京別曲'과 '정과정鄭瓜亭', '처용處容'을 통해서 알 수 있는 바와 같이 당시 백성들의 구전 가요를 소재로 하고 있으며 원작에서 체험한 생활 감정 가운데서 정수인 것을 틀어잡고 그것을 고도로 함축해 간결한 악부시 형식에 옮겨 놓고 있다.

악부시에서 이제현은 창작의 사실주의적 입장을 선명하게 드러나고 있다. 그것은 악부시가 '서경별곡'과 '소년행少年行'들과 같이 당시 백성들의 생활 감정과 지향을 진실하게 반영하고 있을 뿐 아니라 '거사련居士戀'과 '사리화沙里花', '탐라요耽羅謠' 등에서와 같이 지배층의 착취와 억압에 대한 비판의 예리한 필봉을 돌리고 있다. 그리고 '장암長巖'과 '수정사水淨寺' 등과 같이 지배계급의 타락한 생활을 폭로하고 있으며 원작의 고유한 서정성과 운율성을 솜씨 있게 살리고 있는 데서 찾아볼 수 있다.

이제현의 시 창작의 사실주의적 입장은 애국, 애민을 노래한 율시와 절구, 배율과 같은 근체시 형식의 작품들에서도 드러나고 있다. 애민을 주제로 한 시 작품들은 대체로 국내 생활에서 보고 체험한 바를 지은 것이고, 애국을 주제로 한 시 작품들은 대체로 30년 가까이 원나라에 머물러 있을 때에 보고 체험한 바를 읊은 것들이다.

애민이 주제인 대표적인 시 작품들로는 '전라도 안렴사로 부임하는 전맹경을 보내며〔送田孟耕廉生司諫按全羅道〕', '귀뚜라미〔促織〕'들을 들 수 있다. 애국이 주제인 대표적인 시 작품들로서는 '칠월 칠석에 비를 맞으며 구점에 이르러〔七夕冒雨到九店 作江神子詞〕', '장안 여관에서〔題長安逆旅〕', '백구에서〔白溝〕', '북쪽으로 가며〔北上〕', '고국에 돌아가고파〔思歸〕'들을 들 수 있다. 애국, 애민이 주제인 작품들에서 우리는 현실을 대하는 시인의 사실주의적 경향성을 확인하게 된다.

이제현의 시 창작에서 주목할 것은 우리 나라에서 '사詞'라는 한시 형식을 개척하고 발전시킨 점이다. '사'는 '장단구長短句'라고도 이르는 한시 형식의 하나이다. '사'를 '장단구'라고도 이르는 것은 그 문장 특성과 관련되어 있다. '사' 또는 '장단구'는 말 그대로 한 수의 시를 이루는 구(시행)의 글자 수가 절구나 율시처럼 오언이나 칠언으로 고정되어 있는 것이 아니라, 짧게는 겨우 한두 자, 길게는 여덟아홉 자에 이르르며, 한 수의 구수도 절구와 율시에서처럼 고정되어 있지 않아 한 수의 글자 수도 적은 것은 겨우 16자인 것도 있고, 많은 것은 240자에 이르는 것도 있다.

'사'는 또한 '소령小令'과 '만사慢詞' 두 가지 형식으로 나누는데 '소령'은 짧은 초기 형식이고 '만사'는 '소령'이 발전한 비교적 긴 형식이다.

'사'는 일견 시 문장에서 자유시와 비슷하나 평측과 압운 등 엄연한 운율적 규칙과 규범이 작용하는 시형식이다. 우리 나라에서 '사' 형식은 율시와 절구, 배율 등 근체시의 발전 과정에 파생되고 발전했다.

'소령'은 절구 형식이 변화 발전한 것으로서 '만사'로 이행하는 과도적 형식이다. 이제현의 '사'에서 '송도팔경', '소상팔경'은 '소령' 형식을 이용하고 있으며 8행시(8구체)로서 매 행의 글자 수는 공통하게 5, 5, 7, 5, 5, 5, 7, 5이고 압운은 1, 2, 3, 4, 6, 7, 8행에 있다.

압운 밖에 있는 제5행은 매우 주요한 역할을 수행하고 있다. 그것은 첫째로, 하나의 화폭이 정서와 색깔에 있어서 대조적인 두 개의 화폭이 되게 하는 것이며, 둘째로는 1, 2, 3, 4행이나 5, 6, 7, 8행만으로도 각각 독자적인 화폭으로 될 수 있는 것들을 하나로 연결시켜 전경을 드러내는 광폭의 화폭이 되게 하는 것이다.

'소령'이 발전한 형식 '만사'로서는 17행(구)으로 되어 있는 '화산을 바라보며〔望華山賦 水調歌頭詞〕'와 '대산관을 지나며〔過大散關 作水調歌頭詞〕', 10행(구)으로 되어 있는 '칠월 칠석에 비를 맞으며 구점에 이르러'를 들 수 있다. 17행의 '만사' 작품에서는 매 행의 글자 수는 공통하게 5, 5, 6, 5, 6, 6, 5, 5, 5, 9, 6, 5, 6, 6, 5, 5, 5이며 압운에서는 차이가 있다. 10행으로 되어 있는 '칠월 칠석에 비를 맞으며 구점에 이르러'에서는 행마다 글자 수는 7, 6, 9, 7, 6, 7, 6, 9, 7, 6이며 압운은 9행의 모든 줄에 가해지고 있다. 여기에서도 압운 밖에 있는 제9행은 주요한 역할을 수행하고 있다.

제9행은 절구의 전구轉句에 해당하는 것으로 앞에서 무르익은 시상을 마지막 열 번째 구와 연결시켜 시적 형상으로 체현시키는 것이다.

이제현이 개척하고 발전시킨 '사'는 그 운율적 규칙과 규범에서 압운을 중요시하는 특성과 함께 서정성에 있어서는 그의 악부시와 전구, 율시처럼 민족적인 생활 정서가 진한 특성도 가지고 있다. 그것도 이제현의 애국, 애민의 진보적인 사회 정치적 견해와 사실주의적, 미학적 견해와 관련되어 있다.

· 이상과 같이 이 책은 전 시기의 다양한 한시 형식들을 세련시켰을 뿐 아니라, '사'와 같은 시 형식을 개척하고 발전시킨 이제현의 시 창작 활동을 알 수 있게 한다. 이 책은 또한 우리 나라 산문 발전에서도 진보적 역할을 수행한 이제현의 창작 활동을 알 수 있게 한다. 이제현은 무엇보다 먼저 패설집《역옹패설》창작에서 이 시기 산문 문학 앞에 나선 시대적 요구에 수응하고 있다.

《역옹패설》은 1342년 이제현이 56살 되던 해의 저작으로서《익재난고》와 함께 그의 문집《익재집》의 중심적인 구성 부문을 이루고 있다. 이 패설집은 전편과 후편으로 구성되어 있고 전편, 후편은 각각 2권이다. 전편의 1권은 역사적 사실들을 소재로 이야기를 엮고 있고, 2권은 역사적 인물들의 일화들을 소재로 이야기를 엮고 있다. 후편의 1, 2권은 인정 세태 풍습과 시에 대한 이야기가 주를 이루고 있다.

《역옹패설》은 이인로李仁老의《파한집破閑集》, 최자崔滋의《보한집補閑集》등 선행한 패설집들과는 달리 이야기 형식을 취한 잡문으로서 패설의 특징을 더욱 뚜렷이 하면서 주제와 소재에 따라 체계 정연하게 분류하고 있다.

이제현은 이인로와 최자, 이규보李奎報 등 앞선 진보적 작가들이 개척한 패설 문학을 예술적 산문으로 한층 더 발전시킴으로써 소설을 비롯한 우리 나라 산문 발전에서도 진보적 역할을 수행했다.

이처럼 이제현의 문학은 14세기의 역사적 조건에서는 일련의 선진적인 내용이 반영되어 있으나 반면에 적지 않은 사회 역사적 및 계급적 제한성을 가지고 있다. 이제현 자신이 양반 계급의 출신인 만큼 그의 작품에는 양반들의 신변 생활과 사상 감정이 적지 않게 반영되어 있다.

그는 당시 봉건 사회의 불합리한 현실을 일정하게 비판했으나 봉건 제도의 본질적인 측면에 대해서는 비판할 수 없었다. 그리고 외래 침략자들이 우리 나라를 침략해 온 사회적 환경에도 우리 나라 역사를 연구하고 조국을 사랑해야 한다는 것은 강조하였으나 목숨을 내걸고 외래 침략자들을 물리쳐야 한다는 사상은 제기하지 못했다.

《이제현 작품집》은 이러한 제한성이 있으나 현재까지 전하는 14세기의 문학유산으로서는 비교적 긍정적 내용들이 많이 반영되어 있으므로 14세기의 조선 역사와 문학 연구에 일정한 도움으로 될 것이다.

원문

櫟翁稗說 前編

至正壬午 夏雨連月 杜門無跫音 悶不可袪 持硯承簷溜 聯友朋往還折簡 遇
所記書諸紙 背題其端曰 櫟翁稗說 夫櫟之從樂 聲也 然以不材遠害 在木爲可
樂 所以從樂也 予嘗從大夫之後 自免以養拙 因號櫟翁 庶幾其不材而能壽也
稗之從卑 亦聲也 以義觀之 稗禾之卑者也 余少知讀書 壯而廢其學 今老矣
顧喜爲駁雜之文 無實而可卑 猶之稗也 故名其所錄 爲稗說云 仲思序

懿祖世祖諱下字 與太祖諱並同 金寬毅 以開國之前 俗尙淳朴 意其或然 故
書之王代錄 懿祖通六藝 書與射妙絕一時 世祖少蘊器局有雄據三韓之志 豈不
知祖考之名 爲不可犯 而自以爲名 且以名其子乎況太祖創業垂統 動法先王寧
有不得已而恬於非禮之名乎 竊謂新羅之時 其君稱麻立干（麻立方言也新羅
之初君臣聚會立橛爲其君位因號其君曰麻立干謂當橛者也干則新羅俗相尊之辭）
其臣稱阿干大阿干 至於鄕里之民 例以干連其名 而呼之 蓋相尊之辭也 阿干
或作阿餐 閼粲 以干餐粲三字 其聲相近也 懿祖世祖諱下字亦與干餐粲之聲
爲相近 乃所謂相尊之辭 連其名而呼之者之轉也 非其名也 太祖適以此字爲名
好事者 遂傅會 而爲之說曰 三世一名 必王三韓 蓋不足信也

通鑑載我太祖 因胡僧襪羅 言於晉高祖曰 渤海我婚姻也 其王爲契丹所虜
請與朝廷共擊取之 高祖不報 及少帝與契丹爲仇 襪羅復言之少帝 欲使我擾契
丹東邊 以分其兵勢 遣郭仁遇使我 見其兵甚弱 向者襪羅之言 特誇誕耳 其言
如是後唐淸泰三年 契丹立石敬塘爲帝 是爲晉高祖 與契丹 約爲父子 歲輪金
帛三十萬匹兩 是年 百濟王甄萱 逃奔歸我 請討逆子神劍 太祖 親征擒滅之
而新羅王金溥 亦納土入朝 三韓旣一 乃偃兵息民 聿修文敎 渤海將軍 申德禮
禮部卿大和鈞 工部卿大德譽等 數千萬人 前後冒化來投 若其與渤海結婚姻
則國史未之見也 以我太祖深謀遠略不務功名 豈不知五季之世 中原板蕩 不足
與有爲乎 豈不知石郎之與帝耙其交 不可以間乎 又豈不遣一使 而因異域之僧
越海而謀於新造未集之晉 欲爲渤海報仇於方强之契丹乎 且郭仁遇之來也 果

能盡見我兵之虛實强弱乎 晉之君臣 前惑襪羅之言 後信仁遇之語 遂謂我太祖
爲誇誕 豈不謬乎

本朝經世大典 奎章閣學士虞集等撰書 我國事云 太祖皇帝之十二年 天兵討
契丹叛至高麗 國人洪大宣 降爲嚮導 共攻其國 其主降 所謂叛人者 金山王子
也 僭帝河朔 號年天成 旣而 席卷東奔 闌入我北鄙 太祖遣哈眞札臘 帥師討之
時忠憲王五年戊寅冬十有二月也 天大寒雨雪 而粮道不繼 賊深壁以疲之 忠憲
王出兵與粟以資王師 馘金山坑其衆 於時兩國爲兄弟之盟 今虞公之筆若王師移
兵於我 我不得已而降者 其掎角之功 交歡之約 沒而不書 而洪大宣邊郡之一胥
挺身逃降 烏有一旅之衆 承其彌縫 而謂之共攻其國乎 又言太宗三年 遣撒塔等
討之 其王又降 置京府縣七十二達魯花赤 而班師 四年盡殺達魯花赤 叛保海島
云 其所謂達魯花赤 朝廷之所命耶 將帥承制 自置者耶 府縣之小 卽不論 二京
達魯花赤 必非微者 亦不書名何也 且以達魯花赤 若是之多其置之與殺之 非細
事也 國史旣無其文 問之遺老 亦莫之知 此尤可惑者也 竊求其所以然 是時天
子在北庭 去我有萬里之遠 事之虛實有不及知 撒塔擁兵遼左 與洪大宣 貪其虜
掠 掩我之功 誣我之罪 激怒朝廷 以肆侵伐耳 虞公考之有不詳也 嗚呼 自古將
師者欺君勞師 以盜富貴 遠人不能自白 橫羅屠戮者 可勝計哉

世言 大臣嘗經竄謫 及爲有司劾免 不得配享宗廟 此無稽之言也 祭法曰 法
施於民 以死勤事 以勞定國 能禦大菑 能捍大患 則祀之 非此族也 不在祀典
今夫配 享宗廟者 雖非此族之比 要皆有功於國 有德於民 假使觸時君喜怒 以
見竄謫 臨事錯誤 而遭劾免 將廢而不祀之乎 抑或媕合 苟容全身保位 而無功
德可紀者 將擧而祀之乎 考之國史 庾黔弼嘗流於鵠島 而從祀於太祖 尹瓘 見
劾於九城之役 而與享於睿廟 可見此言之爲無稽也 惟其功不足以揜過者 自有
論耳

吏部掌文銓 兵曹主武選 第其年月 分其勞佚 標其功過 論其才否 具載于書
謂之政案 中書擬陞黜以奏之 門下承制勅以行之 國家之法 蓋與中原同也 崔
忠獻擅廢立 常居府中 與其僚佐 私取政案注擬除授 授其黨與爲承宣者 入白

于王 王不獲已從之

忠獻之子 瑀 孫沆 沆之子誼 四世秉政 習以爲常 其承宣謂之政色承宣 僚
佐之任此者 三品謂之政色尙書 四品以下 謂之政色少卿 持筆槖 從事於其下
者 謂之政色書題 而其所會 謂之政房 斯乃府中之私稱也 若琴平章儀 金首相
敞 朴尙書暄 諸名士 皆由是以進當世榮之 莫知其爲可羞也

柳文正公璥 與金仁俊 旣誅誼 歸政王室 其政房因而不革 以王室之重任 襲
權門之私稱 此可歎也

德陵初罷政房 文銓武選 委之選總部 而首亞相 領之 庶幾有復古之望矣 而
一二腹心之臣 熟於銓選者 使以他官兼之 久而不易 於是頑鈍無恥輕薄冒進之
徒 乘機而効尤罔上以封 己使復古之美意 徒爲文具而已 此又可歎也 施及毅
陵之季年 日甚一日 紫泥之封 塗抹於宦寺之手 黑冊之謗 流播於婦兒之口 傳
曰 作法於涼 其弊猶貪 作法於貪 弊將若之何 其此之謂乎 (兒輩 用厚紙 墨而
油之 以習書字 謂之黑冊 毅陵在奉子山離宮 以病不喜見人 內外壅隔 用事者
衆批目下 爭相塗抹 竄定朱與墨 至不可辨 時人謂之 黑冊政事)

神王朝 奇洪壽 車若松 同爲平章 坐中書 車問於奇 孔雀好在否 奇亦問
養牧丹之法 時人譏之 國家設都兵馬使 以侍中 平章事 參知政事 政堂文學
知門下省事 爲判事 判樞密已下爲使 有大事 則會議 故有合坐之名 (원문 43
자 생략) 合坐之禮 先至者 離席北面而立 後至者 依其位一行而揖 同至席前
南向兩拜 離席北向而伏以敍寒暄復至席前 南向兩拜 離席北向一行 而揖乃坐
知僉議已上至 則密直皆下庭而立 東向上北俯首低手 僉議立于其上二行而揖
升堂拜揖 坐如前儀 旣得僉議一員同坐 更無庭迎之禮 唯首相至 則亞相而下
皆下庭 東向上北以迎之 首相西向對揖然後 升堂拜揖 亦如前儀 首相獨坐於
東 謂之曲坐 亞相而下 一行而坐 首相非政丞(政丞古侍中也) 不曲坐 無庭迎
錄事啓于 前名以其意言其可否 錄事往返其間 使其議 定于一然後 施行謂
之議合 其餘 則端坐不言 望之儼然 誠可敬而畏也 今則 僉議密直 增置其員
又各有商議之官 判三司事 坐于亞相之上 左右使坐于評理之上下 旅進而群退
往往高談大笑 閨房夫婦之私 市井米鹽之利 靡所不談 比之奇車孔雀牧丹之間

又各一時也

舊制二府 知貢舉 而卿監同知貢舉 試日天未明 知貢舉坐北牀南向 同知貢
舉坐西牀東向 監察奉命坐于南 少西上東北向 將校執旗分立階下 舉子旣集
卽鎖門 貢院吏 名呼舉子 分處之兩廡 立木東西 書所試題 掛于其上 日至禺
中 承宣奉金印至 同知貢舉迎之庭中 相揖而進 知貢舉避于北壁之後 承宣與
同知貢舉升堂 兩拜敍寒溫 又兩拜 知貢舉出坐北牀下席上 承宣北向兩拜 知
貢舉亦兩拜 承宣進伏敍寒溫 知貢舉卽其坐答之 承宣退又兩拜 知貢舉亦兩拜
然後 相揖而坐 承宣坐東牀西向 與同知貢舉相對 吏抱舉子所納卷以進 承宣
開金印印卷 內侍致黃封之醞 知貢舉同知貢舉 與承宣拜賜就床飲畢 又拜謝承
宣廻 同知貢舉揖送于庭 三場皆如之(第一第二場承宣來開印卷之封放榜於試院
第三場則簾前放榜矣)

德陵嘗問於臣齊賢曰 我太祖之世 契丹遺橐駝繫之橋下 不與芻豆以餓而死
故以名其橋焉 橐駝雖不產於中國 中國亦未嘗不畜之 國君而有數十頭橐駝 其
弊不至於傷民 且却之則已矣 何至餓而殺之乎 臣對曰 創業垂統之主 其見遠
而其慮深非後世之所及也 且如宋太祖 養豬禁中 仁宗令放之 後得妖人 顧無
所取血 則知太祖慮亦及於此 亦未爲定論 安知太祖養豬之意 不有大於取血者
耶 我太祖之所以爲此者 將以折戎人之譎計耶 抑亦防後世之侈心耶 蓋必有微
旨矣 此在殿下 恭默而思之 力行而體之爾 非愚臣所敢輕議也 又問臣曰 我國
古稱文物侔於中華 今其學者 皆從釋子以習章句 是宜雕蟲篆刻之徒寔繁 而經
明行修之士絶少也 此其故何耶 臣對曰 昔我太祖經綸草昧 日不暇給 而首興
學校 作成人材 一幸西都 遂命秀才廷鶚 爲博士敎授六部生徒 賜綵帛以勸之
頒廩穀以養之 則可見其用心之切矣 光廟之後 益修文敎 內崇國學 外列鄕校
里庠黨序 絃歌相聞 師儒弟子 涵養陶薰 連茹面彙征 草創而潤色 所謂文物侔
於中華 蓋非過論也 不幸毅王季年 武人變起所忽薰蕕同臭 玉石俱焚 其脫身
虎口者 遯逃窮山 蛻冠帶而蒙伽梨 以終餘年 若神駿悟生之流是也 其後國家
稍復用文之理 士子雖有願學之志 顧無所從而學焉 未免褰足 遠尋蒙伽梨而遯
窮山者 以講習之 故神駿有送其學者 應擧京師詩云 信陵公子統精兵 遠赴邯

鄲立大名 天下英雄皆法從 可憐揮涕老侯嬴 此其證也 故臣謂學者 從釋子習
章句 其源蓋始于此 今殿下 誠能廣學校 謹庠序 尊六藝明五教 以闡先王之道
孰有背眞儒 而從釋子 捨實學 而習章句者哉 將見雕蟲篆刻之徒 盡爲經明行
修之士矣 德陵曰 卿之言 爲然

柳文正璥 以贊成事免 元文純傅遷贊成 而判軍簿 其後文正 以判版圖復相
而位文純下 文純曰 吾於柳公猶門生也 安敢處于其上 文正曰 軍簿古兵部 版
圖古戶部 判兵部爲二宰 判戶部爲三宰 所從來尚矣 烏可改也 交讓者 累月
忠烈王 以問許文敬珙 對曰 璥之言舊制也 傅之言私恩也 後進而讓於先進禮
也 傅之言 亦是也 今若以璥監修國史 則定矣 王從之 批下文正遂坐文純上
蓋文純時爲修國史

康慶龍家居教授 大德乙巳 其徒登成均試者十人 唱名後 皆來謁 呵喝之聲
竟夕不絶 宗室益陽侯第 在近 異日 入見禁中 忠烈王問以民間事 侯因言之
王曰 此老雖不仕 誨人不倦 以底于成 豈曰 小補哉 勅吏載穀 就賜其家

國初 徐神逸 郊居 有鹿帶箭奔投神逸 拔其箭 而匿之 獵者至不見而返 夢
一神人謝曰 鹿吾子也 賴君不死 當令君之子孫 世爲宰輔 神逸年八十 生子
曰弼 弼生熙 熙生訥 果相繼爲太師內史令 配享廟庭

近世 通海縣 有巨物 如龜 乘潮入浦 潮落而不得去 民將屠之 縣令扑世通
禁之 作大索兩舟曳放海中 夢老父拜於前曰 吾兒遊不擇日 幾不免鼎鑊公幸活
之 陰德大矣 公與子孫 必三世爲宰相 世通及子洪茂 俱登宥密 孫瑊以上將軍
致仕 怏怏作詩曰 龜乎龜乎 莫耽睡 三世宰相 虛語耳 是夕 龜夢之曰 君溺於
酒色 自減其福 非予敢忘德也 然將有一喜姑需焉 數日果落致仕爲僕射

毅王季年 鄭仲夫李義方李高作亂 遷王于巨濟 朝臣遭禍者甚衆 又將屠其家
大將軍陳俊曰 吾輩所嫉怨者 韓賴李復基等不過四五人 今殺無辜 亦已甚焉
況妻子乎 力禁之 後四年 金甫鐺起兵圖反正 不克 又一切搜文士戮且盡 中外

洶洶 莫保朝夕 郎將金富謂鄭李曰 天意不可知 人心不可測 恃力不揆義 樵薪
衣冠 世寧少金甫當乎 吾輩有子女者 悉令與文史之家 結婚姻以安其心 可久
之道也 衆從之 然後其禍衰止 俊之孫湜澕溫皆登科 湜官樞密使 澕溫以文章
名世 富之子就礪 孫佺 再世爲首相 其後多顯達至今

　兪文安升旦 天兵大擧 侵及京畿 晉陽公崔瑀 欲遷都江華 請群公議 公獨曰
以小事大 理也 事之以禮 交之以信 彼亦何名而每困我哉 棄城郭捐宗社 竄伏
海島 苟延歲月 使邊陲之氓丁壯 盡於鋒鏑 老弱係爲奴虜 非爲國之長計也 晉
陽公不聽 率族黨 先至城南敬天寺宿焉 是日 從而往者 皆賞以不次 高王不獲
已 遂行 數十年之間 北方州郡 皆爲丘墟矣 識者至今以爲恨

　庚壯元碩 守安東 一邑之民 父母愛而神明敬之 後有守姓朴 忘其名 自謂爲
政 不下於庚 見一小胥 性質而謹 嘗獨坐郡齋語之曰 咫尺之地 障以藩籬 耳
目莫得聞見 況處一堂之上 欲察四境之內 不亦難哉 今也得無奸吏弄法 而窮
民飮恨者乎 汝其言之無隱 胥曰 自官之來 民不見吏 吏之弄法 有不及知 民
之飮恨 未之聞也 守曰民以我何如庚使君 胥曰民稱庚使君 有間語 亦及之 守
慙服

　孫知樞抃 廉按慶尙 人有弟與姊相訟者 弟曰一女一兒爲同産 何姊獨得父母
之財 而兒無其分耶 姊曰父臨亡擧家産付我 汝所得者 緇衣冠各一繩鞋一兩紙
一卷而已 父契具存胡可違也 訟之積年未決公召二人 至前 問曰 若父歿時母
安在 曰先歿 若等於時年各幾何 曰姊有家矣 弟鬂齔耳 公因諭之曰父母之心
於兒女均也 夫豈厚於長年有家之女 而薄於無母鬂齔之兒耶 顧兒之所賴者 姊
也 若遺財與姊等恐其愛之或不至養之 或不全耳 兒旣長 則用此紙作狀 服緇
冠衣履繩鞋以告於官 將有能辨之者 其獨遺四物者 意蓋如此 二人者聞而感悟
相對而泣 公遂中分而與之

　晉陽公孼子 禪師 名萬全 住珍島郡之一寺 其徒橫态 靡所不爲 而號通知者
尤甚 金英憲之岱 爲全羅道按察使 其所請謁皆抑而不行 公嘗至其寺全慢罵而

不之見 公直入升堂 堂上有樂器 乃操琴數弄 橫笛而吹之 音節悲壯 全欣然出曰 適有微疾 不知公至此 相與歡飲盡日 因托以十餘事 公卽其座中一切聽行之 留數事曰 此則當至行營 乃可爲耳 宜遣通知相候 公歸數日 通知果至 公命吏縛之 數其不法 投之江中 晉陽公卒 萬全嗣秉政 卽晉平公沆也 雖挾前憾以公廉謹少過 莫能害之

俞文度千遇 有弟名甫 欲去權臣金仁俊 告公其謀 公不應 旣而事未發而敗仁俊問公知之乎 公曰 知之 仁俊曰 知而不言明其預謀也 公曰 非不知告 以自免 恐傷老母之心 仁俊曰 昔者 饗于吾弟之家 有紅柿 座客皆稱其美 公獨不餐 問其故 曰將以遺母 吾固知公之愛母也 乃不坐之

柳文正璥 四掌文衡 取人 先器識 而後文之工拙 所得皆知名士 位宰相者比肩 俞贊成千遇 嘗同知貢擧 性喜自用程文 有微疵必欲擿之 公不與之較 榜出皆老於場屋者也 其後 少至達官

薛文景公儆 廉謹好禮 朝官六品以上 其有父母之喪 必素服往吊 鄉黨後生來謁 亦具衣冠 下階迎之 嘗臥疾 蔡中菴洪哲 入內寢診視 布被弊席 蕭然若僧居 出而歎曰 自吾輩而望公 所謂壞虫之與黃鶴也

國家伐叛耽羅 問罪東倭 丁亥之勤王 庚寅之禦寇 用兵幾二十年 士皆袀金革操弓戈 挾策而讀書者 十不能一二 而先輩老儒物故且盡 六籍之傳不絶如線大德末 安文成珦 爲宰相 輓國學修庠序 擧李晟秋適崔元冲等 一經置兩敎授令禁學內侍 五軍三官七品以下 以至內外生員 皆徒而聽習 又聞故郎中 俞咸子爲僧者 居泗州能讀史漢 驛召至京 而遣尹莘傑金承印徐諲金元軾朴理等受其說 於是縫掖薦紳之徒 多以通經博古爲事 其從白頤齋頤正 從德陵留都下十年 多求程朱性理之書以歸 我外舅 政丞菊齋權公 得四書 集註 鏤板以廣其傳學者又知有道學矣

嘗見神孝寺堂頭正文 年八十善說語孟詩書 自言學於儒者安社俊 昔一士人

入宋 聞荊公 退處金陵 往從之 受毛詩七傳而至社俊 故詩則專用王氏義 語孟
及書所說 皆與朱子章句 蔡氏傳合 當是時二書未至東方 不知社俊何從得其義

安密直戩爲承旨 忠烈王 欲以參官授一內宦 公執不可 一日面諭公曰 此人
服勤左右 歲月已久 卿强爲予與六品 且命書之於前 公不得已 擬以郎將 旣而
伏地請曰 臣以不才 昵侍帷幄 題品銓注 豈臣庸愚所宜當之 乞擇賢者代掌斯
任 其言甚切 王頷之 王起入內 公隨其後跪曰 願有復也 臣明當見代 其內竪
參官之命 乞留之以須後日 玉趾已逾閾 顧而厲聲曰可 左右皆懼 公徐入座曰
殿下許臣矣 遂削去之

崔密直守璜 事佛甚篤 以承旨同知貢擧 宴賀客 不肉而素 王旨別監林貞杞
遺以白粲一舟 不受 林慚怒 卽以米舟賂權貴 得代公爲承旨 時人鄙之

有巨室 認民爲隷 民訴于典法司 知司事金惰與同僚知其冤 而怵於勢 斷與
巨室 人夢利刃自天而下 亂斫一司之吏 夢之明日 金發背疽而死 未踰月 其同
僚 盡死 唯一人不死 不預其議者也(恥菴云一人者李行儉尙書也)

乃顔之黨哈丹 漏網東走 侵我封疆 其衆數萬 殺人爲粮 得婦女嬰麼而脯之
國家遣萬戶鄭守琪禦之於鐵嶺 哈丹未至 而守琪遁歸 鐵嶺道險狹 纔通一人過
哈丹下馬 魚貫而登 得守琪所棄資糧 大饗數日 鼓行而前 原州守將 與衆計曰
力不枝梧 不如且降 以紓民死 邑人進士元冲甲 獨以爲不可 坐甲城門外 賊遣
一僧牒以誘降之意 冲甲斬僧擲首 賊塾至 冲甲格殺數人 州兵亦出 判興元倉
曹愼 援桴以鼓 矢貫其右肱 鼓音不衰 賊之前行小北 後者驚擾自相轥轢 州兵
乘高崩之聲 震山嶽 僵屍滿谷 遂以大克
哈丹之子老的 引軍踰竹田以趨平壤 羅萬戶裕禦之 將捨舟而陸 玄文赫止之
曰 彼其原隰回牙 恐有伏也 羅公不聽 未成列 賊大至 羅公 麾軍而退 僅得登
舟 而郎將李茂與軍士數十人不及 玄公立舟上呼曰 茂勉之能立奇功 國有賞 孰
與委身逆虜 妻子爲僇乎 茂與數十人者 走獨山 賊將輕之 下馬坐胡牀 分其衆
環山而登 飛矢如雨 茂偎樹立 日晚飢甚 探囊中乾糇 握而啗之 且謂軍士曰 男

兒當死中求生毋恐 關弓左射正中賊將喉 應弦而倒 賊衆自亂 茂等大呼 追擊斬
馘無算

庚癸之後 宰相多武人 李義旼與杜景升 同坐中書 李誇於杜曰 某人自矜勇
力 吾一擊仆之如此 因用拳撞杜 樑桷皆動 杜答曰 某時之事 吾以空拳奮擊
衆皆奔潰 亦撞之 拳陷於壁 時人爲詩曰 吾畏李與杜 屹然眞宰輔 黃閣三四年
拳風一萬古

崔司空昷與河千旦李淳牧 同在誥院 河李俱有文名 公倚其閥閱 待之甚輕
彼亦不爲之屈 有勅撰進答都國徵詰書 公當秉筆 搔首苦吟 未得其意 擲筆罵
曰 此鄕曲布衣之輩 所以自負者耶

孔尚書文伯 嗜酒 所居里 有呂克諧者 敬其老 每邀至其家 觴之以美酒 孔
喜面譽曰 此郞年少 觀其容止聽其言論 他日必至宰相其後 克諧迍於世 故經
月未邏相請 孔遇之塗曰 宰相之命 自有延促 不可不知也崔尚書元中

學士雍之子也 始登第 爲九齋敎導 嚴櫨楚之法 毫不相貸 生徒怨之目曰秦
始皇 謂其酷刑也 旣而 入翰院 頗以才氣凌人 同院李叔琪伴怒曰 汝何物人自
負如此 我若一言 汝將何以立於世耶 汝果自謂崔學士之兒耶 崔怫然曰 妄辱
人以及父母 汝其不畏國法耶 欲以我爲誰氏子乎 李徐曰 吾謂汝是呂不韋之子
耳 崔俯首胡慮而已
金奉翊汝孟 性懦吶 因避病 暫寓里舍 其鄰人 有獄吏 跡至金公所寓 見金
公坐室中 語之不應 詰之又不應 吏怒曰 爾所居之陋若此 尊卑亦可見 人語汝
不對 汝欲就獄自辨耶 捽胡曳至於道 婢自他所來見之 逆知其然謂吏曰 吾公
金平章之子 金樞密之婿 官又三品 今朝 官醫 合君臣藥令服 戒以勿言 故不
言爾 汝何辱之若是 吏釋之 拜謝而去

洪奉翊順 忠正公子也 常與李尙書淳對碁 李輸骨董書畫殆盡 以所寶玄鶴琴
爲孤注 洪賭得之 李取其琴以與曰 此琴吾家靑氊也 相傳幾二百年 物旣久頗

有神 公謹藏之 李特以洪性多畏忌爲之戱耳 一日夜極寒 琴絃凍絶 琤然而響
忽念有神之語 急炷燈 用桃苅亂擊琴遭擊愈響 則愈惑 喚婢僕相守 至黎明 使
僕延壽者 持琴送李氏 李怪其早來 又見琴有亂擊之痕 紿曰吾久患此琴 屢欲
破衰 又恐見祟幸付於公 何以還爲拒不納 洪大窘 擧前所賭書畫骨董輩隨琴悉
送與之 李爲不得已而受焉 洪不悟 自以還琴爲幸

櫟翁稗說 後編

客謂櫟翁曰 子之前所錄 述祖宗世系之遠 名公卿言行 頗亦載其間 而乃以滑
稽之語 終焉 後所錄 其出入經史者 無幾 餘皆雕篆章句而已 何其無特操耶
豈端士壯夫所宜爲也 答曰 坎坎擊鼓 列於風 屢舞婆娑 編乎雅 矧此錄也 本
以驅除閑悶 信筆而爲之者 何怪夫其有戲論也 夫子以博奕者 爲賢於無所用心
雕篆章句 比諸博奕 不猶愈乎 且不如是 不名爲稗說也 仲思序

金密直承用 謂予曰 左氏傳爾貢 包茅不入 無以縮酒 縮者何義 予曰杜元凱
註云 束茅而以酒灌之也 金公因言 昔在靈光郡 綴茅壓酒 酒極清 過於紬絹帛
所壓者 予令家人 試之果然 按禮記 郊特牲縮酌用茅 鄭氏曰 泲之用茅 縮去
滓也 此說比杜註加詳 世之壓酒 皆以紬絹 不以茅者 何耶 豈以其享神者 不
可用於人耶（坡詩壓茅柴豈此類耶）

汲冢書 多與六經不合 舜禹文王 皆被以大惡之名 此其尤可駭者也 愚意 如
曹瞞者 自知惡稔以爲當世無足畏 所可畏者 後世之公論也 於是 誣大聖 欲分
其謗 穴地瘞書 冀萬一之發掘以欺後世者耳 世之儒者 徒見漆簡字畫之古 從而
信之 其亦過矣

延祐丙辰 予奉使祠峨眉山 道趙魏周秦之地 抵岐山之南 踰大散關 過褒城
驛 登棧道 入劍門以至成都 又舟行七日 方到所謂峨眉山者 因記李謫仙蜀道
難 四當太白有鳥道 可以橫絶峨眉巓之句 太白在咸陽西南 峨眉則在成都東北
可謂懸隔 然而自咸陽數千里 至成都 或東或西 不一其行 又自成都 東行北轉
六百餘里然後 至峨眉 雖山川道路之迂 度其勢 二山不甚相遠 人跡固不相及
鳥道則可以橫絶云耳 白樂天長恨歌云 黃塵散漫風蕭索 雲棧縈紆登劍閣 峨眉
山下少人行 旌旗無光日色薄 此言明皇幸成都時所歷也 如其所云 峨眉當在劍
門成都之間 而今乃不然 後得詩話總龜 見古人已有此論 蓋樂天未嘗到蜀中也

荀子 每以子弓者 配夫子曰 仲尼子弓 唐楊倞曰 子弓仲弓也 言子者 著其

爲師也 予按 荀卿後於孟子 仲弓先於子思 孟子不及子思 而受業於其門人 荀
卿安得師事於仲弓乎 然則子弓者 當別有一人焉 子弓之功德 不傳於世 果可
配於夫子歟 就其弟子性惡之一說 淵源可見矣 況再傳而爲焚坑之李斯乎

北原興法寺碑 我太祖親製其文 而崔光胤集唐太宗皇帝書 模刻于石 辭義雄
深偉麗 如玄圭赤烏 揖讓廊廟 而字大小 眞行相間 鷰漂鳳泊 氣呑衆外 眞天
下之寶也

靖國安和寺 有石刻 睿王唐律四韻詩一篇 其後云 太子某書者 仁王諱也 是
時 王與太子 皆礦精嚮學 延訪儒雅 而尹瓘 吳延寵 李顗 李預 朴浩 金緣 金
富佾 富軾 富儀 洪灌 印份 權適 尹彦頣 李之氐 崔惟淸 鄭知常 郭東珣 林
完 胡宗旦 各臣賢士 布列朝著討論潤色 亹亹有中華之風 後世莫及焉

古人之詩 目前寫景 意在言外 言可盡 而味不盡 若陶彭澤 採菊東籬下 悠
然見南山 陳簡齋 開門知有雨 老樹半身濕之類 是也 予獨愛池塘生春草 以爲
有不傳之妙 昔嘗客于餘杭 人有種蘭盆中以相惠者 置之几案之上 方其應對賓
客 酬酢事物 未覺其有香焉 夜久靜坐 明月在牖 國香觸乎鼻觀 淸遠可愛 而
不可形於言也 予欣然獨語曰 惠連春草之句也

杜少陵 有地偏江動蜀 天遠樹浮秦之句 予曾游秦蜀 蜀地西高東卑 江水出
岷山 經成都南東走三峽 波光山影 蕩搖上下 秦中千里地 平如掌 由長安城南
而望三面 綠樹童童 其下野色接天 若浮在巨浸 然方知此句 少陵爲秦蜀傳神
而妙處 正在阿堵中也 四更山吐月 殘夜水明樓 塵匣元開鏡 風簾自上鉤 崔拙
翁濚 言人 謂後二句皆言月 非也 塵匣元開鏡 以言水明樓耳 如夔府詠懷詩
峽束蒼江起 岩排古樹圓 拂雲埋楚氣 朝海蹴吳天 拂雲言古樹 朝海言蒼江 亦
詩家一格也 戲題韋偃畫松詩 未見有戲之之語 姑蘇朱德潤 妙於丹靑 謂予言
凡畫松栢 作輪囷礌砢 則差易 而昻霄聳壑之狀 最爲難工 此詩後四句 我有一
匹好東絹 重之不減錦繡段 已令拂拭光凌亂 請君放筆爲直幹 乃所以戲偃也

薛司成文遇　言李太白淸平詞　一枝仙艶露凝香　雲雨巫山枉斷腸　且問漢宮誰
得似　可憐飛鷰倚新粧　倚者　賴也　謂趙后專寵漢宮　只賴脂紛耳　可憐者　嘲之
之辭也

劉賓客金陵懷古云　潮滿冶城渚　月斜征虜亭　蔡州新草綠　幕府舊烟靑　興廢
由人事　山川空地形　後庭花一曲　哀怨不堪聽　此所謂四人探驪　夢得得珠者耶
(詩話以王濬樓船下益州一篇爲夢得得珠者)

夢得金陵五題　山圍故國周遭在　潮打空城寂寞回　淮水東邊舊時月　夜深還過
女墻來　朱雀橋邊野草花　烏衣巷口夕陽斜　舊時王謝堂前燕　飛入尋常百姓家
生公說法鬼神聽　身後空堂夜不局　貌座寂寥塵漠漠　一方明月可中庭　三篇皆佳
作也　白樂天　獨愛潮打空城寂寞回　掉頭苦吟日　吾知後之詞人　不復措辭矣　東
坡嘗書第三篇　人問何不道明月滿中庭　坡笑而不答　古人於詩所取者如此
　屈原有天問　子厚隨而答之曰　天對　俱險澁難讀　吾家有朱晦菴註讀之　所謂渙
然氷釋　怡然理順者也　近於閔學士相義家　見楊誠齋亦有此註　尤令人易曉　有
能將兩先生及王逸三家之說　纂爲集解　亦學者之一幸也

歐陽永叔自矜曰　吾之廬山高　今人不能作　太白能之　吾之明妃後篇　太白不
能作　子美能之　前篇子美不能作　我則能之　此後之好事者　見廬山高音節類太
白　明妃後篇類子美　故妄爲之說耳　蘇老泉有上歐公書云　非孟子韓子之文　乃
歐陽子之文也　雖詩亦然　使李杜作歐公之詩　未必似之　歐公而作李杜之詩　如
優孟抵掌談笑　便可謂眞孫敖也耶

荊公詩　童蒙輩所習　宋賢集中　十許首　皆妙絶　如日西墻影轉梧桐　簾捲靑山簟
半空　南澗夕陽烟自起　西山漠漠有無中（二首省略）金爐香盡漏聲殘　剪剪輕風
陣陣寒　春色惱人眠不得　月移花影上欄干（二首省略）垂楊一徑紫苔封　人語蕭
蕭院落中　唯有杏花如喚客　倚墻斜日數枝紅　溪水淸漣樹老蒼　行穿溪水踏春陽
溪深樹密無人處　只有幽花渡水香　一字一句　如明珠走盤宛轉可愛　元澤云　水邊
山暎碧紗窗　松下圖書滿石牀　外客不來春正靜　花間啼鳥送斜陽　眞得其家法矣

鄭司諫知常詩云 雨歇長提草色多 送君南浦動悲歌 大同江水何時盡 別淚年年添作波 燕南梁載嘗寫此詩 作別淚年年漲綠波 予謂作漲二字 皆未圓 當是添綠波耳 鄭又有地應碧落不多遠 人與日雲相對閑 浮雲流水客到寺 紅葉蒼苔僧閉門 綠楊閉戶八九屋 明日倚樓三四人 上磨星斗屋三角 半出虛空樓一間 石頭松老一片月 天末雲低千點山等句 是家喜用此律

洪總郎侃 最喜鄭承宣(襲明毅王時人)百花叢裏淡丰容 忽被狂風減却紅 獺髓未能醫玉頰 五陵公子恨無窮 豈以其咀之久 而有餘味乎 近世 豐州有名妓 西京存問使 召置府籍 妓頗以晚遇爲恨 李學士頲 作詩 令妓歌之 憶昔正年三五時 金釵兩鬢綠雲垂 自憐憔悴容華減 來作紅蓮幕裏兒 比之鄭詩 未必多讓

張章簡鎰 昇乎燕子樓詩云 風月凄涼燕子樓 郎官一去夢悠悠 當時座客何嫌老 樓上佳人亦白頭 郭密直預 壽康宮逸□□詩云 夏涼冬暖飼鮮肥 何事穿雲去不歸 海燕不曾資一粒 年年還傍畫樑飛 李文安承休 咏雲詩云 一片忽從泥上生 東西南北便縱橫 謂成霖雨蘇群槁 空掩中天日月明 鄭密直允宜 贈廉使云 凌晨走馬入孤城 籬落無人杏子成 布穀不知王事急 傍林終日勸春耕 令人喜稱之 然章簡感奮 而作 無他義 三篇 皆含諷諭 鄭郭微而婉

洪平甫侃 每出一篇 人無賢愚 皆喜傳之 語不云乎 鄉人 皆好之 未可也 皆惡之 未可也 不如其善者 好之 其不善者 惡之也 爲詩文 亦奚以異於是乎 古人云 詩可以喧萬古 不可以得首肯 可以驚四筵 不可以適獨坐 眞名言也

月菴長老山立 爲詩多點化古人語 如云 南來水谷還思母 北到松京更憶君 七驛兩江轤子小 却嫌行李不如雲 卽莉公 將母邢溝上 留家白苧陰 月明開杜宇 南北兩關心也 白岳山前柳 安和寺裏栽 春風多事在 梟梟又吹來 卽楊巨源 陌頭楊柳綠烟絲 立馬煩君折一枝 唯有春風最相惜 慇懃更向手中吹也

文眞 有三角山文殊寺長篇詩 語闌缺月入深扉 坐久微風吟聳柏 深得山中之趣 又一句云 鐘梵聲中一燈赤 羅氏路史 載人有不改家火至五世 其火色正赤

如血 文眞 用此事以言長明燈也

朴文懿恒 淺山白日能飛雨 古塞黃沙忽放虹 安文成珦 一鳩曉雨草連野 匹馬春風花滿城 金密直怡 片雲黑處何山雨 芳草靑時盡日風 皆佳句也 但恨不見全篇耳

坦之 登科有詩名 出家號鷲峰 賦落梨花云 玉龍百萬爭珠日 海底陽侯拾敗鱗 暗向春風花市賣 東君容易散紅塵 正所謂村學中詩也 金文貞垍 亦有之 飛舞翩翩去却回 倒吹還欲上枝開 無端一片黏絲網 時見蜘蛛捕蝶來 作家手段固自不同

林西河椿 聞鶯詩云 田家棋熟麥將稠 綠樹初聞黃栗留 似識洛陽花下客 慇懃百囀未能休 崔文淸公滋 夜直 聞採眞峰鶴唳詩云 雲掃長空月正明 松巢宿鶴不勝淸 滿山猿鳥知音少 獨刷疎翎半夜鳴 二詩 俱是不遇感傷之作 然文淸氣節慷慨 非林之比

陳正言㴐 詠柳云 鳳城西畔萬條金 勾引春愁作暝陰 無限光風吹不斷 惹烟和雨到秋深 情致流麗 然唐李商隱 柳詩云 曾共春風拂舞筵 樂遊晴苑斷腸天 如何肯到淸秋節 已帶斜陽更帶蟬 陳蓋擬此而作 山谷有言 隨人作計終後人 自成一家乃逼眞 信哉

金侍中仁存 淸讌閣記 載於宋徐兢 高麗圖經 藹然有德者之言也 金文烈惠陰院記 歸信覺華諸寺碑 崔文肅玉龍寺碑 不爲表襮 自成一家 金樞密富軾文殊院記 金壯元君儒松廣社碑 亦可喜 惜乎其有繁辭也 尹政堂彥頤 有禪學 其作雲門圓應國師碑 深造理窟 鄭司諫知常 喜莊老 爲東山眞靜先生碑 飄飄有烟霞之想

上都堂書

今我國王 以古者元子 入學之年 承天子明命 紹祖宗重業 而當前王顚覆之後 可不小心翼以敬以愼 敬愼之實 莫如修德 修德之要 莫如嚮學 今祭酒 田淑蒙 已召爲師 更擇賢儒二人 與淑蒙講孝經語孟大學中庸 以習格物致知 誠意正心 之道 而選衣冠子弟 正直謹厚好學愛禮者十輩 爲侍學 左右輔導 四書旣熟 六 經以次講明 驕奢淫泆聲色狗馬 不使接于耳目 習與性成 德造罔覺 此當務之 莫急者也 君臣義同一體 元首股肱 不親附可乎 今牢相非宴會 不相接 非特召 不得進 此何理乎 當請日坐便殿 每與宰相 論議政事 或可分日進對 雖無事 不廢此禮 不然則大臣日疎 宦寺日親 生民休戚 宗社安危 恐莫得而上聞也

政房之名 起于權臣之世 非古制也 當革政房 歸之典理 軍簿置考功司 標其 功過 論其才否 每年六月十二月 受都目考政案 用以黜陟 永爲恒規 則可以絶 請謁之徒 杜僥倖之門 今若因循 不復古制 深恐將來梁將祖倫朴仁壽高謙之輩 蜂起 而黑冊之謗 不可遏也 鷹坊內乘 毒尼尤甚者 前已下令革罷 後復遷延 中外失望 至使龍普馳出見責 可不愧于心乎 德寧寶興等庫 凡非古制者 一切 釐革 庶永不負聖旨勤恤之意 刺史守令 得人 則民受其福 不得其人 則民遭 其害 官高而降爲者 優肆不遵法 年邁而求得者 昏懦不任事 或以請謁 起壟畝 垂金魚者 又不足言也 請如古制 朝士之未入參者 必經監務 縣令 至于四品 例爲牧守 而監察司按廉使 必行褒貶 爲之賞罰 所爲官高者 年邁者 用請謁起 壟畝者 如不得已 寧授京官 勿與親民之任 行之二十年 流亡不復貢賦不足 未 之有也

金銀錦繡 不産我國 前輩公卿被服 只用素段若細布 器皿只用鍮銅瓷瓦 德 陵作一衣 問直 則重輟而不爲 毅陵嘗責前王 鷩金之衣 揷羽之笠 非吾祖舊法 有以見國家四百餘年 能保杜稷 徒以儉德也 近來風俗窮極奢侈 民生困而國用 匱 職此而已 請宰相 今後不以錦繡爲服 金玉爲器 又不使袨服乘馬者 擁其後 各務儉約 諷上而和下 風俗可以歸厚也 前者迫徵暴斂之布 便合歸於納者 然 恐官吏夤緣爲姦 細民未蒙實惠 故宜分付諸司 以充來歲雜貢 令其得免先納借 貸之弊 行省旣有文移 當早施行之 食邑旣立之後 百僚俸祿不備 夫以一國之

主 取群臣養廉之資 以實私藏 豈不貽譏後世 請問諸兩國 罷食邑 還屬廣興倉 充其俸祿 京畿土田 除祖業口分 餘皆折給爲祿科田 行之近五十年 邇者 權豪之門 奪占略盡 中間 屢議釐革 輒以危言 脅欺上聽 卒莫能行 此大臣不固執之所致也 果能釐革 悅者甚衆 不悅者 權豪數十輩而已 何憚而不果爲哉 州郡遠年貢賦之逋欠者 有司百計迫徵 十分莫得其一 祇是斂怨而已 望下令 自至正三年已前 逋欠貢賦 一切蠲免 前此數年 窮民有因暴斂典賣男女 請令諸道存撫 按廉使 出牓許其來京自告 因以官財量給贖還 其買者 亦令自首 若不與其直 勒還父母 甚者治罪

修築京城訪大臣時上書

我太祖 東征西討 統三爲一之後 七年而薨 用瘡痍之民 起土木之役 所不忍也 故不城松京 非不爲也 勢不可也 至顯王初 契丹蹂躪京邑 燒毀宮室 當時若有城郭之固 契丹未必蹂躪燒毀 若此其甚且易也 顯王二十年 始命李可道築開京城郭 厥後金山王子引兵而來 西海忠淸道沙平津北 無處不至 不得入京城 余古車羅大 屯兵黃橋 又不能入京都 以有城郭也 城郭當修 無智愚皆知之矣 旣定此議 雖有陰陽忌諱 確然不改 然後可就也

送謹齋安大夫赴尙州牧序

東南州郡 慶爲大 而尙次之 其道之號慶尙者 以此也 然而奉使命者 必先取道于尙 而後至慶 故風化之流行 由尙而南 靡嘗由慶而北也 至正三年春 謹齋安侯 自監察大夫右文館提學 出領尙牧 薦紳之賢 游從之良 皆相慶而言曰 侯剛於中而和於外 簡於言而敏於行 剛而簡 人憚而莫犯 和而敏 人悅而易從 彼其奉使命者 昔慕其名 今觀其德 雖有甯成之虎 邘都之鷹 庶可以紓其酷 而爲桑羊筦榷之計者 亦可以戢其苛矣 尙之民 其殆息肩乎 旣曰風化由尙而南 匪

直尙之一州專受其福 抑亦慶尙一道之福也

余曰諸君知其一未知其二 夫富貴利達 人情之所同欲也 至若荷深知於君 負
重望於人 而能撝謙知止於急流之中 求之古今 蓋千百而什一耳 故有父母垂白
在堂 諉之弱弟幼妹 承其共養 奔走千里之遠儌倖軒裳一朝之榮 世或莫之怪也
侯捷大科中朝 擅高文東國 揚歷華要提衡棘圍 去歲挈家歸侍大夫人 行未及半
塗 馳傳召還 委以風憲之權 君之所以知者 不爲不深 人之所以望者 不爲不重
顧乃力求外寄 以便覲省 而令昆季得以遊宦中外 其廉退之懿 孝友之篤 足以
激當時而垂後世 豈止福一州一道哉 君之知 將益深 人之望 將益重 由鈴閣登
黃閣 繼踵金貞肅可蹻足待也 諸君曰然 於是乎書

送辛員外北上序

士之行斯世也 其猶舟乎 有其才爲之楫 有其命爲之順風 然後利有攸往矣 有
才與命 其志之或卑 猶之楫完風利 而操舟者非其人 烏能任萬斛之重 致萬里
之遠 以濟其不通乎 員外辛侯 束髮讀書 敏而好問 揚鑣翰墨之場 游刃簿書之
藪 可謂有其才矣 筮仕不幾年 歷提學代言 遷密直僉議 仍爲星郎東省 可謂有
其命矣 引舊故同升諸公 咨耆艾以諧庶政 正色匡君主 推誠待賓旅 可謂有其
志矣 今以朝官被召 騰裝而西笑 才之奇命之遠志之大 將於是乎益見矣 權贊
善而下二十有八家 用鄭愚谷謝宴詩分韻聯章以美其行 屬予爲序 予執爵而前
請畢舟之說 夫江河之與溟渤 大小則殊 舟於其中者同也 檣而帆之 所以進也
纜而碇之 所以止也 又必有衣枻焉 所以備漏濡者也 王國江河也 天子之邦 溟
渤也 侯之舟由江河 而溟渤之之也 苟能檣其義帆其信 纜其禮碇其智 衣枻其
敬愼廉勤 何重之不任 何遠之不致 何不通之不濟乎 昔田叔 韓安國 以梁趙之
臣 立於漢廷 揚名當時 流譽後世 吾今侯焉是望矣

雪谷詩序

雪谷鄭仲孚 崔春軒子壻 而學於崔拙翁 拙翁元少許可人 春軒端不阿所好 每
爲予稱仲孚之賢 予於是得其爲人 仲孚旣筮仕歷史翰 不十年 拜諫議大夫 出守
蔚州 有惠政 其去也民扶老携幼 扳援涕泣 莫可遏 及奉國表 如京師 爲丞相別
哥普化公所重 將薦之天子 而仲孚病不起 有子曰 樞 奉柩東歸 聞者 莫不驚嘆
痛惜 嗚呼 古之才而不壽者 唐有李長吉 宋有邢敦 夫二子 亦嘗見愛於民 見重
於大人 如吾仲孚乎 東方之士於仲孚之不幸 驚嘆而痛惜之尤宜也 所著詩若文
若干篇 樞編爲前後集 共二卷 得而觀之 慘然圭復 因書拙語其端 歸諸鄭氏
樞今爲都官郎中 寔予門生也

門下侍郎平章事判吏部事贈諡威烈公金公行軍記

公諱 就礪 後改就呂 鷄林彥陽郡人也 少以父蔭起爲正尉 選補東宮衛 遷中
郎將領羽林 不數年擢將軍 鎭東北界 羯貊不敢犯 以功拜千牛衛大將軍 康王二
年癸酉 巡撫塞上 邊民畏而愛之 高王三年丙子 八月 契丹入境 西北面知兵馬
使獨孤靖以聞 書以是月十二日至 王命上將軍 盧元純 爲中軍 吳應夫爲右軍
而公以攝上將軍爲後軍 十三日大閱于順天館 二十二日右軍 軍于西普通 中軍
于樓橋院 後軍于芚田 信宿啓行 初皇元太祖聖武皇帝 擧兵攻金之燕郡 金宣宗
遷于汴 聖武北歸 留兵戍燕 燕人饗之醉而殲之 有契丹遺種金山王子金始王子
以其黨鵝兒乞奴爲將 脅河朔之民 自稱大遼收國王 聖武赫怒 大擧伐之 二王子
席卷而東 請地及糧於我 我不許 二王子因有窺覦之心 又挾斯憾 使鵝兒乞奴
先引兵數萬渡江 妻子皆以自隨 由鎭戎寧朔 趨阿史川 我三軍至朝陽鎭 中軍軍
城中 右軍後軍軍城外 朝陽人走報賊已近 三軍各選精銳禦之 軍候員吳應儒 神
騎將丁純祐 獨所斬賊八十餘級 擒而致者二十餘人 得牛馬數百匹 符印器仗甚
衆 吳應儒 又引步卒三千五百 遇賊于龜州直洞村 斬二百級 擒三十五人 得牛
馬戰具銀牌銅印甚衆 將軍李陽升 亦破賊于長興驛 皆公麾下也 三軍遣神騎將

跡賊 遇賊與戰于新里 斬首一百九十級 進次延州 以光裕延壽周氏光世君悌趙
雄六將 守師子巖 永麟迪夫文備三將 守楊川 九月二十五日 九將斬賊七百級
得馬騾牛牌印兵仗 不可殫記 賊不復分兵聚屯開平驛

三軍旣至皆莫敢進 右軍據西山之麓 中軍受敵于野 小退屯獨山 公拔劍策馬
與將軍奇存靖 直衝賊圍 出入奮擊 賊潰 追過開平驛 賊設伏驛北急擊中軍 公
回軍擊之 賊又潰 盧公夜謂公曰 彼衆我寡 右軍又不至 始齎三日糧耳 今已盡
不如退據延州城以候後便 公曰 我軍屢捷 鬪志尙銳 請乘其鋒一戰而後議之
賊布陣墨匠之野 軍勢甚盛 盧公馳騎召公 且揚墨幟爲信 士卒冒白刃爭赴 無
不一當百 公與文備橫截賊陣 所向披靡 三合三克 公之長子死焉 追奔至香山
南江 賊溺死者以千數其婦子聚哭 聲如萬牛之吼 有一人棄兵自稱官人 直前請
曰 我等擾貴國邊疆 固有罪矣 婦子何知 請無庸盡殺 且無薄我 我則剋日自返
矣 公使謂之曰 汝言何可信 與之酒快飮而去 俄而 鵝兒乞奴 送符文陳乞 如
其所言 三軍各遣二千人躡其後 見賊所棄資糧器仗狼藉於道 牛馬則或斫其腰
或刺其後 蓋使得之不可復用也 所遣六千人 戰于淸塞鎭 擒殺過當 平虜鎭都
領祿進 亦擊殺七十餘級 賊遂踰淸塞鎭遁去昌州 分道將軍金公碩報曰 契丹後
至者自前月大入境 卽金山金始之兵也 三軍次延州 唯留內廂自衛 其餘悉發
後軍獨遇于楊川 擒殺數十餘級 兩軍先回博州 公護輜重 徐行至沙峴浦 賊突
出沮擊 公告急於兩軍 兩軍守便宜不出 公力卻之 卒護輜重而至 盧公出迎
西門外賀曰 猝遇强敵 能摧其鋒 使三軍負荷之士 無一毫之失公之力也 馬上
酌酒爲壽 兩軍將士及諸城父老 皆扣頭曰 今者與强寇角立 而自戰其地 可謂
難矣 而於開平墨匠香山元林之役 後軍每爲先鋒 以小擊衆 使我老弱存其性命
顧無以報 但祝壽而已 公持軍嚴 士卒不犯秋毫 有酒卽用一卮 與最下者亦均
飮 故得其死力 及戰有功 必與諸將帥會議 聯名以聞 未嘗矜其能

十月二十日 三軍夜遣卒襲賊于興郊驛 明日夜戰于洪法寺 又明日戰于州城
門外 皆克 我軍入城休士 而賊夜涉淸川 至西京 天寒履氷渡大同江 入于西海
道 國家復以參知政事鄭叔瞻 爲元帥 樞密院副使 趙冲爲副 并前三軍爲五軍
又遣承宣金仲龜領南道兵以會 鄭元帥逗遛失律 樞密院使鄭方甫代之 丁丑二
月就拜公爲金吾衛上將軍 三月五軍次于安州大棗灘 戰不利 賊氣得馳突 公與
文備仁謙逆擊之 仁謙中流矢死 公奮劍獨拒 槍矢交貫于身 病瘡如京 忠憤之

氣 猶形言色 聞者壯之 五月以上將軍崔元世 將中軍 以公將前軍 大將軍任甫
將新定五領 號加發兵 遣詣忠州 公瘡末合 力疾受命 七月至黃驪縣法泉寺之
南川上 五軍爭舟 公退須諸軍畢濟然後 乘舟 忠州城壞於水 木石崩蕩 公舟爲
巨石所輻 柂櫓俱脫 板漏水通 同載者三百餘人 面若死灰 公堅坐不移 神色自
若 俄而 有三人乘橃截流相救 舟人連斷繩擲之 三人者牽以登岸 問之原州村
居人奴也 與其尤壯者偕行 再宿 會本軍於法泉寺移次禿岾 崔公曰明日之路有
二岐 吾行如何則可 公曰分軍掎角不亦可乎 崔公從之 會于麥谷 與賊戰 斬獲
三百餘級 迫于堤州之川 流尸蔽川而下 搜山谷得老弱男女送于忠州 牛馬與獲
者至朴達峴 崔公曰 嶺上非大軍所止 欲退屯山下 公曰 用兵之術 雖先人和
地利尤不可輕 賊若先據此嶺 我在其下 猿猱之捷 亦不得過 況於人乎 乃與加
發兵登嶺而宿 質明 賊果進大軍于嶺之南 先使數萬人分登左右峰 欲爭要害
公使將軍申德威李克仁當左 崔俊文周公局當右 公從中鼓之 士皆殊死鬪 三軍
望之 亦大呼爭登 賊大奔 由是不果南下 皆東走 追至溟州 戰于楹嶺于大峴于
丘山驛于燈臺壞于惡坂于登州之東壞 凡六戰賊莫能枝梧 奔還女眞地 九月公
承中軍牒 移兵定州 使覘賊 返曰賊在咸州與我比境 犬雞之聲 相聞 公築鹿角
垣 三周其隍 留克仁純祐德威朴葳等四將守之 移據興元鎭 十月賊得女眞兵復
振 長驅而來 公回軍遇於豫州之桂川 交綏而退 忽遭疾未瘳 將佐請歸 就醫藥
公曰寧爲邊城鬼 豈可興疾 求安於家乎 疾甚水漿不入口 目視不辨人物 有勅
歸京理疾 兵馬錄事洪昌衍將軍李中立等肩輿公至京 累月乃瘳 於是賊破數十
城如蹈無人之境 是月二十九日所留兵 與賊戰于渭州敗績 李陽升死之

戊寅七月以守司空趙沖 爲元帥 公爲兵馬使借上將軍 鄭通寶爲前軍 吳壽祺
爲左軍 申宣胄爲右軍 李霖爲後軍 李迪儒爲知兵馬使 九月六日元帥袍笏承命
出具戎服 再見大觀殿受鉞 道長湍指洞州 遇賊東谷 擒其毛克(女眞官名)高延
千戶阿老 次成州以待諸道兵 慶尙道按察使李勣 引兵來 遇賊不得前 遣將軍
李敦守金季鳳擊之 以迎李勣之兵 旣而賊從大道 俱指中軍 我張左右翼 鼓而
前 賊二軍望風而北 李敦守等 與李勣來會 錄事申仲諧分其兵輸軍食 賊又要
之 將軍朴義鄰敗之於禿山 賊散而復集 騎數萬盡銳來攻 我又敗之 亞將脫剌
逃歸 賊魁亦欲引還慮我要其歸路 入保江東城

十二月皇元哈眞札剌兩元帥 其兵一萬與東眞完顏子淵兵二萬 聲言討丹賊

指江東城 會天大雪 餉道不繼 賊堅壁以疲之 哈眞患之 使者十二人與我德州
進士任慶和 來請兵與糧 且言帝命破賊之後 約爲兄弟 我元帥以聞 王許之 遣
金良鏡晉錫押卒一千以赴 吟眞屢責添兵 諸將皆憚於行 公曰國之利害正在今
日 若違彼意 後悔何及 趙公曰是吾意也 然此大事 非其人不可遣 公曰事不辭
難 臣子之分 吾雖不材 請爲公一行 趙公曰 軍中之事 徒倚公重公去可乎 己
卯二月公與知兵馬使韓光衍 領十將軍兵及神騎大角內廂精卒往焉 哈眞使通事
趙仲祥語公曰 果與我結好 當先遙禮蒙古皇帝 次則禮萬奴皇帝 萬奴者蓋東眞
之主也 公曰天無二日 民無二王 天下安有二帝耶 於是只拜聖武 不拜萬奴 公
身六尺五寸以長 而鬚過其腹 每盛服 必便兩婢子 分擧其鬚而後 束帶 及是哈
眞見狀貌 又聞其言大奇之 引與同坐 問年幾何 公曰近六十矣 哈眞曰 我未五
十 旣爲一家 君我兄而我其弟乎 使公東向坐 明日又詣其營 哈眞曰 吾嘗征伐
六國 所閱貴人多矣 見兄之貌何其奇歟 吾重兄之故 視麾下士卒亦如一家 臨
別執手出門 扶腋上馬 數刂趙公亦至 哈眞問元帥年與兄孰長 公曰長於我矣
乃引趙公坐上座曰 吾欲一言 恐爲非禮然於親情不宜自外 吾其坐兩兄之間如
何 公曰 是誠吾等所望 但未敢先言耳 坐定置酒作樂 蒙古之俗 好以銛刀刺肉
賓主相唂 往復不容瞥我軍士素號勇者 莫有難色 公與趙公 跪起承迎甚熟
哈眞等極權約詰朝會江東城下 去城三百步而止 哈眞自城南門至東南門 鑿地
廣深十尺 西門以北 委之完顏子淵 東門以北 委於公 皆令鑿隍以防逃逸 是月
十四日 賊勢窘 開城門出降 王子自縊 其僞丞相以下 皆斬之 吟眞曰 我等來
自萬里 與貴國合力破賊 千載之幸也 禮合往拜國王 吾軍頗衆 難於遠行 但遣
使陳謝 二十日 哈眞與札刺 請趙元帥及公同盟曰 兩國永爲兄弟 萬世子孫無
忘今日 我設犒師之宴 哈眞以婦女童男七百口及我民爲賊虜掠者 二百口 歸于
我 以女子年十五左右者 遣元帥及公 各八人 駿馬各九匹 元帥送哈眞至義州
公與札刺 至朝陽 會有西京齋祭使之命 吳壽祺代公送之

九月義州郎將多知 別將韓珣 殺守將 連諸越以叛 樞密院使 李克修將中軍
李迪儒將後軍 公將右軍討之 庚辰正月以公爲樞密院副使 代克修將中軍 多知
等請兵於遼陽溫知罕 溫知罕誘斬二人 傳首于我 三軍請理諸城從逆之罪 公曰
書云 殲厥渠魁 脅從罔理 大軍所臨 如火燎原 無辜受禍 多矣 況因丹寇關東
爲虛 今又縱兵于此 自殘藩籬可乎 唯誅多知韓珣之黨 餘一不問 丹之漏網者

竊伏寧遠山中 時出鈔盜 爲民患 而義州人昌名與秀甫公理又謀叛 公遣李景純
李文彥討寧遠之賊 文備崔琪討昌名 昌名時攻鐵州 官軍至 賊黨瓦解 遂斬昌
名秀甫公理 而景純文彥亦破賊于寧遠城北境以安 五月凱以班師 其後公卒 相
高王位冢宰 八年功德載諸信史 此但記五年行軍之事而已

　論曰 國家之德未衰 而禍亂之萌 或作 必有魁傑才智之臣 得君委用 弘濟時
艱 蓋社稷之靈 有以陰相之也 自我大祖啓宇 至于高王 三百有餘年矣 崔氏父
子 繼世秉政 內擁堅甲 以專威福 而謀深者 必不用 外委羸兵以責攻戰 而功
高者 多見疑 當斯之時 欲以有爲其亦難矣爾 乃金宗訖錄 遼蘗構禍 窺我土疆
圖爲巢穴 遠鬪窮寇 鋒不可當 聖元龍興 萬里遣將 壓境徵師 諭以討賊 順之
則莫委其情 逆之則必生他變 安危之機間不容髮 公乃能左提 右挈 遠交近攻
定宗盟於經綸之始 安邦基於呼吸之間 豈非魁傑 才智之臣 而社稷之靈 有以
陰相者歟 觀其絶甘分少 能得死力 令行禁止 莫犯秋毫 可謂有古名將之風矣
開平之戰 我乃再救中軍 沙峴之役 盧公則不相助 訖無一言而生嫌隙 不伐其
勞 歸功於衆 是則大人君子用心已 至於先詣哈眞 固興國之心 不拜萬奴 明尊
王之義 多知韓珣 旣授首矣 斂兵而止 以安邊民 遠謀大節 尤可尚已 史氏稱
其忠義 太常諡以威烈 不亦宜哉

雲錦樓記

　山川登臨之勝 不必皆在僻遠之方 王者之所都 萬衆之所會 固未嘗無山川也
爭名者於朝 爭利者於市 雖使衡廬湖湘 列于跬步俯仰之內 將邂逅 而莫之知
有也 何者 逐鹿而不見山 攫金而不見人 察秋毫而不見輿薪 心有所專 而目不
暇他及也 其好事而有力者 踰關津卜田里 規規於丘壑之游 自以爲高 康樂之
開道 小民之所驚 許氾之問舍 豪士之所譏 又不若不爲之爲高也 京城之南有
池 可方百畝 環而居者閭烟火之舍 鱗錯而櫛比 負戴騎步道其傍而往來者 絡
繹而後先 豈知有幽奇閑廣之境 洒在其間耶 後至元丁丑夏 荷花盛開 玄福君
權侯見而愛之 直池之東 購地起樓 倍尋以爲崇 參丈以爲袤 不礱而楹取不朽

不瓦而茨取不漏 梲不㪤不豐而不撓 堊不墁不華而不陋 大約如是 而一池之荷
盡包而有之 於是請其大人吉昌公與兄弟姻婭 觴于其上 怡怡愉愉 竟日忘歸
子有能大書者 使之書雲錦二字 揭爲樓名

余試往觀之 紅香綠影 浩無畔岸 狼藉風露 搖曳烟波 可謂名不虛得者矣 不
寧惟是龍山諸峰 攢青抹綠 輻輳簷下 晦明朝夕 每各異狀而嚮之 間閻烟火之
舍 其面勢曲折 可坐而數 負戴騎步之往來者馳者休者顧者招者遇朋儔而立語
者値尊長而趨拜者 皆莫能遁形而望之可樂也 在彼則 徒見有池 不知有樓 又
安知樓之有人信乎 登臨之勝 不必在僻遠 而朝市之心目邂逅 而莫之知有也
抑亦天作地藏不輕示於人耶 侯腰萬戶之符 席外戚之勢 齒不及古人強仕之年
宜於富貴利祿 寢酣而夢醉 乃能樂乎仁智之所樂 不見驚于民 不見譏于士 而
奄有幽奇閑廣之境於市朝心目之所不及 樂其親以及於賓 樂其身以及於人 是
可尙也已 益齋居士某記

妙蓮寺石池竈記

三藏順菴法師 奉天子之詔 祝釐于楓岳之佛祠 因游寒松之亭 其上有焉 訊之
土人 蓋昔人所以供茗飲者 而不知作於何代 師自念曰幼時嘗於妙蓮寺見二石草
中 想其形製豈此物耶 及歸 物色而求果得之 其一方剞之如斗 爲圓其中如臼
所以貯泉水也 下有竅如口 啓以洩其渾 塞以畜其淸也 其一則有二凹 圓者所以
厝火 楕者所以滌器 亦爲竅差大 以通凹之圓者 所以來風也 合而名之 所謂石
池竈也 於是命十夫轉置之宇下 邀賓客列坐其次 挹白雪之泉 煮黃金之芽

因謂益齋曰 昔崔靖安公 嘗爲雙明耆老會 其地於今寺之北岡 去寺數百步而
近 此其當時物歟 牧菴無畏國師 住錫玆寺 有若三菴日常往來 一經題品 價必
三倍 而迺爲榛穢所掩沒 自雙明迨今幾二百年 始爲吾一出 而効用於前 請爲
記 以慰其不遇 而慶余之能得也 竊惟雙明之會 有李學士眉叟 凡一草木之微
苟可以資談笑 皆載之詩文 今考其集中 未見一語及此何耶 其後亦未聞 好事
如崔太尉兄弟者 來家于此 石之爲池竈 其在於雙明之前 而與夫寒松亭者 未

知孰爲先後也 蓋其晦而不遇也久矣 豈獨于三菴 其于眉叟亦未之遇也 然而晦
於幾三百年之前 而現於一朝 雖眉叟三菴之未遇 而有師之遇 若有所謂數者存
乎其間 物之與人常相爲其名焉 柯之笛豐之劍 待邑煥 而著稱固也 二子之鑑
識 爲千載所服膺 亦以夫二物也 師伐氷華胄也 雖圓其顱 而素富貴者也 今爲
天子之使 一國之主 敬愛之如師友 顧乃與騷人墨客 逍遙乎風月之場 其襟度
可見矣 將使後之不及見者 聞其名 而知其心之二石也 豈亦邑煥之笛劍歟 至
元三年丁丑秋夕 益齋李某記

策問一

問讀論語 每以諸弟子所問作己問 而以夫子之言 作今日耳聞 其讀史亦於君
臣之際事機之會 以身處之如何而可 如何而不可然後 方有所益 先儒蓋有此論
矣 且如樊遲請學爲農圃 子張學干祿 季路則問事鬼神 顏淵問問爲邦 亦各言
其志也已矣 諸生若及夫子之門 其所問而願學者何事 管仲事小白 狐偃事重耳
雖其以力假仁陰謀取勝 皆所以攘夷狄尊王室也 仲也致功烈其卑之譏 偃也貽
諂而不正之誚 斯亦未未爲得也 叔孫通不爲高祖制禮儀 則醉號擊柱 孰謂其不至
於叛 而先王之禮之喪 通使之也 朝錯不爲景帝削諸侯 則僭禮踰制 幾何其不
至於亂 而七國之兵之起 錯促之也 諸生若當仲偃之任 能樹其功 而無其過歟
遇通錯之時 能救其弊 而免其責乎 勿夸勿詘 請以實陳

策問二

問孟子曰 夏后氏五十而貢 殷人七十而助 周人百畝而徹 其實皆什一也 又曰
仁政必自經界始 經界不正 井地不均 穀祿不平 經界旣正 分田制祿可坐而定
也 然則 經界井田什一者 爲天下國家所宜先務也 自商鞅廢井田開阡陌 秦日
以富强 卒幷天下 阡陌之爲利 似愈於井田也 孟子之言 果是 漢高祖入關代秦

除其苛法以收民心 何不議井田之復 其後孝文之愛民 孝武之好古 而賈誼董仲
舒亦未嘗一言及此 何也

我祖宗垂統守成四百年於此矣 經國之謨 取民之制要 皆合於古 而可傳於後
也 所謂內外足羊之丁 轉祿之位 役分口分加給補給之名 祖稅之數 肥饒磽薄
九等之品 五種之宜與夫 曰負曰結所以量地者 曰斗曰石 所以量穀者其與古者
經界井田什一之法 有同不同乎 法制之行已踰四百年旣久矣 不能無所弊 或仍
或改 有可不可乎 近世來功臣祿券賜牌之田 佛寺判定施納之田 行省理問所巡
軍忽赤內乘鷹坊受賜之田 權豪之兼幷 姦猾之匿挾 所以毒於民 而病於國者紛
然而作 倉廩之人 比之江都守危急之時 什不能二, 三焉 萬分一有三五年水
旱之災 何以周其急 千萬軍餓饗之費 何以供其用乎 去歲前政丞王脫歡 左政
丞金那海 入朝上國 天子有命使之歸而整理之 二政丞旣歸 置都監號以整理
於是辭訟忿諍 多於麻粟 逮繫訊鞫 疾於風雨 豪猾頗亦知懼 而謗讟 不可遏止
一奇三萬之死而已致朝廷之詰 而勢若不復振焉 向所謂毒民病國者 豈不益肆
而無所憚哉 夫奉天子之命 理一國之政 使希世之恩 不下究在朝廷之議天下之
論如何哉 南北喜事之士 上書都堂 請立省東方 變其土俗 幸賴朝廷以我慕義
勤王之功 世皇優恤之詔 閣而不行者 屢矣 今無乃乘其幾而欲售其說乎 夫有
爲於不可爲之時然後 爲難能也 諸生 皆有志於國家 請言其可以有爲之說

策問四

問論語曰 旣庶矣富之 旣富矣敎之 又曰 善人敎民七年 可使卽戎 又曰 善人
爲邦百年 亦可以勝殘去殺矣 又曰 道之以政齊之以刑 民免而無恥 道之以德
齊之以禮 有恥且格 此皆聖人之言 而學者所宜服膺也 國家服事皇元 中外無
虞 周閭櫛比 行路如織 民日以殷 野日以闢 化斥鹵以水耕 刊菁蔚以火耘 豈
非庶矣乎 而受名田供賦役者 百無二三焉 豪勢之家 器列金玉 商賈之婦 衣曳
羅縠 豈非富矣乎 而罄衣食償利息者 十常八九焉 幸際休明天下同文 家有程
朱之書 人知性理之學 敎之之道 亦庶幾矣 而韋布之博學篤行者 果誰 搢紳之

成德達材者 能幾 爲士尙爾 於民何誅

往者旣族權臣 神邑再都 忠敬忠烈 作於前 忠宣忠肅 承其後 倚重之臣 責難之佐 宜有所謂善人焉 用能匡救 將順式至于今休 蓋敎民而爲邦也久矣 然而蜂起之倭 挐舟犯疆 謀所以逐捕之 未免浚編戶以充資粮 驅農夫以補卒乘 莫見令行而禁止 徒聞觖望以訛言 豈所謂可以卽戎乎 患失之夫不逞之徒 敢爲蕭墻之憂 自速市朝之肆 豈所謂勝殘去殺乎 有合坐以謀謨 有政房以黜陟 監察之司 繩愆而格非典法之吏 讞疑而斷獄 而我主上殿下仁厚慈儉 不喜遊畋 不邇聲色 延訪耆老 體貌大臣 修曠代之禮文 躬大享於宗廟 政刑德禮 以道以齊者 可謂云爾已矣 然而廷無德讓之風 野無時雍之俗 忿諍交騰 盜賊竊發 此猶幸免之恐不可得 況望其恥且格乎 凡此之故何也 諸生處不諱之朝 遇願理之君 宜盡意遠思 跡求馴致此弊之由 指陳作新斯民之術 有司者 將獻吾君 而施于國家 夫豈小補哉

范增論

或問 漢用三傑而王 楚不用范增而亡 然則增孰與三傑賢 曰增方之陳平 猶謂不足 況於三傑乎 高祖之寬仁 項羽之猜賊 增所知也 莫不信於背約 而羽背入關之約 莫不仁於殺無罪 而羽坑已降之卒 莫不義於弑君 而羽殺懷王 其至五年而後亡 亦幸也 高祖則初入關也 五星聚於東井 天與之也 其王漢中也 楚子諸侯人之慕從者數萬人 而項氏爪牙之臣亦多歸 漢人與之也 王陵之母 甘自殺而不忍其子之背漢與楚 高祖之必王 項羽之必亡 匹婦之所明知也 增從必亡之人 不能從必王之主 其爲不智明矣 向使羽用增之策 終亦未免於亡矣 曰增旣委質於項氏 雖知其必亡 焉得而背之哉 曰始懷王以宋義爲上將 羽爲次將 增爲末將 使北救趙 當是時 增豈羽之臣乎 羽擅殺上將 詐報於君 可謂無道 且前攻襄城襄城無噍類 諸將皆謂羽不可使先入關 如是 而增竟從羽見疑以死 陳平則知羽不足與爲天下 杖劍歸漢 而爲謀臣 故曰方之陳平 猶爲不足 況於三傑乎

伍員蘇不韋論

東漢蘇謙 與司隸校尉李暠有隙 暠以事收謙掠死獄中 而刑其屍 其子不韋 變姓名盡以家財 募劍客 激暠於諸陵間不剋 與兄弟入大農摮層中 鑿地達暠寢室 殺其妻及小兒 而暠有備 乃馳往魏郡 掘暠父塚 斷其頭以祭謙墓 暠憤恚歐血死 當時士大夫 多譏其歸罪枯骨 唯任城何休方之伍員 郭林宗聞之曰 子胥憑威闔閭 雪怨舊郢 但鞭墓戮屍 竟無手刃後主之報 豈如蘇子靡因靡資 冒觸嚴禁 分骸斷骨以毒生者 使暠不得其命 比之於員 不亦優乎

予曰 林宗以不韋優於伍員 則可矣 其所以優之之義則二子之優劣較然自分矣 何也 君父人倫之大本 忠孝人臣之大節 員兩失之 初楚王執伍奢 而召員曰 來免而父 而員不來 夫父得罪於君 猶將自至 庶一感悟其君 況以免其父召之 雖知其不誠 不俟駕而行 固人情也 員托以後報而竟不來 是促父之死也 君子違不適讎國 士大夫去不說人以無罪 而員誘蛇豕之吳 蹈宗國 發掘陵墓鞭其君屍 不孝與不忠莫甚焉 不韋之於李暠 正得不共天下之義 而無倒行逆施之罪林宗不務論此 而區區辨其復讎之難易以爲優劣 豈不謬哉

원래 제목으로 찾아보기

글쓴이 이제현

1287년에 나서 1367년에 여든한 살에 죽었다.

고려 후기의 대표 문인으로, 중국의 내정 간섭이 극심하던 때에 벼슬을 시작해 충선왕, 충혜왕, 충목왕, 공민왕까지 여러 임금을 보필하며 정승까지 지냈다. 삼십 년에 걸쳐 다섯 차례나 중국에 다녀오면서 많은 시를 썼는데, 이 시기 작품에는 특히 힘없는 나라 백성의 울분과 그리움이 크게 드러나 있다. 충선왕 시절에는 북경의 만권당에서 한족 학자들인 조맹부, 요수, 염복, 원명선 들과 널리 교제하여, 뒷날 중국에서 이제현의 문집이 출판되고, 한족 문인들이 이제현의 작품을 곧잘 인용하는 계기가 되었다.

원나라에서 고려 정부의 대변인 역할을 하다가 고국에 돌아와서는 벼슬에서 물러나 저술과 창작으로 여생을 보냈다. 백성들이 즐겨 부르던 노래를 수집하여 '거사련', '사리화', '처용가' 같은 작품을 기록으로 남겼는데, 이들 소악부는 오늘날에도 소중한 자료다. 기이한 이야기들과 짧은 시화를 엮은 《역옹패설》을 펴내기도 했다. 《본조편년강목》을 새로 고쳤고, 충렬왕, 충선왕, 충숙왕의 실록 편찬에도 참여했다. 문집으로 《익재난고》를 남겼다.

옮긴이 신구현, 상민, 김찬순

신구현은 1912년 충북 진천에서 태어났다. 1956년에 작가 동맹 중앙위원회 고전 문학 분과 위원장을 거쳐 1965년 김일성 종합 대학 언어문학 연구부 교수를 지냈다. '고전 문학의 진지한 계승 발전의 길에서'(1958년), '우리의 고귀한 민족 고전을 구원하자'(1960년), '임제의 문학 창작과 형상적 특징'(1964년), '작품의 언어와 형상—고전 작품을 중심으로'(1964년) 같은 논문을 썼다.

상민과 김찬순은 남쪽에 알려진 것이 없다.

겨레고전문학선집 7

길에서 띄우는 편지

2005년 6월 1일 1판 1쇄 펴냄 | **글쓴이** 이제현 | **옮긴이** 신구현, 상민, 김찬순 | **펴낸이** 정낙묵 | **편집부** 김성재, 김은주, 남우희, 심명숙, 천승희 | **교정** 조성진 | **감수** 안대회 | **디자인** bemine | **제작** 이옥한 | **분해·제판** 아이·디 | **인쇄·제본** (주)삼성인쇄 | **펴낸곳** (주)도서출판 보리 | **출판 등록** 1991년 8월 6일 제 9-279호 | **주소** 경기도 파주시 교하읍 문발리 파주출판도시 498-11 우편 번호 413-756 | **전화** 영업 (031)955-3535 홍보 (031)955-3673 편집 (031)955-3676 | **전송** (031)955-3533 | **홈페이지** www.boribook.com | **전자 우편** bori@boribook.com

ⓒ 보리, 2005 | 이 책의 내용을 쓰고자 할 때는, 보리 출판사의 허락을 받아야 합니다. | 잘못된 책은 바꾸어 드립니다. | 값 25,000원

ISBN 89-8428-204-9 04810
   89-8428-185-9 04810(세트)

이 책의 국립중앙도서관 출판시도서목록(CIP)은 e-CIP 홈페이지 (http://www.nl.go.kr/cip.php)에서 볼 수 있습니다. (CIP 제어 번호: CIP2005000792)

이 책은 한국문화예술진흥원의 문예진흥기금 지원을 받았습니다.